Mi Noche Estrellada
Olalla Pons

Olalla Pons

Nació en Mallorca un 22 de Mayo de 1980.
Devoradora de libros desde niña gracias a la extensa biblioteca de su
padre, un ávido lector, descubrió su verdadera vocación: la escritura. En
el 2010 escribió su primera novela, La concha de nácar.
En la actualidad reside en el campo con su familia, en la que incluye a
sus dos perros, tres gatos y su querido caballo, Luz.

Bibliografía

La concha de nácar (HQÑ)
Pluma Roja (Auto-publicación)
León el Britano (HQÑ)
Mi Noche Estrellada (Romantic Ediciones)
La mirada del corazón (Ediciones B)

olallapons.blogspot.com
olallapons@gmail.com

Primera Edición en papel: Mayo 2016
Título Original: Mi Noche Estrellada
©Olalla Pons, 2015
©Editorial Romantic Ediciones, 2015
www.romantic-ediciones.com
Imagen de portada © David Schrader, Konrad Bak
Imágenes interiores © Pelito Maltés, Nut y Nit
Diseño de portada y maquetación: Olalla Pons
Corrección: Gloria Pujula Font
ISBN: 978-84-945580-2-3

Aunque a veces no las veamos,
el cielo estará siempre salpicado de estrellas.

A mi madre,
por estar siempre a mi lado.

Prólogo

Hace más de 6.000 años, Sahara verde.

Aquella fría noche sin luna, las estrellas, que presidían la oscura bóveda celeste, centelleaban con más intensidad que nunca al presagiar con temor lo que irremediablemente estaba a punto de acontecer. Si ellas hubieran gozado de permiso para descender hasta aquellas suaves praderas barridas por el viento y recuperar lo que era suyo por derecho tácito, así lo habrían hecho, pero no era el momento adecuado. El destino debía cumplirse con precisión y apenadas desde el cielo se limitaron a observar con impotencia lo inevitable, con el único consuelo de sajar el cielo de alabastro con fugaces lágrimas.

En la soledad de la interminable y húmeda sabana, corría una mujer con un niño en brazos. Lo mantenía pegado al pecho, oculto en una áspera manta de lana intentando evitar que se lo arrebataran. A pesar de encontrarse exhausta y sin apenas fuerzas, sus piernas avanzaban de forma autómata, sin pausa, enredándose entre las altas hierbas con pesadez. Era difícil avanzar en mitad de aquel inmenso mar de pradera sin apenas una referencia. El círculo del horizonte, tan solo recortado por alguna solitaria acacia, era exacto allá donde mirara y la inquietante nada se imponía a su propia desesperanza.

Darían con ella, lo sabía a ciencia cierta, lo presentía, pero su instinto de madre le instaba a continuar aquella desesperada huida hacia ningún lugar concreto.

Tras varias horas de incesante marcha, la mujer, agotada, se detuvo para tomar aire. Profirió un tranquilizador arrullo, descubrió el casi translúcido rostro de su bebé, que contrastaba con la piel morena de sus temblorosas manos, y acarició las suaves mejillas a la vez que admiraba su centelleante mirada, de un azul grisáceo, como el cielo en primavera a punto de descargar una tormenta. Entre el pequeño cuerpecito y la manta de lana de oveja, descubrió la olvidada lucerna de barro, recordándole el día de su nacimiento. El día en que las mujeres de la tribu honraron su parto con aquella lámpara de bendición, augurando que se trataba de un ser especial. Un vástago de las estrellas. Ellas, sagradas guardianas de la antigua Diosa, profetizaron que su singular hijo devolvería el trono a la menospreciada divinidad femenina. Aquel niño, concebido de forma prodigiosa, era su mayor fortuna a guardar. Lo sabía. Lo sintió en el vientre desde el mismo instante de su concepción y no podía permitir que se lo arrebataran.

En aquel momento, la madre entornó los párpados y se apresuró a cubrir al bebé de nuevo. Sabía que algo siniestro, relacionado con esa profecía, acechaba a su hijo desde el mismo instante de su nacimiento. Algo o alguien con malintencionados fines lo ambicionaba. Esta noche lo había percibido con más intensidad de lo habitual y por ese motivo había decidido huir.

Y allí estaba. Aguardando entre la oscuridad. Podía sentirlo como un bloque de hielo apostado en su columna vertebral, vigilante, como unos ojos atravesando su espalda, erizándole el vello de la nuca. Podía incluso escucharlo. Un antinatural sonido, parecido al zumbido de un moscardón gigante pero de susurro metálico, que trastornaba su sentido del equilibrio y le producía náuseas.

Sacando fuerzas de flaqueza y tras dedicar al niño dulces palabras de consuelo que también pretendían tranquilizarla a ella misma, reemprendió su extenuante carrera hasta que finalmente el pánico la poseyó.

El zumbido se acentuó hasta casi depositarla en brazos de la locura. No logró verlo, pero su presencia era aterradora. ¡Había llegado! ¡Estaba aquí! ¡Quería arrebatarle a su bebé!

Sus rodillas flaquearon, y temblando cayó rendida sobre el húmedo suelo. Su hijo estalló en un desesperado llanto y el suelo empezó a oscilar de forma espantosa.

—¡Calla chiquitín! —susurró la madre con un hilo de voz.

Y entonces lo vio. Formando una imagen en la repentina niebla, apareció aquel ser, hermoso, inmaculado, inquietante, instantes antes de que una inmensa luz la cegara.

El bebé lloró a pleno pulmón, ella sintió mucha sed, se helaron sus entrañas y quedó paralizada.

Todo se tornó azul índigo para dar paso al negro más absoluto.

Y la nada los envolvió.

Uno

Mallorca, 2011

Odette abrió la ventana, cerró los ojos y dibujó en su rostro una dulce sonrisa mientras los rayos de sol le daban los buenos días. La brisa matutina acarició su melena y se sintió como cada mañana, feliz de seguir con vida. Abrió los ojos y su sonrisa se tornó sublime al observar desde aquel privilegiado lugar las imponentes montañas que se extendían ante ella intentando besar el cielo. La felicidad la embargó al recordar la promesa que se hizo al salir del hospital. Subiría hasta allá arriba por su propio pie para ver el mundo desde otra perspectiva.

Tras llenar sus pulmones y saborear el aire fresco, suspiró complacida y cerró la ventana. Eso tendría que esperar.

Aquel era su primer día de trabajo y debía prepararse. Con calma hizo la cama, y antes de darse una ducha dejó la tetera en el fuego. Tras desayunar, escogió del ropero un gracioso vestido azul celeste de mangas francesas, unos botines beige con flecos que se movían graciosamente a cada paso, su bolso color violeta. Sin olvidar el pastillero, que la protegía de por vida para que su nuevo corazón no sintiera rechazo, salió de casa y bajó los escalones de las callejuelas empedradas en un trote especialmente ligero. Llegó a la calle principal sintiéndose eufórica. Hacía una semana que se acababa de mudar a aquel idílico pueblecito, situado en un valle a los pies de la Sierra de Tramuntana, donde, tras aprobar unas oposiciones, había ganado una plaza en el museo municipal como ayudante en el departamento de arqueología. Su padre, siempre excesivamente protector, le suplicó que se quedara en la casa familiar, en París. Insistente, le recordaba que ella, debido a su posición social, no necesitaba trabajar, pero Odette siempre había soñado con ser autosuficiente y no se dejó convencer. Además, hacía un año que había superado un aparatoso trasplante de corazón, y debido a su enfermedad siempre había sido una niña excesivamente protegida con ansias de libertad, así que desoyendo los consejos de sus familiares alquiló una preciosa casita al pie de las montañas.

Sin embargo, en cuanto su padre la visitó para ver el lugar donde pretendía independizarse, este se escandalizó. La vieja casa, construida aprovechando la piedra caliza de la ladera, no disponía de acceso en coche. Había que subir andando por unas callejuelas estrechas y escalonadas con piedras irregulares, y si le sucedía algo, o necesitaba de cualquier urgencia, se vería en serios problemas. Pero ella había quedado tan maravillada y había insistido tanto, que a su padre no le quedó más remedio que capitular.

Cuando pasó por la panadería, recordó que con las prisas se había olvidado el almuerzo, así que entró para comprarse un bocadillo. Mientras hacía cola para que la atendieran y disfrutaba del rico aroma a pan recién hecho, se encontró con Gabriel, su vecino, amigo de la familia y uno de los policías municipales del pueblo. Rubio, atlético, de ojos azules e inmensamente alto; mediría poco más de dos metros. Y el uniforme le quedaba de maravilla. Era increíblemente guapo, y un mujeriego declarado.

—Hola preciosa. Veo que hoy has madrugado.

Odette respondió arrugando la nariz y guiñándole un ojo justo antes de encargar un bocadillo de jamón serrano.

—Increíble. Nadie más que tú es capaz de tener tal entusiasmo un lunes a las siete y media de la mañana. Hoy es el gran día ¿verdad? —dijo Gabriel en tono cariñoso.

Odette sonrió todavía más y asintió ilusionada, cosa que hizo pensar a Gabriel que, si no fuera por las circunstancias, ya se habría enamorado de aquellos preciosos ojos verdes.

—Todavía faltan veinte minutos para que abran el museo. ¿Te apetece que tomemos un café en el Bar Central y charlemos un rato?

—Gracias Gabriel —contestó Odette mientras recogía el almuerzo—, pero me gustaría llegar un poco antes para causar buena impresión.

—Está bien, pero cuando salgas llámame, ¿de acuerdo?

Odette asintió, y tras despedirse se encaminó presurosa hacia el museo municipal, que estaba a la vuelta de la esquina. Santa María de las Nieves era un pueblo muy pequeño y todo se encontraba a mano. La enorme y blanca escalinata de estilo colonial le pareció exquisita. Animada, empezó a subir los escalones de dos en dos y enseguida frunció el ceño, era demasiado empinada y su corazón empezó a latir rápidamente. Se vio obligada a parar un momento para apoyarse en la antigua balaustrada de piedra y tomar aire. Pero no se desanimó. Con la práctica, iría acostumbrándose al ejercicio.

Finalmente entró y se adentró en el vestíbulo. Allí aguardaba la conserje, una joven que la recibió con una franca sonrisa. No pudo evitar fijarse en su físico, era increíblemente guapa y muy atlética. Sus ágiles movimientos le llamaron poderosamente la atención. Seguramente pasaría horas en el gimnasio. Sintió una punzada de envidia. Nunca pudo practicar deporte a causa de su enfermedad y recordó con nostalgia lo mucho que le habría encantado dedicarse al ballet clásico, como su madre, que había sido una afamada bailarina. Recordó con orgullo que se llamaba Odette gracias al personaje principal del Lago de los Cisnes.

—¿En qué puedo ayudarte? —preguntó la chica, devolviéndola a la realidad.

—Buenos días —respondió con una sonrisa —, soy Odette Deveraux, la asistente de la Doctora Sagrera, hoy es mi primer día en el departamento de arqueología. ¿Podrías indicarme donde se encuentra su despacho, por favor?

—Por supuesto, acompáñame.

La esbelta conserje salió de la recepción y empezó a caminar delante de ella, adentrándose en la enorme y oscura bóveda principal coronada con arcos de medio punto.

Odette no pudo evitar retrasarse para pasear los ojos por el lugar. Se trataba de un hermoso palacio de estilo neoclásico, erigido sobre una primitiva abadía románica, la cual conservaba en la estructura interior sus principales elementos arquitectónicos con evidentes modificaciones. Las paredes de piedra caliza estaban cubiertas con exquisitos tapices flamencos de finales del siglo XIV, que representaban escenas de la mitología griega. A un metro de ellos, sobre el suelo cubierto en mármol travertino, habían colocado enormes urnas de cristal que guardaban celosamente delicadas piezas de cerámica, vidrio y orfebrería romana y árabe, que iluminadas de forma estratégica conformaban una interesantísima colección. Al fondo podía verse una exquisita exposición de importantes piezas de mobiliario de los siglos XVIII y XIX, que según los catálogos habían sido cedidas por la baronía local.

Se apuntó mentalmente admirar aquel paraíso del conocimiento con más detenimiento en cuanto tuviera ocasión y aligeró el paso para alcanzar a la conserje.

—María tiene la costumbre de llegar una hora antes. Seguro que te está esperando —informó la chica mientras seguía caminando delante de ella—. Odette es un nombre precioso. Tu familia no es de por aquí ¿verdad? —preguntó, mientras su larga y lacia melena color caoba, recogida en una cola de caballo, se mecía elegantemente de un lado a otro con cada paso.

Odette volvió a sentir envidia sana. Aquella mujer era espectacular. Esbelta como un junco y con un cabello impresionante. Al contrario de ella, que no era demasiado alta, un poco rellenita y con el pelo rizado y rebelde.

—Oh, sí —respondió, intentando alcanzarla—, nací en Mallorca. Pero mi padre es francés y vive en París.

—Vaya, pensarás que soy una maleducada por no haberme presentado —exclamó la joven parándose y dándose la vuelta—. Me llamo Elsa Dueñas. —Le tendió la mano y Odette le dio un fuerte apretón—. Ahora tengo que dejarte. En media hora vendrán los alumnos de primaria y ya sabes cómo son los críos. Si me necesitas, marca la extensión cuatro.

Y tras guiñarle un ojo, se fue corriendo hacia la recepción. Odette la siguió con la mirada hasta que desapareció volteando la esquina, al final del pasillo abovedado. Una vez quedó a solas se enfrentó a la puerta cerrada. Había un cartel que rezaba "Dirección de arqueología". Cerró los ojos, tomó aire y cuando se sintió preparada tocó a la puerta con suavidad. Era lo más lejos que había llegado hasta el momento.

Una mujer regordeta, de mediana edad y amable expresión la recibió con una sonrisa. En aquel momento, Odette sintió como sus sueños empezaban a cobrar forma. Con tan solo veinticuatro años había llegado más lejos de lo que jamás habría imaginado.

Elsa abrió las cristaleras de la entrada y encendió las luces del vestíbulo. Entre semana no venía mucha gente, pero ese día había programada una visita cultural del colegio del pueblo. Cuando todo estuvo en orden, se sentó delante del ordenador para organizarse el día. Realizó varias gestiones y archivó algunos partes hasta que apareció por la puerta un policía local. Le costó varios segundos reconocerlo y cuando lo hizo, el corazón le dio un vuelco. De ninguna forma se habría imaginado que su compañero de academia estaría trabajando en aquel pueblo donde seguramente Cristo perdió la alpargata.

Sus sentimientos sufrieron un encontronazo. Deseaba con todas sus fuerzas que la reconociera, pero su lado más racional clamaba a gritos que no fuera así. Sería un contratiempo para su primera misión. Muda y blanca como la cal, observó cómo Gabriel Astigarraga abría la boca de par en par a causa de la sorpresa, hasta que de pronto las comisuras de sus labios conformaron una seductora sonrisa.

—¿Dueñas? —exclamó Gabriel—, ¿Elsa Dueñas? ¡Qué sorpresa! —Enseguida su rostro cambió al asombro—. Fuiste la mejor con diferencia de la graduación. ¿Qué haces aquí?

Elsa se encogió en su silla, pero aguda, halló una vía de escape.

—Estuve trabajando varios años hasta que me detectaron un problema de salud que me impidió seguir.

Gabriel cambió su expresión.

—Vaya, cuanto lo siento. Sé que estar en el cuerpo nacional de policía era tu mayor ilusión. Pero ahora estás bien, ¿verdad? Te noto espléndida.

Elsa no deseaba seguir hablando de aquella tremenda mentira, así que hábilmente, respondió a la gallega, con otra pregunta.

—¿Y tú qué haces en la policía local? Tengo entendido que te destinaron a Madrid y te iba estupendamente. ¿Por qué cambiaste de cuerpo?

El altísimo policía de aspecto nórdico pareció alterarse y se pasó la mano por el pelo. Ese pelo tan rubio, casi blanco, abundante y liso, que en otros tiempos había llevado a las estudiantes de Ávila por el camino de la amargura. "Bueno —pensó Elsa—, no solo el pelo, también los ojos, el torso, el trasero… "

—Es una larga historia —respondió finalmente, rezando para que no se le notara el rubor.

Fue Gabriel esta vez el que, molesto, cambió de tema.

—Ya que estás aquí, ¿me harías un favor? —dijo, mientras sacaba una bolsa de papel con algo en su interior. Se la extendió—. ¿Podrías darle esto a Odette? Es la chica que acaba de entrar. No quisiera molestarla en su primer día de trabajo, pero he pensado que tal vez le apetecerían unas piezas de fruta y unos pasteles para acompañar el almuerzo.

Elsa extendió la mano y la mirada de extrañeza que le dedicó fue evidente. No pudo evitar hacer la siguiente pregunta.

—¿De qué la conoces?

—Soy un viejo amigo de la familia. Su padre es un importante galerista y yo un gran aficionado al arte. Y da la casualidad que es mi vecina.

—Oh, vaya...

Elsa salió de su pasmo al escuchar el estridente sonido del teléfono.

—¿Museo municipal? —respondió, tras descolgar y dedicarle una sonrisa nerviosa a Gabriel, que con un silencioso gesto de despedida se escabulló.

Una joven voz masculina sonó al otro lado del teléfono. Era suave, sensual, pero extremadamente inquietante.

—¿Es usted Patricia?

Elsa sintió un escalofrío y respondió lo que había estado ensayando durante meses.

—Patricia de Siracusa —concretó.

La voz respondió al otro lado del teléfono sin demostrar emoción alguna.

—Llegará esta noche. Espere la entrega en el lugar y la hora acordados.

El teléfono emitió un pitido, indicando que su interlocutor había colgado. Ella hizo lo mismo y apoyó pensativa su espalda sobre el respaldo de la silla, a la vez que jugueteaba con el bolígrafo. Había llegado el momento. Su primera misión estaba a punto de comenzar y no podía cometer ningún error. Pero que Gabriel estuviera rondando por allí era un contratiempo. Malditas casualidades.

Dos

No sabía el motivo, pero desde que tuvo uso de razón, para él eran habituales este tipo de situaciones. Cada cierto tiempo era trasladado para ser encerrado de nuevo en un lugar diferente.

Con las muñecas amarradas y los brazos extendidos, se esforzaba en mantener los ojos abiertos. Por supuesto no veía nada, ya que estaba atrapado en un lugar oscuro y absolutamente sellado, donde sus piernas abiertas y atadas por los tobillos le obligaban a mantener una posición, que aparte de incómoda y opresiva, resultaba denigrante. Con total seguridad le habían inyectado alguna sustancia relajante, porque se sentía sin fuerzas. En cambio sí era consciente del tiempo, que transcurría con lentitud. Y su mente, también presa en el interior de aquel espacio reducido, se esforzaba en no rendirse a la locura. Gritar era también inviable además de una pérdida de tiempo y energías, así que su única salida era la evasión. Aunque le resultaba muy difícil después del tiempo que había pasado en aquella posición.

Hacía ya tiempo que se hartó de sentir miedo y en aquellos instantes solo podía desear la bendita liberación. Una utopía, sospechó para sus adentros. Jamás lo liberarían. Si no lograba escapar por su propio pie, pasaría el resto de la eternidad atado, encerrado y soportando cualquier tipo de tortura física y mental. Nunca conoció la libertad, pero pronto aprendió a sentirse en paz con el silencio a medida que acababa confinado, una y otra vez, en recónditos y oscuros lugares como aquel. Sin embargo, la tortura regresaba con el aislamiento y un nuevo cambio clamaba por surgir. Algo que lo hiciera sentirse vivo. Qué ironía…

Cerró los ojos con fuerza y respiró hondo, intentando concentrarse. Debía evitar el deseo de gritar. Habían manipulado sus sentidos, pero si lograba concentrarse, sería capaz de percibir las emociones de quienes lo rodeaban; su única distracción.

El viaje estaba siendo largo. Al principio sintió la presencia de siempre, la de aquel a quien tanto odiaba. Pero después, todo a su alrededor se tornó confuso. Sintió almas que desconocían su existencia. Pululaban por todas partes, paseando de un lado a otro, luego desapareciendo sin más. Era capaz de escuchar sus pensamientos con total claridad, cosa que lo inquietaba y a la vez le provocaba una tremenda curiosidad. Interiorizaba sus sentimientos, los cuales era incapaz de comprender y eso le intrigaba. Unas veces era la felicidad la que lo colmaba, otras la tristeza, otras simplemente la indiferencia, el miedo, la alegría, la euforia… Él era capaz de sentir todo eso y luchaba concienzudamente por mantenerse cuerdo.

Después de un tiempo indefinido, al fin pudo dejar de luchar contra toda aquella incomprensión y logró relajarse. Al parecer, habían llegado a un lugar solitario. Sabía que seguía escoltado por la presencia de siempre. Pero de pronto apareció alguien más, quien de súbito despertó su curiosidad. Era una mujer y estaba inquieta.

00:45 En alguna carretera convencional de la Sierra de Tramuntana, Mallorca.

La fría noche sin luna permitió a las nubes descargar suaves copos de nieve, que en breve, fustigados por el viento, formarían una ventisca que acabaría azotando los árboles de aquel bosque de pinos y acebuches, cruelmente sesgado por la oscura carretera.

Aparcada en la cuneta y apoyada en su pick up, Elsa aguardaba fumando un cigarrillo a que llegara su contacto, que, por cierto, llevaba media hora de retraso.

Dio una calada y observó como el humo dibujaba extrañas formas que se entremezclaban con los copos de nieve, para luego diluirse en la negrura. Eso le hizo recordar las frías noches en Ávila, donde alguna vez fantaseó con la idea de convertirse en miembro del CNI. Tras aprobar la oposición y pasar el primer año de servicio, decidió reanudar sus estudios de criminología, alentada por las buenas notas que había obtenido en la academia. El precio fue alto. Tuvo que dejar de lado a su familia, su vida social y sus amistades. Muchas noches vio cómo sus compañeros de profesión vivían sus vidas, iban al cine, salían de copas y formaban una familia, mientras ella se quedaba a estudiar en su apartamento y se dejaba la piel en el gimnasio. Pero ahora podía sentirse satisfecha. Lo había conseguido con tan solo treinta y dos años.

Sus pensamientos regresaron a la realidad tras escuchar el motor diesel de un todoterreno negro, que se acercó arrastrando un extraño remolque blindado hasta detenerse en el lugar acordado. Tiró la colilla al suelo y la pisó con la bota para después arroparse y enfundarse las manos desnudas en los bolsillos de su negro chaquetón de plumas. Se acercó a la ventanilla tintada pensando que quizá llamaba excesivamente la atención, pero no dijo nada. En su oficio, la experiencia le había demostrado que la discreción era el mejor de los recursos, así que esperó paciente a que la ventanilla descendiera. Cuando sucedió, un hombre joven de cabello oscuro, piel blanca y con un rostro atípicamente hermoso se dejó ver. Sus ojos fríos como el hielo de un iceberg la observaron con intensidad y Elsa sintió como también radiografiaban sus más íntimos pensamientos.

—¿Patricia de Siracusa? —inquirió con una voz que logró ponerle el vello de punta.

—Afirmativo, soy su contacto, ¿podría identificarse por favor? —respondió intentando aparentar formalidad, cuando por dentro se sentía al borde de la histeria.

El atractivo y misterioso agente sonrió, pero la sonrisa no llegó a sus hieráticos ojos, lo que provocó en Elsa un escalofrío que navegó por su espina dorsal hasta asentarse en sus cervicales. De inmediato se recompuso, frunció el ceño y carraspeó aguardando una respuesta.

—Cómo no, sin problemas —contestó finalmente el atractivo joven, mientras le enseñaba la placa, y sin apartar de Elsa esos dos luminosos icebergs.

—Pues procedamos —logró farfullar, mientras se enfadaba consigo misma. Se le había notado a una legua la inseguridad en su voz.

Para colmo, su interlocutor pareció darse cuenta, porque soltó una sonora carcajada repleta de ironía. Al borde del refunfuño, Elsa se metió en su camioneta y condujo hasta el museo, preguntándose quién diablos se creía que era ese tío.

Una vez llegaron a su destino, no accedieron por la entrada principal, sino que, para evitar las cámaras de seguridad, lo hicieron por una casa aledaña, alquilada con ese fin, dentro de la cual existía una puerta disimulada en la pared de piedra que comunicaba directamente con las entrañas del museo, y que solo podía accionarse desde allí. Una vez dentro del museo, cruzaron el pasillo, entraron en un pequeño almacén donde se guardaban algunas piezas pendientes de ser catalogadas y bajaron a oscuras por una estrecha escalera de caracol excavada en la piedra de la montaña, que conducía a varias decenas de metros por debajo del nivel del suelo. Una vez abajo, dieron con un húmedo pasadizo y Elsa decidió encender el móvil para poder ver donde pisaba. Durante el tiempo que tardaron en recorrerlo, sintió que todo aquel asunto era surrealista, pero una vez más, no dijo nada.

Cuando llegaron al final, su acompañante pulsó un interruptor y se encendió la luz. Los ojos de Elsa se acostumbraron a la repentina claridad y descubrieron un reducido habitáculo de techo bajo, otrora la celda de algún monje de la antigua abadía y que a todas luces habría sido remodelado como calabozo varios cientos de años después. Advirtió que lo habían vuelto a habilitar para la ocasión, porque tras los antiguos y gruesos barrotes de hierro forjado, todavía en buen estado, habían colocado un cristal blindado traslúcido, propio de las cárceles modernas, e imposible de franquear. A punto estuvo de preguntar de qué forma iban a bajar el pesado remolque, o lo que hubiera en su interior hasta allí abajo, cuando su acompañante hizo algo inaudito. Levantó el brazo, y con un simple chasquido de dedos, el enorme cristal ascendió, desapareciendo entre la piedra del techo. Para su más absoluto pasmo, Elsa vio que allí estaba el remolque. ¿Cómo era posible? ¡Hacía unos minutos lo habían dejado aparcado en la calle!

Su asombro aumentó al ver como las compuertas metálicas se abrían solas para revelar el cuerpo de un hombre desnudo, atado por las muñecas y los tobillos. De inmediato, la sorpresa dio paso a la indignación, pero se cuidó mucho de evidenciarlo. Sin embargo, su mente no paraba de hacer preguntas. ¿Quién era ese tipo? ¿Y por qué era tratado de forma tan inmoral? ¿Tan peligroso era? Aquello, a todas luces era ilegal. Aspiró aire y contuvo la respiración unos segundos mientras intentaba calmar los nervios, repitiéndose mentalmente que era una profesional y se comportaría como tal.

Mientras su mente buscaba una explicación a tanto absurdo y su boca se esforzaba en permanecer callada para no dar su opinión, Elsa observó como su contacto desataba al prisionero. Le llamó la atención lo enorme y corpulento que era el individuo. Con total seguridad mediría más de dos metros y sus hombros era inmensos. Parecía un jugador de baloncesto. Jamás había visto a un hombre tan grande de cerca, pero lo que más le sorprendió fue su piel, absolutamente blanca, casi transparente, parecida a la de su carcelero, pero todavía más inmaculada. Unos cabellos oscuros, largos y lacios enmarcaban un rostro bellísimo de rasgos inquietantes, y cuando el prisionero abrió los ojos, de un azul eléctrico casi grisáceo, Elsa, inconscientemente dio un respingo y tuvo una sensación parecida a la que sintió cuando su contacto la había mirado en la carretera. Aunque a diferencia de él, al prisionero se le notaba ido. Estaba sedado. Elsa, vio como intentaba incorporarse y al no soportar su propio peso, caía estrepitosamente al suelo. Luego se arrastró unos metros, se colocó contra la pared y se acurrucó en un rincón haciéndose un ovillo. No parecía aterrado, solo quería que lo dejaran en paz.

Su contacto volvió a chasquear los dedos y el cristal apareció de nuevo de entre la piedra, sellando la cárcel con el individuo en su interior. Increíblemente, el remolque se diluyó entre una neblina repentina y Elsa quedó muda de asombro.

Él se dio la vuelta y habló con indiferencia, como si todo lo que acababa de suceder estuviera dentro de la normalidad.

—Lo único que tienes que hacer es asegurarte de que no escape y, por supuesto, nadie debe conocer su existencia. Baja una vez al día para comprobar que sigue aquí. Eso es todo.

La aterciopelada voz del hombre de ojos azules la sacó de su sorpresa y la obligó a prestarle atención.

—Pero recuerda una cosa —añadió—. Es extremadamente peligroso. No hables con él bajo ningún concepto. Si te grita, no le escuches. Ni tan siquiera le mires. ¿Has entendido?

Elsa asintió lentamente. No le gustó el tono de voz con el que se dirigió a ella, y sin poder deshacerse de la indignación creciente se atrevió a preguntar.

—¿A nombre de quién debo facturar su manutención?

El hombre la miró en un primer momento sorprendido, pero después pareció despreciarla por su atrevimiento, detalle que la molestó sobremanera. ¡Esto ya era el colmo! Tras cruzarse de brazos volvió a preguntar:

—¿Acaso este hombre va a vivir del aire?

Él la miró fijamente y levantó una ceja.

—¿Tengo que pagarte por la ironía?

Elsa se terminó de indignar.

—No, la ironía es gratis, pero si te apetece descubrirlo, cobro por el sarcasmo.

Esta vez el hombre levantó las dos cejas asombrado, porque muy a su pesar le agradaba su atrevimiento. De inmediato se compuso y extendió un fajo de billetes.

—Compra lo que te dé la gana, pero no te acerques a él.

Mientras le daba el dinero, rozó ligeramente los dedos de Elsa, que sintió como la increíble parte de lo que acababa de suceder se diluía de su mente como la tinta de acuarela en el agua. Confundida asintió y se guardó el dinero en el bolsillo.

Cuando el pequeño habitáculo se abrió, el prisionero sintió como el aire acariciaba su piel desnuda. Alzó los párpados, pero se asustó al comprobar que seguía sin poder ver nada. Intentó forcejear, pero sus músculos no respondieron. Intentó gritar, pero su garganta solo profirió un extraño sonido parecido a un lamento. Notó como su cuerpo se golpeaba contra suelo y lo único que pudo hacer fue arrastrarse para acurrucarse en un rincón, deseando que lo dejaran a solas de una maldita vez. Lo habían encerrado otra vez, pero algún día escaparía, y cuando lo hiciera, ese maldito pagaría por todo el sufrimiento que le estaba provocado.

Tres

Odette azuzó el fuego, se arropó con el chal y retornó al sofá para seguir leyendo. De inmediato suspiró y dejó caer la novela en su regazo. Pelito, su gato negro, no le quitaba el ojo de encima. Con semblante de interrogación y moviendo el rabo con lentitud, se acababa de sentar sobre sus patas traseras justo delante de ella, sobre la mesilla baja del salón. Sus centelleantes ojos color lima no le daban otra opción.

—¿Qué quieres ahora, bribón? —preguntó con voz cantarina.

Pelito respondió como suelen hacer los gatos.

—¡Gru gru gru miiiuu!

Odette dibujó una sonrisa y exageró el gesto.

—¿Ah sí? ¡No me digas!

El gato contestó de nuevo y Odette no pudo evitar soltar una carcajada. Pelito le dedicó otra retahíla de encantadores gorjeos y ella amplificó su sonrisa.

—Lo sé, lo sé. Los gatos parecéis conducidos por la norma de que es absurdo no pedir lo que uno quiere. Pero podrías ser más considerado y esperar a que termine de leer este capítulo.

La respuesta de Pelito en forma de mirada inquisitiva le provocó otra carcajada. No, de ninguna forma podía esperar.

—Oh, está bien, pequeño dictador —Odette capituló y se levantó del sillón para ir a la cocina.

Cuando abrió la puerta de la despensa y sacó pienso para gatos, el ronroneo se intensificó hasta sonar como un motor diesel. Luego, el animalillo se enroscó juguetón en la pierna de su adorada amiga dificultando sus movimientos.

Mientras Odette hacía malabarismos para sacar el jamón york de la nevera, cortarlo en pequeños trocitos y luego mezclarlos con el pienso, sonó la campana de la entrada. Tras colocar el recipiente con la comida en el suelo, fue a abrir la puerta. Pelito decidió refugiarse en la habitación más alejada de la casa. Al parecer, no le gustaban las visitas inesperadas.

Gabriel apareció tras el marco de la puerta con una melancólica sonrisa dibujada en el rostro. Y en su mano, una botella de vino.

—¡Hola vecina! Estoy aburrido. ¿Puedo pasar?

Odette se puso de puntillas, le dio dos besos y lo invitó a pasar.

—En esta casa eres siempre bienvenido. Pero no pienses que soy una desagradecida por no probar el vino. Sabes que no puedo —dijo tras cerrar la puerta y dirigirse al salón para adecentarlo, pues había rescatado de la estantería varios libros de historia para consultar unas cosas del trabajo y estaba todo revuelto.

Mientras doblaba la manta del sofá y despejaba la mesa, Gabriel sonrió.

—Tranquila, el vino es para mí. Estoy un poco deprimido. Para ti he traído té verde con menta. Importado de Túnez.

A Odette se le iluminó el rostro mientras él mostraba su obsequio. Adoraba el té y todas las infusiones que existían sobre la faz de la tierra. Se llevó el paquete al pecho y le regaló una de sus encantadoras sonrisas.

—Cómo me cuidas, Gabriel. ¿Cómo podré pagar tantas atenciones?

—No pienses que es gratis, en realidad lo hago por puro egoísmo —alegó el policía mientras se quitaba los zapatos y se arrebujaba en el sofá—. Desde que Isabel me mandó a paseo, no me he hecho el harakiri porque sé que Dios es grande y perdona a los que ya están desahuciados.

Tras dedicarle una mirada de condescendencia, Odette se metió en la cocina.

—Algo le habrás hecho, granuja —respondió en voz alta mientras ponía a hervir agua en la tetera.

—¿Yo? ¡Pero si la traté como a una Reina! —Gabriel fingió indignación— En cualquier caso, esa no sabe lo que se pierde. Por cierto, en el leñero del porche te he dejado varios troncos para la chimenea. Sé que te cuesta subirlos y así no pasarás frío.

Ella se asomó frunciendo el ceño en broma.

—¿Seguro que no recibes un sobresueldo de mi padre?

En ese momento la tetera empezó a silbar y Odette colocó sobre la encimera su taza preferida, la que siempre utilizaba en las ocasiones especiales.

Gabriel se incorporó, y tras coger la copa que ella le había ofrecido con antelación, se vertió un poco de vino y disfrutó el aroma que desprendía al ser escanciado.

—Es una lástima que no pruebes el vino. ¡Es pura ambrosía! Dicen que una copita antes de dormir es buena para la presión cardíaca. ¿No te lo ha dicho tu cardiólogo?

Odette añadió miel a su té y removió el agua con la cucharilla mientras se sentaba con las piernas cruzadas en la butaca, frente a Gabriel. Colocó las manos alrededor de la taza para calentárselas y cerró los ojos extasiada. Disfrutaba de aquella cotidiana acción. Amaba los pequeños placeres de la vida, porque ésta le había demostrado que podía ser muy corta y cada momento debía ser aprovechado al máximo.

—Supongo que por tomar una copa no me pasaría nada. —Sopló el caldo de la taza—. Pero como nunca he bebido alcohol no lo echo de menos.

—Por cierto —cambió de tema Gabriel—, hoy me he reencontrado con una vieja compañera. Elsa Dueñas, la conserje del museo donde trabajas.

Odette sonrió. La joven y esbelta morena de ojos color ámbar le había causado muy buena impresión. Gabriel continuó con el cotilleo.

—Fuimos compañeros en Ávila mientras estudiábamos en la academia de policía.

Odette sonrió de nuevo.

—¿Otra de tus conquistas?

—No, por desgracia. Por aquel entonces la profesora de criminología y yo disfrutábamos de un tórrido romance. Pero por cómo me miraba Elsa en educación física, juraría que estaba loca por mí.

Odette negó con la cabeza. Gabriel era todo un seductor. No existía mujer que no cayera rendida a sus pies. Pensándolo bien, se equivocaba. Inexplicablemente, ella misma jamás se había sentido atraída por él. Lo conocía desde que era una niña y lo recordaba siempre joven, como si el tiempo no le hubiera hecho mella.

—Lógico, eres guapísimo. Como un Dios nórdico. Pero mejor no digo nada más. No es bueno alimentar tu ego.

Sin poder evitarlo, Gabriel profirió una mueca de orgullo. Los halagos eran su debilidad.

—Al parecer no ha podido seguir ejerciendo por un problema de salud —continuó Gabriel—. Y es una lástima, habría sido una buena poli.

A Odette le cambió la expresión.

—Oh vaya, eso sí que es una lástima. Entiendo cómo debe sentirse. Yo estoy enferma desde que nací y he aprendido a vivir con ello, pero es muy triste que te priven de la calidad de vida así, tan de repente.

Gabriel enseguida se sintió culpable por haber sacado a relucir el tema y sonrió, intentando disimular sin éxito su compasión.

Odette removió de nuevo el té y dibujó en su rostro otra increíble sonrisa. Tras una breve pausa respondió.

—No te preocupes. Me siento feliz de estar aquí. La gente tiende a preocuparse por cosas absurdas, creen que vivirán para siempre. Pero la verdad es que si alguien les dijera que les quedan tan solo dos meses de vida, intentarían pasar sus últimos momentos en la más absoluta felicidad. Ese es mi lema, así que no me compadezcas. Me quede el tiempo que me quede, habré disfrutado de una vida plena y satisfactoria.

Gabriel quedó tan impresionado por aquellas palabras que no le quedó otro remedio que bromear para aliviar la tensión que estaba empezando a sentir.

—Querida mía, a veces eres tan optimista que te regalan una mierda y andas buscando el caballo.

Odette no pudo evitar soltar una carcajada.

—¡Pero qué bruto eres!

—Un bruto que te adora. Pero hablemos de otra cosa. ¿Qué tal tu primer día en el museo? ¿Has descubierto algo interesante?

Los ojos de Odette se iluminaron como dos supernovas.

—¡Oh Gabriel! ¡Me encanta mi trabajo! ¿Sabes que la Doctora Sagrera me ha permitido ojear un extraño códice que encontraron los operarios tras las nuevas remodelaciones? ¡Es increíble! Data de mediados del siglo XII y contiene pasajes de la Biblia, sobretodo del Apocalipsis. Pero hay algo que me llama poderosamente la atención…

—Los ojos de Odette brillaban como esmeraldas, y sus manos gesticulaban con elegante expresividad mientras narraba lo que para ella era un impresionante hallazgo. Él disfrutaba de verla en ese estado, más interesado en su entusiasmo que en el significado de sus palabras—. En un fragmento, habla de los Nefilim —Tras escuchar esa palabra, Gabriel se incorporó ligeramente para prestar atención—. No solo es que los cite en el Génesis, capítulo seis, versículo cuatro, donde, a pesar de estar escrito en latín, no los traduce como "gigantes" o "titanes", sino que utiliza el término original hebreo. Es que además, el autor anónimo especula sobre su relación con los dioses sumerios; los Anunnaki ¿No es interesante, teniendo en cuenta la datación del códice?

Gabriel estaba anonadado.

—Odette, soy un simple poli, no estoy muy puesto en temas bíblicos. Pero, ¿a dónde pretendes llegar?

Los verdes ojos de Odette soltaban chispas de excitación. Se había olvidado por completo del té.

—Creo que existe una relación entre los gigantes de la Biblia, los Nefilim y las deidades sumerias que supuestamente llegaron procedentes de las estrellas, los Anunnaki.

—¿De las estrellas? —preguntó Gabriel, intrigado.

—Aguarda, te explicaré mi hipótesis, pero empezaré desde el principio. Los sumerios, como seguramente ya sabrás, fueron una de las primeras civilizaciones que utilizaron la escritura. Los textos más antiguos descubiertos datan aproximadamente del tres mil cuatrocientos antes de Cristo y se conocen gracias a que fueron grabados sobre tablillas y vasijas de arcilla. Cuando éstas pudieron ser finalmente traducidas, los arqueólogos e historiadores se percataron de que muchos de los textos coincidían con mitos casi similares a los de la Biblia judeocristiana. Es más, estas analogías no son aisladas, sino que gozan de un impresionante paralelismo.

—Pero eso tiene sentido —alegó Cabriel—, todos los mitos y religiones tienen una base y una simbología común. Son sólo arquetipos que se repiten. Pero, ¿qué tiene que ver eso con los Anunnaki?

—Para ser un simple poli estás muy bien informado.

Gabriel hizo un gesto restándole importancia.

—Escucho "Espacio en Blanco"[1] de vez en cuando, sobre todo cuando tengo guardia de noche.

Odette hizo caso omiso a la ironía y siguió hablando entusiasmada.

—El caso es que algunos historiadores alegan que los Dioses occidentales se modelaron en base a la cultura sumeria. El ejemplo más evidente es Utu, el Dios del sol, que para los antiguos egipcios fue

---

[1]   *Programa de Radio Nacional de España relacionado con el mundo del misterio y presentado por Miguel Blanco.*

Amón Ra. Después los griegos lo llamaron Apolo y los romanos ni siquiera se molestaron en cambiarle el nombre. Además, las historias que se narran en las tablillas podrían no ser arquetipos. Existe una casuística muy evidente, por ejemplo, sobre el "supuesto" diluvio universal. Según los meteorólogos, podría haber sido, nada más y nada menos, que el fin de una glaciación que provocó la subida del nivel del mar y destruyó pueblos enteros a lo largo y ancho del mundo.

—Pero es lógico que culturas diferentes tengan un Dios del Sol. Para los aztecas, Tenochtitlan también es el Dios del Astro Rey. Y es razonable pensar que el final de la última glaciación creara en diferentes partes del mundo mitos similares al del diluvio que se narra en la Biblia. ¿A dónde pretendes llegar?

Odette hizo una pausa, lo miró misteriosa, como si estuviera a punto de revelar un gran secreto. Y sólo cuando vio que Gabriel empezaba a impacientarse, sentenció.

—Creo que los Dioses de la antigüedad eran, ni más ni menos, seres extraterrestres.

Gabriel primero parpadeó. Luego boqueó. Pero cuando entendió a donde pretendía llegar Odette, se esforzó en no estallar de la risa. Decidió que para disimular la creciente sonrisa que empezaba a formarse en las comisuras de sus labios, debía tomar un sorbo de vino.

—¿Has dicho, extraterrestres? —tosió, intentando no atragantarse.

Al parecer, ella no quiso darse cuenta y continuó con su descabellada hipótesis, todavía más animada.

—Según Zacharías Sitchin[2] los Anunnaki venían del espacio. De un planeta llamado Nibiru. En un sello de cilindro, que se encuentra actualmente en el museo de Berlín, puede observarse que eran muy altos, gigantescos, y además allí aparece un extraño cuerpo celeste que hasta hace poco no fue descubierto por la ciencia, justo en el mismo lugar donde los sumerios situaban a Nibiru, el planeta de los Anunnaki. Las tablillas sumerias nos narran que hace más de cuatrocientos mil años, éstos llegaron de Nibiru y se asentaron en una colonia llamada Edén. Según el Génesis, Adán fue creado a partir del polvo y Eva de una de sus costillas. Pues bien, yo creo que los Anunnaki crearon a los hombres genéticamente y produjeron un híbrido, el hombre moderno.

---

2   *Licenciado en Historia Económica, conocedor en profundidad del hebreo clásico y moderno, lector del sumerio y autor de una serie de libros que promueven la teoría de los antiguos astronautas. Atribuye la creación de la cultura sumeria a los Anunnaki o Nefilim, que según él procederían de un planeta llamado Nibiru. Sus teorías se apoyan en interpretaciones de fuentes sumerias y babilónicas, todas ellas desacreditadas por el resto de la comunidad científica.*

Y si regresamos a los textos bíblicos hallamos otro paralelismo. El que aparece remarcado en el códice que acabamos de descubrir. Y cito; *"Los nefilim se hallaban en la tierra en aquellos días, y también después, cuando los hijos del Dios verdadero continuaron teniendo relaciones con las hijas de los hombres y ellas les dieron a luz hijos, estos fueron los gigantes de la antigüedad, fueron los hombres famosos".*

Gabriel no pudo soportarlo más. Estalló en carcajadas y a punto estuvo de derramar el vino, pues se agarraba el vientre con las dos manos.

Odette continuó como si nada.

—¿Es que no te das cuenta? Independientemente de que Nibiru exista o no, los Nefilim, según el Génesis, son los hijos de Dios y las hijas de los hombres. Para los arameos, el término *Nephila* se refiere a la constelación de Orión. Para los indios norteamericanos, ésa es la constelación del perro, donde se encuentran las hogueras de sus antepasados, y para la tribu africana de los Dogones, Sirio es la morada de los Dioses. Algunos ufólogos aseguran que…

Gabriel la interrumpió. La conversación estaba lindando el absurdo.

—¿Me estás diciendo que tú, licenciada en historia y con un máster en arqueología, basas tu hipótesis de la creación del hombre en un grupo de gente que se pasa la vida persiguiendo luces de colores en mitad del monte? ¿Has perdido el juicio? ¡Menos mal que el que está bebiendo vino soy yo!

Odette se rindió. Cogió la taza de té, ya frío, y tomó un sorbo.

—Está bien —reconoció—, puede que esté diciendo barbaridades.

—¿Puede?

—Pero, aunque no existan pruebas irrefutables sobre lo que estoy diciendo, creo que hay que tener la mente abierta a las ideas descabelladas. Piénsalo Gabriel, si la humanidad no hubiera soñado con llegar a la Luna, jamás lo habría logrado.

Gabriel la miró unos instantes con los ojos llenos de amor fraternal. Estaba preciosa cuando se ilusionaba.

—Alguien me dijo una vez que si pones tu alma y tu corazón en un sueño, el universo conspira para ayudarte a conseguirlo. —Gabriel puso la copa sobre la mesa y sonrió—. Así que, sigue buscando luces en el cielo cariño, porque eso quiere decir que aún queda esperanza.

Odette se sintió conmovida por la melancólica expresión que lucía Gabriel en aquellos momentos.

—Hablando de perseguir luces por el monte. Este fin de semana empezaré a practicar senderismo. Pienso subir esa montaña.

Gabriel sonrió orgulloso.

—Cuando vayas, avísame y te acompaño —dijo— No vaya a ser que te caigas y tu padre deje de pagarme el alquiler.

Los dos empezaron a reír, pero la broma de Gabriel quedó eclipsada cuando bajo el marco de la puerta apareció Pelito.

El enorme y peludo gato negro se acercó al invitado, contoneándose a cada paso, moviendo escandalosamente la cintura, balanceando todo el cuerpo de forma exagerada. Su esbelto rabo largo y de pelo abundante parecía el periscopio de un submarino, rígido y girando para no perder detalle de lo que allí acontecía. Movía tanto las caderas al caminar, que casi cruzaba las patas al contonearse. Parecía un gato de la mafia calabresa, distinguido, elegante y sinvergüenza. Finalmente se sentó y radiografió al intruso con su rostro felino, diciéndole con la mirada que su amiga Odette era suya y de nadie más. Su expresión era tan chulesca que los dos amigos no pudieron evitar reír de nuevo.

—Como puedes ver, ya tengo suficiente protección con este pequeño guardaespaldas.

Odette acompañó sus palabras con una sonrisa de orgullo.

—¿Sabes querida? En realidad la casa es del gato. Tú solo pagas el alquiler.

Odette amplió su sonrisa. ¡Cuánta razón tenía Gabriel!

Cuatro

Se acurrucó en un rincón, el más alejado que encontró del frío cristal, y agotado, se abrazó las piernas con los brazos a la vez que hundía el rostro en las rodillas.

Su carcelero había logrado una vez más reducir su poderoso orgullo y ahora solo deseaba descansar y que lo dejara en paz durante un tiempo. Estaba harto de luchar y no tenía ánimo ni para albergar frustración. Por fortuna no sentía la inquietante presencia de aquel hombre al que tanto odiaba, a fin de cuentas estaba totalmente aislado y lo agradecía, al menos de momento. De vez en cuando percibía la tímida presencia de la mujer que le proporcionaba alimento, pero no la veía como una amenaza. Presentía sus dudas y su sentimiento de culpa, pero también su gran fuerza de voluntad y su tesón, por ese motivo no presentaría lucha, al menos hasta haberla tanteado un poco más.

Tras varios días de cautiverio, al fin logró nivelar sus sentidos, que le fueron cegados durante el tiempo que estuvo inmovilizado mientras lo trasladaban. En el lugar donde se encontraba hacía frío y por eso tiritaba, pero lo agradecía, así se sentía vivo.

Alzó la cabeza y constató que su vista volvía a ser nítida a pesar de que la oscuridad lo envolvía todo. Enfocó la mirada, agudizó el oído, siendo capaz de captar cualquier sonido por sutil que fuera, y observó con detenimiento el lugar donde se encontraba.

Se trataba de una estancia reducida que hacía las medidas de dos cuerpos suyos por otros dos de ancho y sopesó que, si se alzaba en pie, no lograría erguirse por completo, teniendo que caminar encorvado, por lo que permanecer agachado era lo más adecuado para no sentir agobio. Tras palpar el suelo con los dedos, se decidió a gatear para explorar el recoveco. Era perfectamente circular, no había esquinas, por lo que apoyarse en la pared resultaba bastante incómodo. Tampoco disponía de un lugar adecuado para tumbarse y descansar, ya que el suelo era irregular y sobresalían algunas rocas que le provocaban molestias en las rodillas cuando intentaba desplazarse. Lo comparó con otros lugares donde había estado cautivo y llegó a la conclusión que éste era distinto. Más aislado, menos cómodo y mucho más oscuro, pero al menos nadie lo perturbaba. Lo que más le incomodaba era no poder ejercitar su cuerpo. Solía caminar y correr durante horas hasta caer exhausto cuando la estancia solía ser más amplia, de esa forma lograba evadirse de su absurda realidad.

Mientras gateaba en círculos por el interior de aquel lugar, empezó a notar algo que llamó su atención. Con curiosidad, sentimiento que agradeció sobremanera, ya que hacía mucho tiempo que no sentía otra cosa que no fuera rabia o desesperación, se dirigió presuroso para descubrir de qué se trataba. Justo en el centro de la celda percibió una fuerza que no logró comprender, pero que sin conocer el motivo, le resultaba familiar. Esa energía potenciaba sus sentidos proporcionándole ánimos y vitalidad, y por primera vez en mucho tiempo su rostro esbozó una sonrisa.

Su fe había regresado. Intentaría escapar y esta vez lo lograría.

Elsa aguardaba nerviosa a que María Sagrera y su ayudante, la joven y siempre risueña Odette Deveraux, acabaran la jornada. Llevaban toda la tarde encerradas en la biblioteca examinando algo que habían descubierto unos operarios hacía poco, en uno de los múltiples pasadizos del museo. Durante el tiempo que duraron las obras, Elsa rezó hasta quedarse sin oraciones para que no fuera descubierta la puerta que llegaba hasta el pasadizo que conducía al antiguo calabozo, donde habían encerrado a aquel hombre, y por fortuna, Dios, Alá, Buda y el panteón entero de los Dioses que pudieran haber existido alguna vez, habían atendido sus plegarias y aquellas dos no habían metido las narices donde no debían. Aun así se sentía inquieta, por lo que empezó a golpear la mesa con el bolígrafo de forma desquiciante.

Al fin Odette apareció en la recepción.

La joven de ojos verdes debió notar su inquietud y le dedicó una tímida sonrisa plagada de culpabilidad.

—Lo siento Elsa —se disculpó—, nos hemos retrasado un poco pero ya nos vamos. María enseguida saldrá. Otro día déjanos las llaves, no es justo que te quedes aquí esperando a que nosotras terminemos...

—No te preocupes, es mi trabajo —respondió la conserje, agradeciendo que el motivo de la preocupación de Odette no fuera el mismo que el suyo.

—Pues gracias y hasta mañana Elsa, que pases una buena noche.

—Hasta mañana.

Odette bajó las escaleras y volteó la esquina mientras comprobaba la hora en su reloj de muñeca. Cuando vio lo tarde que era ahogó un suspiro y miró al cielo. Tenía que comprar jamón york para Pelito en el colmado antes de que cerrara. Se paró un momento para rebuscar en su bolso la cartera y resopló al descubrir que se había dejado las llaves en el despacho. Dio media vuelta y regresó al museo.

Entró y buscó a Elsa con la mirada pero no la encontró, aunque su bolso seguía en la recepción y algunas luces ya estaban apagadas, por lo que dedujo que habría ido al baño antes de cerrar. Debía darse prisa si no quería quedarse encerrada por error, así que caminó a paso ligero por el pasillo hasta entrar en el despacho. María ya se había ido, así que, presurosa, barrió la estancia con la mirada. Las encontró junto al antiguo códice y de forma inexplicable sintió algo muy extraño. Su corazón empezó a palpitar con fuerza y tuvo que sentarse para recobrar el aliento. El delicado librito estaba cerrado, pero Odette no pudo resistir la tentación de abrirlo. Lo hizo, y éste se separó en la página treinta y tres, donde rezaban en latín unos inquietantes versos trazados en exquisita caligrafía gótica;

"Vi descender del cielo a otro ángel fuerte, envuelto en una nube, con el arco iris sobre su cabeza; y su rostro era como el sol, y sus pies como columnas de fuego. Tenía en su mano un librito abierto; y puso su pie derecho sobre el mar, y el izquierdo sobre la tierra; y clamó a gran voz, como ruge un león; y cuando hubo clamado, siete truenos emitieron sus voces..." (*Apocalipsis. 10:1)

No pudo continuar leyendo. Notó como la cabeza le daba vueltas, sin entender si era por su precaria salud o por la inquietud que le provocaban aquellas escalofriantes palabras.

Al instante salió de dudas.

Un temblor sacudió su silla provocando que por muy poco cayera al suelo. Se agarró al borde de la mesa y las luces, tras parpadear unos segundos, se apagaron. Quedó a oscuras y el miedo la paralizó. No se atrevió a moverse y aguardó sentada sobre la silla con la mirada perdida en la oscuridad. Deslizó las manos lentamente para abrazarse, y temblorosas, éstas terminaron frotando sus hombros de forma continuada para intentar calmarse. Desconcertada, y sintiendo como el miedo atenazaba su raciocinio, decidió tomarse unos minutos para poder pensar con claridad.

Estaba perdiendo la poca paciencia que le quedaba. Se sentía fuerte, poderoso y tremendamente enfadado. Aquella energía, que al principio lo había embriagado con la esperanza de la liberación, ahora lo saturaba de ira.

Hacía ya un rato que no notaba la presencia de la mujer que lo vigilaba. Ella acababa de abandonar el lugar, y al saberse a solas, se decidió a romper el cristal de un cabezazo alentado por la energía que manaba del suelo. Sin embargo, no logró provocar en aquella opaca barrera ni una sola grieta. Al contrario, se hirió en la cabeza, sangró, y eso lo enfureció todavía más. Gritó con todas sus fuerzas. Pero en lugar de acabar exhausto, como solía ocurrir otras veces en las que se había sentido dominado por la rabia, la energía que provenía del interior de la tierra le proporcionó más poder. Notó como la electricidad recorría su piel, volviéndola traslúcida, erizándole el vello, y sintió como sus músculos se tensaban hasta casi reventar. Bramó, tembló y soltó una carcajada que rebotó en las paredes de roca al descubrir como todo a su alrededor se tambaleaba.

La libertad estaba cerca.

El suelo vacilaba de un lado otro cada vez con mayor intensidad y el ruido que aquello provocaba era desquiciante. Las entrañas de la tierra rugían junto con muebles chirriantes y cristales que estallaban de forma estridente en mil pedazos, provocando un concierto de terror. El segundo temblor se sintió más fuerte que el anterior y provocó que esta vez Odette perdiera el equilibrio y se cayera de la silla. Una vez en el suelo, sintió que la zarandeaban durante unos segundos que a ella le parecieron horas, mientras un miedo atroz se empeñaba en recorrer su espina dorsal. Sin saber cómo y a tientas, logró con los dedos encontrar las patas de la mesa, poniéndose a cubierto bajo ella.

Abrió la boca, pero su grito se ahogó cuando llegó a la garganta y solo consiguió proferir un débil y angustioso gemido.

Cuando la pesadilla hubo acabado, un silencio insoportable lo invadió todo, y Odette solo pudo oír sus apurados jadeos mientras intentaba llenar los pulmones de oxígeno. Los latidos de su corazón ensordecieron sus oídos, y sus propias pulsaciones martilleaban sus sienes a una velocidad extrema. Durante un rato no se atrevió a mover ni un solo músculo. Se encontraba en una posición incómoda, no lograba relajarse, pero finalmente cobró cierta confianza y decidió ponerse en pie. Como no había luz, a tientas logró llegar hasta la puerta, y tras asomarse al pasillo resopló angustiada. No sabía a dónde ir. Las piernas le temblaban tanto que tuvo que apoyarse contra el marco de la puerta, lo que le dio tiempo a pensar que estaba dejando olvidado el bolso en el interior del despacho. Y en el bolso estaban el móvil, las llaves, la cartera y, lo más importante de todo, el pastillero. Como estaba a oscuras y no se sentía capaz de desandar sus pasos, intentó probar suerte con la esperanza de que Elsa todavía siguiera en el edificio.

—¿*Elsa?* —la llamó con voz trémula, sin atreverse a alzar la voz.

Nadie contestó.

El cristal estalló en mil pedazos. A cada instante se sentía más poderoso. Sí, él había sido el causante y ahora solo quedaban por destruir los barrotes. Romperlos iba a ser fácil, tan fácil que cuando los tocó se fundieron en sus manos. Rebosante de vitalidad y eufórico por sus recién descubiertas capacidades, logró salir de su prisión. Una amplia sonrisa dibujó su rostro y volvió a gritar, esta vez con alegría desmedida.

Tras desistir en recuperar el bolso, Odette palpó con manos temblorosas las paredes del pasillo empedrado. Intentaba avanzar sin separarse del muro, buscando a tientas la salida con temor a más réplicas, y sus miedos cobraron forma al sentir como de las entrañas de la tierra surgía otro bramido aterrador.

Esta vez el terremoto fue brutal.

Todo empezó a moverse de un lado a otro, sacudiéndola como si fuera insignificante. Los muebles, demás objetos y cristales que había a su alrededor cayeron al suelo provocando un gran estruendo. El suelo saltaba, se abría y crujía como si estuviera vivo. Odette no supo lo que era el pánico hasta aquel mismo instante. Sin lograr mantener el equilibrio, cayó al suelo de bruces y, como pudo, logró arrastrarse hasta arrimar su espalda contra una pared, rezando para que no se desplomara sobre ella y la aplastara. De forma instintiva se cubrió la cabeza con los brazos y esperó a que la pesadilla terminara.

Mientras duró el terremoto, el miedo que sintió fue tan atroz que su mente quedó en blanco y olvidó otra cosa que no fuera el instinto básico de respirar. Esta vez solo fueron unos segundos, pero le parecieron una eternidad, y cuando al fin cesó, la tensión acumulada desembocó en un mar de lágrimas, que había contenido hasta el momento. Su rostro quedó inundado y se acurrucó estremecida sin poder escuchar otra cosa que sus propios sollozos. Tras varios minutos de angustioso llanto, quedó agotada, notó el frío de la piedra en su espalda y la apremiante idea de salir a campo abierto se hizo tan latente como su propia impotencia. Pero no sabía qué dirección tomar y el oscuro pasillo se distinguía repleto de cristales, piedras y muebles destrozados. Desorientada, intentó recordar la dirección que había tomado al salir del despacho, pero temía adentrarse más en el edificio en lugar de dirigirse hacia la salida. No se atrevía ni a dar un paso. Su propia indecisión la indignó. Resopló frustrada y empezó a temblar de forma convulsiva.

Y allí se quedó durante largo tiempo, acurrucada contra la pared, pensando en su familia, en las montañas, en el mar… Tuvo miedo de quedar encerrada en aquel lugar para siempre y se enfadó con el mundo por ser tan cruel. Después de todo lo que había luchado por su vida, el macabro destino la obligaba a quedar sepultada por una desafortunada decisión.

Un ruido la devolvió a la realidad y dio un respingo. Alzó la cabeza y aguzó el oído. Reconoció unos pasos. Alguien se acercaba. Esperanzada, se secó las lágrimas con el dorso de la mano y se atrevió a hablar.

—¿Elsa? —preguntó con voz temblorosa.

De nuevo el silencio. Pasados unos instantes escuchó un siseo. Lo volvió a intentar, animada.

—Elsa, ¿eres tú? Necesito ayuda, por favor, no sé cómo salir de aquí…

Los pasos cesaron al instante y de nuevo regresó el silencio. Se sintió observada. Eso la inquietó hasta el punto de ponerle los pelos de punta. No lograba ver absolutamente nada, sin embargo, sabía que no estaba sola, y esa persona, o lo que fuera, no solo continuaba callada, sino que había dejado de moverse. Tembló de nuevo involuntariamente, pero sin perder la esperanza insistió.

—¿Quién anda ahí? —Su voz silbaba como una tetera al fuego.

Como respuesta solo obtuvo silencio y sintió con más intensidad unos ojos clavados en ella.

Él se obligó a parar en seco. Era la primera vez en su vida que escuchaba una voz tan suave. Aquel sonido le pareció dulce y a la vez desvalido. Enfocó sus sentidos para captar la esencia de aquella persona y lo logró con intensidad. Percibió su miedo, pero muy sutilmente se asomaba también la esperanza en ella. Sintió empatía con esos sentimientos y una sensación de candidez lo envolvió hasta casi lograr que se le inundaran los ojos de emoción. Confundido, sacudió la cabeza para desprenderse de tales emociones.

Odette notó como su cuerpo empezaba a vibrar. Allí había alguien que no se dejaba ver mientras la observaba. La inquietud la poseyó. No sabía qué hacer. Sentía miedo y a la vez agradecía no estar sola. No le quedó más remedio que aguardar.

Él sintió la inquietud de aquella mujer e interiorizó la sensación, cosa que le provocó una gran excitación. Con la euforia de la huida no se había preocupado de que alguien pudiera descubrirlo. Hasta el momento se había sentido libre y no había actuado con cautela, lo que le hizo temer que volvieran a encerrarle. Empezó a temblar, se enfadó y cuando la mujer sintió miedo, se lo transmitió. Confuso por las sensaciones contradictorias que lo impregnaban, empezó a caminar apartando con fuerza todo lo que había a su alrededor sin ningún cuidado, dispuesto a terminar con aquella locura.

Odette, mientras oía que aquello se acercaba seguido de un gran estruendo, no pudo evitar soltar un grito. Cuando eso sucedió, otro grito atronador parecido al rugido de un león, brotó de otra garganta y resonó a su alrededor. Fue ensordecedor. El suelo tembló de nuevo y Odette no pudo resistirlo por más tiempo.

Se desvaneció.

Él llegó hasta ella sin dificultad. El terror le había encogido el alma instantes atrás, pero de súbito dejó de sentirlo. Confuso y sin lograr comprender aquellas sensaciones, se sentó en el suelo junto a ella envolviéndose la cabeza con los brazos. ¿Qué le estaba sucediendo?

¿Por qué de repente la desazón le encogía el corazón hasta provocar que sus ojos se llenaran de algo líquido que no sabía lo que era? ¿Era eso normal? Confuso, sintió la necesidad de destrozarlo todo, de acabar con aquel maldito sufrimiento, pero, ¿por qué también sentía la acuciante necesidad de proteger a esa persona, con lo fácil que habría sido acabar con ella? Los demás siempre le habían hecho daño, o cuanto menos, lo habían tratado con indiferencia. Pero ésta se había dirigido a él y había buscado su protección. Le había pedido ayuda. Había solicitado su consuelo. ¿Era él capaz de proteger a alguien? Por contra, ¿por qué debería hacer algo así? Abrió los ojos, se secó las mejillas con el dorso de la mano y se acercó.

Estaba inmóvil. Alargó la mano y la tocó. Ella gimió con el contacto y asustado apartó la mano. ¿Y si la mataba con solo rozarla? Aliviado, se dio cuenta de que no se había fundido como había sucedido con aquellos barrotes que lo aprisionaban, así que algo más confiado, sintió la necesidad de observar su rostro. Hasta el momento había estado cegado por la ira, pero él sabía que si se concentraba era capaz de ver a través de la oscuridad. Finalmente, pudo observar el caos que momentos antes él mismo había provocado. Todo estaba desordenado. Trozos de objetos se desparramaban por el suelo dibujando formas imposibles. Y en mitad de tanto desorden estaba ella. Ladeó ligeramente la cabeza tras sorprenderse. Era bonita, muy bonita. Tenía un pelo muy largo, como él. Diferente, pero hermoso. Rizos oscuros se extendían por el suelo, enredándose con el resto de escombros. Ella se encontraba en mitad de todo aquello y entendió el contraste que evocaba aquella visión. Ella era la vida, el aliento, la existencia, surgiendo sublime en mitad de tanta destrucción. Ella predominaba entre el caos. Por ese motivo no pudo evitar sentirse más turbado que nunca. La necesidad de proteger ese débil, pero a la vez sublime aliento de vida, en mitad de tanta destrucción, y la necesidad de salvarla, era más fuerte que su propio instinto de supervivencia. Solo pudo pensar en la forma de sacarla de allí sin que sufriera más daño. Con sumo cuidado la tomó en brazos, sorprendiéndose por su escaso peso. Ella volvió a gemir y la acunó, preocupado por lastimarla. Era delicada y frágil, al contrario de él. Si quisiera, podría matarla con tan solo estrecharla un poco más, pero descartó de inmediato hacer tal cosa. Por primera vez en su vida sintió curiosidad por otra persona, así que colocó su nuca sobre el interior del codo para poder observar su rostro con detenimiento. Sus ojos se cerraban en unas largas y rizadas pestañas negras que se perfilaban sobre su blanca piel. La nariz era pequeña y el óvulo facial ligeramente ovalado. Sus labios llenos y de forma armoniosa. El superior, ligeramente más grueso que el inferior, lo que le daba un aspecto gracioso. Con delicadeza le apartó un mechón de pelo rizado de la frente y notó que se le bañaban los dedos de sangre. Sus músculos se fraguaron y se alteró ligeramente. Enseguida descubrió que ese sentimiento era preocupación. Ella estaba herida y él no aceptaba ese hecho. Quería que sanara, e hizo algo inaudito. Acercó sus labios a la sangre y lamió la herida. El sabor era extraño pero agradable y su olor embriagador. Lamió el arañazo hasta que ya no quedaron restos de sangre y, aliviado, comprendió que había logrado curarla. Ahora tenía que sacarla de allí.

La estrechó en sus brazos con sumo cuidado y se incorporó.

Caminó sin dificultad por los largos, húmedos y estrechos pasadizos subterráneos, apartando con su mente todo lo que impedía su andar. Cuanto más avanzaba, menos escombros encontraba y el camino era más fácil. Sin saber de qué forma, logró guiar sus pasos hasta hallarse frente a un gran obstáculo de piedra que le impedía avanzar más. El pasadizo terminaba en un arco cegado con rocas que se habían derrumbado a causa del deterioro de los muros, y tras esas piedras se encontraba el mundo exterior.

Tomó aliento con una larga y entrecortada inspiración. Su mirada se posó en el grueso muro, único obstáculo para su libertad. Una libertad que podía sentir aguardándolo allí fuera. Una libertad que había deseado alcanzar desde que tuvo uso de razón. Una libertad que lo emocionó.

Hallaría la forma de atravesar aquello sin dañar a su protegida. Y su cerebro empezó a desgranar con fluidez la forma de hacerlo.

Cinco

Gabriel salió de comisaría hecho un manojo de nervios. El teléfono no había parado de sonar desde hacía una hora y todo el pueblo estaba conmocionado. Eran las doce en punto y comenzaba su turno de guardia, sin embargo, hacía más de tres horas que había empezado a trabajar a causa de la tremenda explosión que se había escuchado en el interior del museo municipal.

No tardó ni un minuto en llegar a la calle principal. Estaba plagada de técnicos de la unidad de explosivos de la Guardia Civil, los TEDAX y también se encontraba la Policía Local dirigiendo el tráfico. Habían acordonado el recinto y no se podía acceder más allá de los precintos. Infinidad de curiosos se agolpaban alrededor del lugar para intentar averiguar lo sucedido. Entre ellos estaba la Doctora Sagrera y su rostro reflejaba una evidente preocupación. Pasadas las cintas que había colocado la Guardia Civil, estaba también Elsa Dueñas conversando con uno de los técnicos. Decidió que hablaría con ella más tarde, cuando terminara de hacer su declaración, y se dirigió a la directora a grandes zancadas.

—¡Señora María! —La llamó en voz alta por su nombre—. ¿Ha visto a Odette?

La directora ahogó un sollozo a la vez que acercaba las manos temblorosas a su rostro. Parecía preocupada. Gabriel tembló a causa de la inquietud, pero le dio tiempo a la mujer para que pudiera relatarle con todo detalle lo que sabía.

—Terminamos tarde porque los obreros del ayuntamiento encontraron un baúl de cobre, muy antiguo… Dentro había un códice y

Odette estaba tan entusiasmada… —La mujer hizo una pausa y sollozó. Gabriel empezó a perder la paciencia, pero dejó que se repusiera—. Podríamos haberlo hecho por la mañana, pero le di el gusto y nos quedamos hasta tarde. Ella estaba a punto de irse cuando nos despedimos…

Gabriel intentó serenarse y aprovechó para hacerle más preguntas. Estaba tan nervioso que las palabras le salieron a borbotones y temió que hubieran sonado incomprensibles.

—¿A qué hora abandonó usted del edificio?

La mujer dudó, pero finalmente contestó.

—Sobre las nueve, creo. No estoy segura.

Gabriel palideció. La explosión había sido diez minutos después.

—¿Cree usted que Odette estaba en el museo en el momento de la explosión? —preguntó, rezando mentalmente para que contestara que no.

—No puedo asegurarlo. He intentado llamarla al móvil pero lo tiene apagado.

Gabriel pasó sus dedos por el pelo y le dedicó una sonrisa nerviosa. Una sonrisa que había pretendido calmarla, pero que no cumplió su objetivo.

—Muchas gracias señora María. No se preocupe, la encontraremos.

Gabriel se despidió de la mujer y empezó a mirar a su alrededor, a la vez que se le ocurrían otras tantas posibilidades. Odette siempre tenía el móvil encendido porque su padre la llamaba a menudo y se ponía nervioso si no lograba localizarla. Él también había intentado localizarla en repetidas ocasiones y tampoco había tenido éxito. Incluso había ido a buscarla a su casa y allí tampoco estaba. Se dirigió a Elsa, que en aquel momento estaba sola junto a la escalera del museo observando el trabajo de la Guardia Civil, que intentaba abrir la puerta sin éxito. Se acercó y la notó inquieta.

—Elsa, Odette ha desaparecido. ¿Cuándo fue la última vez que la viste?

Ella lo miró de soslayo y Gabriel se dio cuenta de que intentaba concentrarse para pensar con claridad. Tras ver como tiraba el cigarrillo al suelo y lo pisaba con la bota, habló.

—La vi salir cinco minutos después de que lo hiciera la directora —respondió sin dudar.

Gabriel suspiró ruidosamente sin poder evitar sentir un tremendo alivio. Más tranquilo, volvió a preguntar para asegurarse.

—¿Estás segura de que cuando cerraste ella ya se había ido?

La miró esperanzado.

—Estoy segurísima Gabriel —aseguró esta vez, mirándolo a los ojos y asintiendo efusivamente.

Gabriel se pasó las manos por el pelo. Elsa notó un rastro de inquietud en ese gesto. Un gesto que, recordaba, solía repetir cuando estaba nervioso.

—Puede que haya ido a Palma a tomar algo con Eliza, esa amiga suya que monta a caballo. La que tiene un novio argentino —añadió para calmarlo, recordando una amena conversación con ella en la que se habían contado detalles de sus respectivas vidas.

Pero Gabriel no quedó convencido.

—Su coche está en el aparcamiento municipal.

Elsa frunció el ceño y pensó unos instantes.

—Bueno, tal vez haya cogido el tren o hayan venido a recogerla. Ya sabes lo poco que le gusta conducir.

Gabriel se calmó un poco más. Eso tenía cierta lógica. Quizá, mientras él estaba muerto de preocupación, ella estaba en el cine, ajena al trajín que se había organizado en el pueblo. Pero no estaba del todo convencido.

Sin saber por qué, bajó la mirada y allí se encontró con la impasible mirada de Pelito, el gato gordo de Odette.

—¿Qué haces aquí, pulgoso? —susurró sorprendido. Percibía en el felino una extraña energía que no era capaz de definir. Además, el animal jamás se alejaba de los alrededores de la casa. Más que un gato parecía un perro guardián.

Pelito no apartaba sus expresivos ojos de Gabriel, a la vez que sentado sobre sus patas traseras, movía el rabo con gesto impertérrito. De pronto, le vino a la mente una idea descabellada, como si el felino se la hubiera transmitido.

—Oye Elsa —empezó a decir sin poder apartar su mirada de aquel enorme gato—, el edificio del museo es muy antiguo. ¿Sabes si hay alguna otra forma de acceder a él?

Tras derrumbar las piedras, a la vez que protegía a la mujer que descansaba apoyada en su pecho, atravesó el umbral hacia el mundo exterior. Una sensación muy intensa lo invadió y de nuevo sus ojos se inundaron de agua. Pero no estaba triste ni enfurecido. Se sentía feliz por primera vez en su vida. Lleno, colmado, sublime y radiante. Ante él se abría un mundo absolutamente diferente a lo que jamás habría imaginado. Allí, rodeándole, se encontraba la creación. ¡La vida! Lo que siempre había ansiado con toda la fuerza de su espíritu.

Sin dudar, dio un paso al frente. Enfocó todos sus sentidos hacia lo desconocido, que lo colmó de nuevas y maravillosas sensaciones, y escuchó con deleite los sonidos que lo envolvían: El susurro del agua, el vuelo de los insectos, el murmullo de las hojas de los árboles meciéndose al viento. Sintió en su piel la suave brisa, acariciándole, y divisó como las inmensas montañas besaban el oscuro firmamento plagado de infinitas, pequeñas y brillantes luces que parpadeaban alegres. Ellas eran sus amigas y estaban dándole la bienvenida. Y lloró a la vez que sonreía hasta casi sentir dolor en las mejillas.

La joven, al percibir su emoción, se revolvió y gimió. Él posó los ojos sobre ella sin poder impedir que las lágrimas, que se deslizaban por su mentón, cayeran sobre su dulce rostro, provocando que ella arrugara la nariz de forma instintiva. Una extraña sensación le recorrió el vientre al observar como alzaba sus largas y rizadas pestañas para mostrar unos ojos hermosos capaces de dejarlo sin aliento.

Ella lo estaba mirando y en aquel momento fue incapaz de concentrarse en otra cosa. Eran verdes, del mismo color que la hierba que estaba pisando con sus pies descalzos, y brillantes como el rocío. Observó maravillado como aquel rostro cambiaba y cobraba vida. La vio parpadear sorprendida y observó incrédulo como sus delicadas cejas se arqueaban, dando más expresividad a su increíble mirada. Luego, sus labios se estrecharon formando una suave sonrisa, invitando a sus ojos a que se entrecerraran y brillaran aún más.

—¿Quién eres? —susurró ella mientras acercaba su delicada mano a la mejilla de él, secándole así las lágrimas.

Sintió como su suave voz le acariciaba el alma, y la atesoró en su mente. Era el sonido más hermoso que había escuchado jamás. Notó el cálido contacto de sus dedos acariciando su rostro y eso le incitó a sonreír de nuevo. Sintió lo mismo que ella, serenidad, gratitud, compañía y el hasta ahora desconocido alivio de saberse a salvo. Se sintió lleno, repleto, casi a punto de desbordarse de felicidad.

Pero no supo responder a su pregunta. Él no sabía quién era.

Odette no recordaba de qué forma había logrado salir con vida tras el terremoto, pero eso pasó de inmediato a segundo plano. Ahora solo podía admirar lo que sus ojos eran incapaces de dar crédito.

Aquel hombre no parecía real, sino extraído de un sueño. Pero era de verdad, estaba con ella, sosteniéndola, protegiéndola. Era increíblemente bello. Y su piel brillaba en la oscuridad. Se emocionó.

Sin temor alargó el brazo, acarició sus mejillas bañadas en lágrimas y comprobó con el tacto que era suave. Ascendió hacia la frente y apartó ligeramente un mechón rebelde de tacto sedoso, y sorprendida, aleteó las pestañas al descubrir los ojos más increíbles que jamás habría podido imaginar. Eran de un color precioso. Celeste, eléctrico. Pero en contraste, su mirada no era fría sino cálida, como la de un cielo estival, y su expresión tierna e inocente como la de un niño. Su inmaculada piel brillaba y su abundante melena negra y lacia, que le rozaba la cintura, enmarcaba una faz increíblemente hermosa. Un rostro anguloso, masculino, e incluso más resplandeciente que el mismísimo sol, y de sonrisa tan radiante que le pareció la de un ángel. Sí, solo podía tratarse de un ser celestial, porque jamás un hombre podría llegar a superar la perfección que éste ostentaba.

Él quiso decirle que era hermosa, dulce, y que deseaba que volviera a abrir los labios para escuchar su voz. Deseó decirle que le hacía bien su presencia. Que su corazón galopaba por su causa, y que a pesar de no comprender el motivo, eso le producía un inmenso placer. Iba a abrir la boca para decírselo cuando de pronto escuchó un bufido que le provocó una tremenda inquietud. Apartó los ojos de ella e instintivamente agudizó sus sentidos.

Y lo vio.

Se trataba de alguien diminuto en comparación con él y su actitud agresiva le sorprendió. Pero instantes después sintió la gran amenaza que representaba.

El pelo negro, totalmente erizado, un rabo tieso y alzado que comenzaba en un arqueado cuerpo. Unos inquietantes ojos, amarillo verdosos, repletos de misterioso poder que lo escrutaban con intensidad y le advertían que se anduviera con cuidado.

Empezó a temblar y a causa de su reacción la joven se asustó. Sintió el cuerpo de ella tembloroso, aferrándose a él. Una maraña de sentimientos contradictorios lo embriagaron, confundiéndole, y al transmitir a la muchacha todas aquellas emociones, ésta se desvaneció. Quedó desolado al comprender que había sido por su causa, por no haber sabido controlarse, y el desamparo dio paso a la rabia.

Rabia que dirigió directamente hacia aquel insolente.

Pero actuaría con cautela. Depositó con cuidado a la joven sobre la hierba y se colocó a gatas sobre ella, protegiéndola con su inmensa corpulencia. Estaba dispuesto a lanzarse sobre aquel pequeño insolente que gruñía y bufaba de forma espeluznante, cuando escuchó unas palabras en su cabeza.

—*Yo de ti no lo haría, Elán.*

¡Aquel extraño ser se comunicaba sin proferir sonido alguno! Su furia se diluyó hasta acabar en asombro, quedando desconcertado ante la osadía de aquel pequeño animal que no se amilanaba ante su agresiva actitud y el evidente contraste de corpulencia.

Pero, ¿lo había llamado Elán?

—*Ese es tu nombre, Elán.*

¡Aquella cosa le había leído el pensamiento! Al escuchar de nuevo sus palabras retumbando como un trueno en su mente, parpadeó turbado. Pero la inseguridad que ello le produjo no le gustó en absoluto, cambió el semblante y con su enorme cuerpo se dispuso a defender a la joven que yacía debajo de él. Si ese insolente manojo de pelo pretendía amedrentarlo, no iba a lograrlo en absoluto. Él era mil veces más grande y más poderoso.

Se agazapó, en expresión agresiva, y dejó escapar de su garganta un suave gruñido gutural cargado de advertencia que habría aterrorizado a cualquiera.

Pero sorprendentemente, el animal, con sublime impertinencia, alisó el pelaje y se sentó sobre sus patas traseras con descaro. Para colmo, se lamió una pata y luego se la pasó por la cara limpiándose las legañas. ¡Lo estaba ignorando descaradamente!

—*Te sientes fuerte, pero eres tan ignorante como un recién nacido* —tuvo la desfachatez de alegar, y además, con deliberada indiferencia—. *Y no eres conocedor de los misterios del mundo, así que haz lo que te digo. Lárgate, si no quieres delatar tu presencia. Porque vienen a por ti.*

Pasada la estupefacción, un cavernoso rugido más sonoro que el anterior brotó de su garganta. Por si esa cosa peluda todavía no lo había comprendido, él se lo haría entender a la fuerza. No iba a abandonar a la joven que lo había tratado con tanta dulzura. Mataría a quien se interpusiera en su camino.

Se preparó para atacar, pero al ver que el pequeñajo no se movía del sitio, se quedó estupefacto. La seguridad que ostentaba, que ni por esas retrocedía, hizo que no pudiera moverse del sitio.

—*Ah, estúpido adolescente… Falta de autocontrol, emotividad exacerbada, rebeldía injustificada… La valentía es el apelativo más suave para describir la estupidez, ¿no crees?*

Élán resopló incrédulo. ¿Qué le sucedía a aquel espantajo? ¿No se daba cuenta de que podía aplastarlo con un solo dedo?

—¿Aplastarme tú a mí? —Élán quedó pasmado y el bicho continuó—. ¿Es que todavía no lo entiendes? ¡Soy más viejo que tú! Si mueves un solo dedo acabaré contigo con una sola de mis garras de gatito. Además —añadió, señalando a la muchacha con la mirada—, *es a mí a quien le corresponde protegerla. Lo que, asimismo, me exime de persistir del pacto con los de tu calaña. ¡Así que vete de una vez antes de que me enfade!*

Élán no se amedrentó ante lo que le pareció una amenaza, y cuando se disponía a saltar sobre aquel insolente animal, algo lo distrajo.

Alguien se acercaba, se escuchaban a través de la maleza unos apresurados pasos, y aquello le heló la sangre.

Aprovechando la coyuntura, el pequeño animal se lanzó sobre su rostro. Una gran fuerza lo desplazó varios metros hasta golpearse la espalda con una roca. Quedó aturdido, se llevó las manos a la cara y vio que estaba sangrando. De inmediato se repuso, y más enfurecido que nunca, se incorporó para volver a la carga rugiendo con todas sus fuerzas.

A pesar del peligro que suponía hacerlo en mitad de una noche sin luna, Elsa escoltaba con vigor a Gabriel, que precedía la marcha ascendiendo a grandes zancadas la empinada cuesta de la montaña. María Sagrera les acababa de informar de la existencia de un antiguo pasadizo ya inutilizado, que fue excavado en el interior de la montaña y desde el cual se podía acceder a las entrañas del museo. A Elsa le preocupaba la vida de Odette, pero también que el preso hubiera escapado, porque, si así había sido, se había metido en un problema.

Tras veinte silenciosos minutos de extenuante carrera por los pedregosos caminos del bosque, escucharon un alarido sobrenatural que les heló las entrañas. Gabriel y Elsa quedaron paralizados como dos estatuas sin poder mover ni un solo músculo. De inmediato, el suelo empezó a vibrar y se agacharon. Mientras duró el temblor, pudieron observar casi aterrorizados como las piedras del camino saltaban como pequeñas canicas. Después se escuchó el grito de una mujer.

Elsa miró a su compañero con evidente preocupación, a la vez que ahogaba un grito de pánico. Gabriel frunció el ceño y se llevó la mano a la funda de su arma, pero Elsa lo miró haciéndolo desistir y se adelantó en carrera emprendiendo de nuevo la desesperada ascensión.

—*¡Estúpido! Serás realmente poderoso cuando puedas tomar una mariposa por las alas sin dañarla. Pero de momento no controlas tu fuerza, así que deja de hacer sandeces y aléjate de mi humana. ¡Podrías matarla y no lo permitiré!*

El pequeño animal tomó posición junto al cuerpo de la joven, que había despertado a causa del estruendo, y que en aquellos instantes yacía en el suelo, mirando a Elán con el rostro desencajado. Tenía los ojos clavados en él, que se hallaba a tres metros de distancia, sintiendo como la tristeza que precedía a la culpabilidad le atravesaba el pecho hasta desgarrarle el corazón.

A todo esto, el oscuro animalillo aprovechó para atacar de nuevo. Elán, esta vez lo esperó y se defendió como buenamente pudo, protegiéndose el rostro con los brazos. Pero su pecho y hombros acabaron llenos de arañazos. Furioso y sorprendido por la increíble fuerza de la pequeña bestia, estuvo a punto de contraatacar cuando ésta retrocedió. Sin embargo, optó por desistir al ver que la chica rompía en llanto.

El sentimiento de culpa lo dominó y un intenso dolor le masacró el alma. Ella sufría, y él era la causa.

Se sintió acorralado, por los sentimientos de la muchacha, por la osadía de la desquiciante bola de pelo y porque alguien se estaba acercando. Sintió miedo, y no le quedó otra opción que capitular. No era capaz de dominarse a sí mismo y tampoco tenía ni idea de cómo enfrentarse a esa situación. Temió que la bola de pelo tuviera razón, temió que lo capturaran de nuevo, y lo más importante, temió dañar a la joven que le había sonreído tan amablemente. Y todo por no ser capaz de dominar su temperamento. Tembloroso y derrotado la miró. Las lágrimas bañaban su dulce rostro y se abrazaba a sí misma en una posición muy avezada, al igual que hacía él cuando se sentía desamparado. Con el corazón destrozado se replegó, alejándose más de su lado. Si su presencia le provocaba tanto dolor no podía arriesgarse.

—*Vete, Elán* —insistió su contrincante—, *se están acercando.*

Aunque odiaba reconocerlo, debía obedecer. No quería que lo encerrasen de nuevo. Inquieto, volvió a mirarla y comprobó que estaba más tranquila. Mantenerse alejado era lo más adecuado. Tal vez por eso lo habían mantenido preso hasta el momento, porque era un peligro para los demás. Tal vez no mereciera compartir el mundo con el resto de la humanidad.

Le dolió llegar a esa conclusión.

—*Ella estará bien. Soy su guardián. ¡Lárgate de una vez!*

Justo antes de saltar sobre la pared de roca que había sobre ellos, Elán le dedicó una mirada llena de rencor. Acto seguido, se ocultó tras unos matorrales y allí se quedó agazapado, mientras escuchaba la voz del animal en su cabeza.

—*No te pongas dramático. No es nada personal.*

Al fin se dejaron ver dos personas de entre la espesura del bosque. Apartó una rama para ver mejor y reconoció a la joven que lo había estado alimentando. Podía sentir su nerviosismo. Iba acompañada por un desconocido de cabellos del color del sol. El rostro de ese hombre se le antojó familiar, pero no halló relación. Era casi tan corpulento como él y su expresión corporal era de absoluta seguridad. No pudo leer sus sentimientos, era como si estuviera acorazado. Además, parecía ostentar un gran poder, aunque no era capaz de definirlo con exactitud. Con miedo a ser descubierto, se limitó a observar desde su privilegiada situación, donde podía contemplarlo todo sin ser visto. La pequeña bestia no delató su presencia, pero Elán sabía que tenía totalmente controlada su posición. Permitió que los recién llegados se acercaran a la joven, y se le subió el corazón a la garganta. Cuando vio que no corría peligro, se tranquilizó. El hombre poderoso se arrodilló junto a ella y le susurró palabras amables. La chica se quitó las manos de la cara y tras reconocerlo, lo abrazó. Elán sintió algo nuevo, desconocido, desagradable.

Mientras tanto, la acompañante femenina permanecía en pie, barriendo con la vista todo a su alrededor. Escrutando cada recoveco con sus ojos color tierra. Buscaba algo. A él. Por un momento, miró en su dirección, obligándolo a agazaparse más. Por fortuna no lo descubrió.

Volvió los ojos a la joven y observó como el hombre rubio la acariciaba con ternura. Le susurraba palabras de aliento que se confundían con sus sollozos, cada vez más apaciguados.

La rabia asaltó su pecho hasta casi provocar que saltara sobre aquel hombre. Tenía ganas de arrancarle a esa mujer de los brazos. Quería ser él quien la calmara con su abrazo, quería ser él quien la consolara.

Por primera vez en su vida empezó a temblar de celos, pero el pequeño animal se dio la vuelta y le advirtió con la mirada que se quedase donde estaba.

Y eso hizo.

Mientras veía como se llevaban en brazos a la chica, descubrió con el corazón encogido como la única persona que le había regalado una sonrisa, tocado su rostro sin temor y acariciado su alma con su hermosa voz, desaparecía entre la espesura del bosque, alejándose de su lado para siempre.

Aquella noche, Elán también averiguó el motivo por el cual su rostro estaba empapado; era el agua de la tristeza y el vacío la que brotaba de sus ojos, se deslizaba por sus mejillas y se helaba en su rostro. Era el agua de la soledad la que ahogaba su corazón, haciéndole olvidar por un instante la felicidad de su recién hallada libertad.

Seis

El rostro de Elsa Dueñas se tornó blanco como el yeso al ver las imágenes que las cámaras de seguridad le mostraban.

En el pequeño monitor se observaba con total claridad como del museo salía en primer lugar la Doctora Sagrera cinco minutos antes que Odette Deveraux, pero cuando Elsa abandonaba la recepción para ir al servicio, pasado medio minuto, la joven arqueóloga entraba nuevamente y se introducía rápidamente en el despacho.

Momentos después la pantalla tan solo mostró nieve.

El Capitán Márquez apagó el monitor, carraspeó y la miró severamente, provocando que sus mejillas se pusieran más coloradas que un farolillo chino.

Márquez era un hombre de dura apariencia y muy metódico. Su rígido aspecto y su duro tono de voz no admitían réplica y aprovechaba la situación para provocar que Elsa bajara la guardia. Bajo su punto de vista, lo sucedido en el interior del museo rozaba el absurdo y tenía la intención de averiguar por todos los medios lo que había pasado allí dentro. Pero lo que él no sabía, era que ella era agente de policía, además de un gran adversario en el arte del debate, y podía presumir de una alta experiencia en interrogatorios. Si ahora estaba algo trastocada era porque aquello la había cogido desprevenida, pero se repondría de inmediato.

Maldita sea. Habría jurado que el museo estaba vacío cuando ella cerró la puerta. Era muy metódica y no comprendía como un detalle así se le podía haber escapado. Se prometió a sí misma que nada igual volvería a suceder jamás.

—Señorita Dueñas —continuó el capitán—, abandonó el edificio antes de comprobar que estaba vacío. ¿Es usted consciente de su insolvencia?

Elsa tragó saliva ruidosamente. Márquez se estaba ensañando, pero era su trabajo y no se lo tomó como algo personal. Respondió con templanza midiendo muy bien sus palabras.

—Capitán, soy consciente de que actué de forma irresponsable, pero las pruebas del lugar de los hechos indican claramente que no ha sido una explosión. Aunque la Señorita Deveraux no hubiera vuelto a entrar en el edificio antes del incidente, lo que tenía que suceder habría sucedido de igual forma. Es evidente que ella no lo provocó.

Márquez, que en un primer momento se sorprendió ante la tranquila respuesta, instantes después adquirió un tono de voz más duro e intransigente.

—Dueñas, no estamos acusando a la señorita Deveraux. Sabemos que ella no es la responsable. Lo que intentamos averiguar es como fue capaz de sobrevivir a tal devastación, y lo que es más intrigante, qué fue lo que la provocó.

Elsa lo miró con sorna. ¿Acaso ese tío se pensaba que ella misma era un oráculo?

—Lo ignoro, capitán. Lo que sí puedo asegurarle es que no hubo dolo por mi parte y que el delito debería atribuirse al responsable. Acepto mi responsabilidad, por descontado, pero no me convierte en delincuente el hecho de que una trabajadora quedara atrapada en el interior del museo por un simple descuido.

El Capitán frunció el ceño y respondió con tono autoritario.

—Un simple descuido que, le recuerdo, podría haber acabado con la vida de la joven.

A Elsa le tembló el mentón.

—En cualquier caso, es una suerte que Odette se encontrara en el lugar de los hechos y resultara ilesa. De esta forma tienen ustedes un testigo presencial.

En aquel momento entró en el despacho el comisario de la jefatura, junto al inspector de la unidad operativa del Cuerpo Nacional de Policía. Les acompañaba el misterioso agente de ojos azules que trajo al prisionero. Elsa tragó saliva y las manos empezaron a sudarle. El asunto era grave. Estaba metida en un berenjenal.

El capitán Márquez frunció el ceño, leyéndose claramente en su rostro que no le gustaba que la Policía Nacional se inmiscuyera en su investigación. Y además, habían entrado sin llamar a la puerta.

—Inspector —protestó—, nos interrumpe en mitad de un interrogatorio ¿Qué se le ofrece?

Los recién llegados cerraron la puerta tras de sí. El aludido contestó impasible.

—Traemos una orden judicial que nos proporciona absoluta jurisdicción sobre este caso.

El Capitán entrecerró los ojos y presionó los labios. ¡Eso era intolerable!

—Ha sucedido en una localidad provincial y es jurisdicción de la Guardia Civil —alegó.

Elsa tembló y el joven de los ojos de hielo le dedicó una mirada inquietante. Ella bajó el rostro avergonzada y el inspector respondió.

—Capitán, estamos en mitad de una importantísima operación de seguridad nacional. Además, usted no dispone de nuestra autorización para interrogar a una agente de la unidad operativa que en el momento de los hechos estaba de servicio.

A Elsa se le inundó el pecho de orgullo al ver que el capitán se trastocaba por la información, pero de inmediato sintió como el calor de la vergüenza se apoderaba de su cuerpo. Sus días de agente secreto habían acabado tan rápido como habían empezado. Su misión había fracasado estrepitosamente nada más empezar, por ello sus propios compañeros la acababan de descubrir ante el capitán.

—Ruego me disculpe, agente —El capitán Márquez se dirigió a Elsa—. Puede retirarse si lo desea.

El comisario y el inspector de la unidad operativa se quedaron para darle al guardia civil las explicaciones pertinentes y Elsa salió de la sala de interrogatorios seguida del apuesto agente.

Caminaron por el pasillo sin mediar palabra y finalmente salieron al jardín de las dependencias de la jefatura provincial. Se colocaron en un lugar apartado y él, tras mirarla con desdén, inquirió.

—¿Eres consciente de la gravedad de lo sucedido? —dijo, casi alzando la voz— ¡Solo tenías que vigilar que no escapara! ¡No era tan difícil! ¿En qué demonios estabas pensando?

Elsa esperaba una reprimenda, pero no que la tratara sin un ápice de respeto. Y además, por mucho que la atemorizara su presencia, su orgullo era más grande que su miedo, y como estaba perfectamente capacitada para afrontar cualquier situación con relativo éxito a pesar de su actual mala suerte, se olvidó de aquellos glaciares ojos y por qué no, de aquel impresionante físico, y se enfrentó al hombre con valentía.

—¿Y quién diablos eres tú para hablarme en ese tono? —preguntó, cruzándose de brazos y arqueando una sola ceja en expresión interrogante.

Nunca, jamás, nadie, había osado hablarle de esa forma, por lo que el receptor de aquella insolente pregunta se quedó tan helado como sus ojos.

Elsa estudió rápidamente su reacción y aprovechó para analizar la situación el tiempo que aquel hombre quedaba estupefacto. Al parecer, ese atractivo agente no estaba acostumbrado a que le llevaran la contraria. Además, con lo increíblemente atractivo que era, estaría habituado a que todo el mundo bailara al son de su música. Y ciertamente le fastidiaba tratar con gente así. No, no se dejaría intimidar por una cara bonita y un físico escandaloso. En la unidad operativa, los agentes recibían entrenamiento especial para enfrentar situaciones comprometidas, por lo que no se amilanó y cambió de táctica. Hacerle ver que ella exigía un mínimo de respeto había sido acertado y por qué negarlo, gratificante. No obstante, ahora necesitaba de la cautela si deseaba continuar con el trabajo que tanto la fascinaba, así que optó por adoptar la diplomacia como principal aliada.

—Está bien —Alzó las dos manos en clara rendición—, tú ganas. Y aunque no tolero que nadie me grite —puntualizó, arqueando las dos cejas—, debo reconocer que tienes toda la razón al enfadarte conmigo. El preso ha escapado por culpa mía. Pero —volvió a puntualizar—, te aseguro que no volverá a ocurrir.

Después de excusarse en tono petulante, pudo observar como el joven agente, ya recuperado de su sorpresa, seguía frunciendo el ceño. Aunque esta vez su rostro lucía más relajado. Pudo apreciar también su inquietud y se dio cuenta enseguida del motivo: El hombre intentaba disimular la fascinación que sentía por su escote.

Sonrió coqueta sin poder evitar sentirse halagada, y continuó mirándole a los ojos y aleteando las pestañas de forma deliberada. No es que le gustara especialmente provocar, pero sí a ese hombre.

—Quiero que sepas —continuó con picardía—, que estoy perfectamente capacitada para cumplir con la misión que me ha sido encomendada. Además, dispongo de información exacta de hacia dónde escapó.

El hombre alzó la vista de nuevo hacia sus ojos y suavizó por unos instantes su expresión, pero enseguida su mirada se tornó dura y enigmática, haciendo sentir a Elsa aquel maldito escalofrío que tanto conocía y que ya había aprendido a odiar. Por suerte, reaccionó a tiempo de sentirse afectada. No se dejaría intimidar más.

—Mis disculpas, Elsa —dijo con una voz cavernosa que a ella se le antojó tremendamente sexy—. Mi nombre es Rafael.

La joven policía tragó saliva cuando él le tendió la mano. Ella le devolvió el gesto.

Siempre se había obligado a mantener la cabeza fría en cuanto a hombres se tratase, pero ahora que acababa de superar la barrera del miedo, pudo admirar su impresionante belleza. Rafael era un hombre muy alto. No excesivamente corpulento pero sí esbelto y fibroso. Su belleza intimidaba y eclipsaba gran parte de su atractivo, porque no solo era hermoso, también infinitamente inquietante, lo que lo hacía más interesante. Su voz era exquisita, su capacidad de convicción hacía que todos sus colaboradores se rindieran a sus pies y su mirada glacial era tremendamente sensual. Llevaba los cabellos negros y abundantes cortados al estilo imperial, con el flequillo peinado hacia delante y mechones asomando tras la nuca, que acababan en unos ordenados rizos que le daban un aire parecido al busto de Octavio Augusto. Sus labios, ligeramente gruesos y cincelados, siempre lucían serios, pero cuando sonreían con ironía, en sus mejillas aparecían unos hoyuelos encantadores. Aunque por desgracia, su sonrisa jamás llegaba a sus hieráticos ojos. En cualquier caso, Elsa intuía que tras su máscara de frialdad, Rafael escondía una pasión arrolladora.

Por otra parte, él quedó desconcertado a causa del comportamiento de su agente, y una absurda sensación le asaltó el pecho provocándole un nudo, que le recorrió desde la garganta hasta el vientre. De inmediato reaccionó, logró reponerse y se envaró. No iba a ablandarse por un carácter fuerte, un bonito cuerpo y un sensual aleteo de pestañas. Así que ocultó el ardor tras su máscara de hielo.

—Disculpa si he sido maleducado —dijo—. No volverá a suceder. Ahora pongámonos a trabajar.

Agradecida por no haber perdido su trabajo, Elsa le obsequió con una espléndida sonrisa que logró que las defensas de Rafael flaquearan un poco más.

Pero solo un poco.

La estridente melodía del teléfono móvil despertó a Odette, recordándole el tremendo dolor de cabeza que sufría. Nada más reconocer la insistente música, resopló y gimió con tedio. No le apetecía descolgar, pero no le quedaba otro remedio. Se trataba de su padre.

Perezosa, se destapó, y cuando fue a coger el aparato, que estaba en la mesita de noche, su brazo se enredó con la mosquitera que envolvía su cama, provocando que el odioso artilugio cayera al suelo.

Justo en aquel momento, Gabriel entró en la habitación con una bandeja repleta de napolitanas de chocolate, dos tazas de café con leche y dos vasos de zumo de naranja natural. Odette observó cómo depositaba todo aquello sobre el baúl de madera, que se encontraba a los pies de la cama, y presto se agachaba para alcanzarle el teléfono. La miró de forma significativa, al parecer le hacía gracia la melodía del móvil; el tema principal de la película "Psicosis".

Tras dedicarle una mirada de agradecimiento Odette descolgó, dispuesta a enfrentarse al mayor de sus problemas.

—¡Hola papi! —exclamó de la forma más encantadora que supo.

—¿Hola papi? En casa nos morimos de preocupación tras lo sucedido en el museo donde trabajas, y me sales con un alegre y despreocupado ¿hola papi?

Odette puso los ojos en blanco a la vez que resoplaba y se dejó caer sobre los mullidos almohadones que invadían su cama. Se llevó el dorso de la otra mano a la frente y soportó el ataque de preocupación de su progenitor con infinita paciencia. Cuando éste terminó de hacerle saber lo mala hija que era por no haberlo sacado de su preocupación, respondió con una muy estudiada tranquilidad.

—Papá, estoy bien, no me he muerto.

Su padre la interrumpió y una vez más empezó con el discurso de siempre. A Odette le aumentó el dolor de cabeza, y mientras escuchaba por enésima vez la desventaja de vivir en un lugar tan alejado de la civilización, no encontró mejor pasatiempo que seguir a Gabriel con la mirada. Éste actuaba como si estuviera en su propia casa. Acababa de arrebujarse en su sillón favorito mientras ojeaba una revista de prensa amarilla con semblante divertido.

—Papá, no pretenderás que me quede encerrada en una urna de cristal el resto de mi vida… Papá, por favor, entiéndeme…

De nuevo, su padre la interrumpió desde el otro lado del teléfono.

—¡Estás enferma y no puedes hacer vida normal! ¿Es que no lo comprendes hija?

—¡Papá! —respondió indignada, cosa que obligó a su padre a suavizar el tono.

—Cariño, si te sucediera algo yo…

Odette suspiró. Aunque para ella era un suplicio, comprendía el miedo de su padre. El hombre había perdido a su esposa, a la madre de Odette, en un accidente de tráfico. Y tenía una hija enferma del corazón. Era lógico que se hubiera vuelto excesivamente protector. Sin embargo, optó por finalizar la conversación. No estaba de humor después de lo que había vivido las últimas horas.

—Lo sé papá, pero ahora me duele mucho la cabeza y si sigo hablando contigo posiblemente sufra otro infarto. Así que discúlpame pero hoy necesito descansar. Te llamaré mañana. Te quiero.

Sin darle tiempo a réplica, colgó el móvil, dejó caer el brazo sobre el edredón y resopló.

Gabriel asomó sus pícaros ojos tras la revista y la miró divertido.

—Vaya cariño, a veces sacas a relucir un genio que espanta. ¿A quién más piensas comerte esta mañana?

Odette sonrió y le sacó la lengua mientras se cubría hasta la barbilla con el edredón. Aunque Gabriel fuera un antiguo amigo de la familia, era tan apuesto que no podía evitar sentir cierto pudor en su presencia.

—A ti tal vez, si no me explicas qué diablos hace un agente de policía sentado en mi sillón favorito y envuelto en un batín de seda china estampada de amapolas.

Gabriel le dedicó una sonora carcajada.

—Seda japonesa, querida. Y a parte de disfrutar de la deliciosa decoración de tu habitación, estoy de servicio custodiando a la principal testigo de la investigación.

Dicho esto, tomó un sorbo de su café con leche y la miró haciéndose el interesante.

Odette arqueó una ceja con ironía. Después resopló.

—Ya veo que tienes más cara que espalda.

—Reconócelo encanto. ¿Qué harías sin mi exquisita compañía?

Odette se cruzó de brazos.

—¿Tener un poco de intimidad?

Ciertamente, adoraba a Gabriel. Era muy atento y disfrutaba de su grata compañía. Desde que llegó al pueblo él la había tratado como a una hermana, pero a veces necesitaba un poco de soledad para poder reflexionar con calma y éste era uno de aquellos momentos.

Lo vivido en el museo, aparte de rallar lo absurdo, la inquietaba sobremanera. Y lo más preocupante de todo era que se sentía incapaz de recordar con claridad parte de lo sucedido. Tan solo evocaba de forma difusa a una persona, alguien que la había sacado de allí. Pero era incapaz de adjudicarle un rostro.

Otra cosa que la preocupaba era el pequeño códice y su estúpida obsesión por los Nefilim. Intentaba hallarle una relación con lo sucedido, pero no parecía haberla. Tras el terremoto casi todas las imágenes en su mente estaban borrosas.

Desistió y miró hacia la ventana. Estaba abierta, y una suave brisa acariciaba su rostro. Observó las verdes montañas que se recortaban en el cielo. Aquella mañana lucía un color especialmente azul. Azul eléctrico.

De pronto su mente se removió. Sí, estaba a punto de recordar algo importante. Pero, ¿el qué? Su cerebro empezó a desengranar detalles, olores, sensaciones…

Gabriel la sacó de sus cavilaciones y olvidó lo que estaba a punto de recordar.

Parpadeó confusa y volvió los ojos hacia a él.

—Haz el favor de zamparte todas las napolitanas. A ver si engordas un poco, que pareces un insecto palo.

Antes de que Odette pudiera replicar, entró el gato Pelito, que con andares de camorrista se acercó al intruso. Lo observó curioso y después, ante la sorpresa de su público, empezó a ronronear mientras se frotaba contra sus piernas.

—Vaya, le gustas. Deberías sentirte afortunado porque no suele ocurrir muy a menudo —puntualizó Odette mientras se incorporaba y a gatas se acercaba a la bandeja que Gabriel había colocado con anterioridad sobre el baúl.

Él depositó la taza de café sobre la cómoda y cogió al gato en brazos. Este de inmediato se contorsionó, obligando al policía a soltarlo, y de un salto se encaramó a los pies de la cama y se hizo una bola sobre el mullido edredón. Junto a su adorada Odette.

—¿Cómo se te ocurrió adoptar un gato negro? Dicen que traen mala suerte.

Odette le dio un bocado a su napolitana y se sentó con las piernas cruzadas a la vez que acomodaba a Pelito en su regazo. Gabriel admiró su belleza.

Con la apariencia de una princesa de cuento de hadas, sus amplios rizos acaracolados se deslizaban hasta su cintura desde los hombros, cubiertos con un largo camisón de seda blanca y de escote en pico que insinuaba unos pechos llenos y exuberantes. En aquel momento, sus brazos, cubiertos con unas largas mangas de campana ajustadas a los hombros y que terminaban en un ligero vuelo sobre sus finas muñecas, acunaban y acariciaban con mimo al gato negro, que agradecido, daba un concierto de ronroneos. La imagen estaba rodeada por una fina y blanca mosquitera que cubría gran parte de la cama de hierro forjado.

Gabriel no podía sentir por ella apetito sexual, pero sí admirar su cándida feminidad, comparable a la de *Audrey Hepburn* en "Vacaciones en Roma". Odette era un verdadero tesoro y ni ella misma sabía hasta qué punto.

—Era un día lluvioso. —empezó a explicar Odette mirando con ternura al felino— Estaba solo y muerto de frío bajo un contenedor de basura. Unos niños lo acosaban, arrojándole piedras e insultándolo. Decían entre risas macabras que tenían que acabar con él porque los gatos negros traen mala suerte. Me pareció tan injusto que un inocente cachorro fuera discriminado por el color de su pelaje, que espanté a aquellos pequeños demonios y me lo llevé a casa. Lo bauticé Pelito porque tiene un pelo precioso, negro y brillante como una noche sin luna. Seguramente tenga antepasados persas, porque su pelaje es largo y espeso. No entiendo por qué algunas personas odian a los gatos. Leonardo Da Vinci dijo una vez que hasta el felino más pequeño es una obra de arte.

Gabriel frunció el ceño y se terminó la taza de café. Sabía lo especial que era ese animal. Y no solo porque había tenido un papel crucial en el rescate de Odette, guiándoles a Elsa y a él con absoluta precisión hasta el lugar donde la hallaron, echada sobre el suelo y con un ataque de nervios.

Se estremeció al recordar el suceso. No era conveniente que una chica tan frágil como Odette sufriera semejante contratiempo. Si hubieran tardado un poco más, o simplemente no hubieran dado con ella, seguramente habría muerto de hipotermia. Recordó lo mucho que se alteró al escucharla gritar de aquella forma durante del segundo temblor de tierra, pero los hechos no habían quedado aclarados del todo. A su juicio, en el interior del museo había pasado algo muy extraño que no lograba dilucidar, aunque lo intuía. Investigaría por su cuenta.

Finalmente respondió a Odette:

—Y Darwin dijo una vez, que respetar a un gato es el principio del sentido estético. Pero yo te aseguro Odette, y esto es de mi propia cosecha, que las personas que no respetan a los gatos en su anterior vida fueron ratas.

Odette sonrió hasta que le dolieron las mejillas. Adoraba a Pelito.

Y a Gabriel también.

El mundo exterior era fabuloso y su felicidad absoluta al sentirse libre de ataduras físicas y mentales.

Al principio se sintió intimidado por los sentimientos y sensaciones que experimentó en su nueva condición de libertad, pero enseguida se acostumbró a ellos y logró dominarlos por completo. Tardó poco tiempo en ser consciente de lo que lo envolvía, y al punto entendió los sutiles mecanismos de la vida y sus múltiples formas.

Elán paladeaba con infantil entusiasmo cada descubrimiento por simple que fuera. Lo primero que le llamó la atención fueron los miles de colores, sonidos, texturas y olores que podían existir, sintiéndose al principio tremendamente confuso y desorientado por tantos estímulos. Una vez se acostumbró, se enamoró de todo a su alrededor.

Le fascinaron las plantas, que en un principio le confundieron sobremanera. A simple vista, solo se movían cuando el viento las mecía, pero enseguida percibió su complejidad y fue capaz de entender su función. También le llamaron poderosamente la atención las formas de vida más complejas, las que más se asemejaban a él; los animales, todos bellísimos en su diversidad. Interactuaban entre ellos de forma fascinante. Los había que volaban por el cielo, otros se arrastraban por la tierra y algunos nadaban en el agua. Comprendió que estaban estrechamente unidos entre ellos y con el medio, en un equilibrio perfecto y a la vez tan frágil que cualquier intervención, por pequeña que fuera, podría malograrlo de forma irremediable. Pero lo que más le fascinó fue que la vida y la muerte estuvieran conectadas y se sirvieran la una de la otra para cerrar ese círculo. La primera vez que entendió el proceso se quedó confundido. Había observado como un animal volador más poderoso mataba a otro para alimentarse. Al principio se indignó ante lo que le pareció una injusticia, pero enseguida comprendió que, sin ofrecer su muerte, el animal poderoso no habría podido sobrevivir, y comprendió que él también debía cazar para alimentarse. Lo imitó y comprobó satisfecho que de esa forma lograba saciar su estómago vacío.

Otra cosa que le dio que pensar, fue que algunos seres vagaban solos y a veces se necesitaban unos de otros para hacerse compañía. Eso parecía alimentar sus espíritus. Él se sentía solo y no comprendía por qué le habían negado el derecho de gozar de tal privilegio. Desde entonces, su mayor deseo fue encontrar un compañero con quien compartir experiencias. Irremediablemente pensó en la joven que le había sonreído la noche que logró escapar de su cautiverio. Sintió bienestar al recordarla, y enseguida se entristeció, pues la añoraba. Pero él no era bueno para ella. El animal pequeño y peludo tenía razón. Acercarse a las demás personas tampoco era una opción; temía que lo encerraran de nuevo. La mayoría de ellas siempre lo habían tratado con absoluta indiferencia o sin ningún respeto, por ese motivo se mantenía alejado y se cuidaba de acercarse a los lugares donde vivían.

Después de vagar varios días por la montaña, se instaló en un saliente de roca, en mitad de un alto acantilado donde había una caverna. Jamás se adentraba en ella, pues no soportaba sentirse encerrado. Era un lugar inaccesible para las personas, pero que a él, curiosamente, no le suponía ningún esfuerzo escalar. Allí se sentía a salvo. Podía observar la puesta de sol. Por la noche, las estrellas avivaban su alma. Eso le producía una intensa felicidad. Desde su lugar secreto también vigilaba el pueblo de los que se asemejaban a él, allá abajo en el valle. Algunas de las casas salpicaban la ladera de la montaña, y a veces los humanos se adentraban en el bosque, solos o acompañados. Cuando eso sucedía, no podía evitar seguirlos movido por la curiosidad. Eso sí, con muchísima cautela, porque en una de aquellas incursiones sintió varias veces la presencia del hombre a quien tanto odiaba. Desde entonces, aprendió a ocultarse con maestría, pues sabía que no pararía hasta dar con él. Y con eso se planteó su primer dilema. No podía continuar así. Tenía que encontrar un lugar todavía más alejado, un lugar donde jamás lo pudiera encontrar. El problema era que no sabía hacia dónde dirigirse ni donde se encontraba, así que decidió que esperaría hasta descubrir la solución a su problema.

Volvió a pensar en la joven. No lograba controlar esa necesidad, la de sentirse acompañado.

Antes solía inquietarse cuando percibía los pensamientos y emociones de la gente, aunque ahora esa inquietud se había transformado en una curiosidad desmedida y había llegado a una conclusión; los necesitaba. Las personas calmaban su soledad. Sentía envidia cuando paseaban en grupo y se divertían entre ellas. Ansiaba presentarse para compartir esos momentos. Pero con el paso del tiempo aprendió a conformarse con el simple hecho de sentirlos cerca. Además, escuchar sus pensamientos le entretenía y finalmente decidió que, por su propia seguridad, aprendería a desentrañar los misterios de la mente humana antes de interactuar con ellos.

Había sido una mañana soleada, de cielo despejado, y el final de la tarde prometía un espectacular ocaso. Despertó al alba, se alimentó de unas bayas silvestres, bebió agua del arroyo, y cuando hubo satisfecho sus necesidades vitales, animado, se decidió a curiosear por el camino cercano al pueblo.

En un intento de pasar desapercibido, se embadurnó el cuerpo con barro y una mezcla de musgos y plantas olorosas que, aparte de aliviar el frío que sentía, lo camuflaban a la perfección. Cuando hubo terminado, se acomodó sobre una roca alta desde donde se divisaba perfectamente el camino, y se ocultó tras unos espesos matorrales, dispuesto a pasar una tarde entretenida.

Pasado un buen rato empezó a aburrirse. Al parecer, ese día las personas no tenían ganas de pasear. Con tedio, empezó a juguetear con una rama hasta que, de pronto, notó una presencia conocida. Dejó lo que estaba haciendo y con sumo cuidado se agachó y enfocó la vista para observarla con más detenimiento. Cuando se dio cuenta de quién era, su corazón empezó a latir desbocado. Una poderosa fuerza le oprimió el pecho. Se alivió con un ligero gemido. La chica, al parecer lo escuchó, paró un momento y alzó la vista. Él se quedó totalmente inmóvil y acto seguido se reprendió mentalmente por su falta de cuidado. Pero cuando vio aquellos ojos verdes que tan bien recordaba, mirando hacia el cielo, intentando encontrar la causa del extraño ruido, hizo un enorme esfuerzo para dominarse.

Allí estaba ella. Sola, en mitad del camino que ascendía a lo más alto de la montaña. Su montaña.

La delicada figura que ostentaba y que tan bien recordaba, sus delicados y amables rasgos enmarcados en una sedosa cabellera larga y rizada que brillaba bajo el sol del atardecer, provocaron en él un estremecimiento.

Era preciosa.

Esa imagen lo excitó de tal forma que su cuerpo se tensó.

Ella avanzaba muy despacio, apoyándose en un bastón, pero su bello rostro lucía satisfecho y despreocupado. Desde arriba, en lo alto de la roca, la siguió emocionado. Intentó no hacer ruido, ni transmitirle ninguna sensación. Todo el cuerpo le temblaba. Se moría por bajar a su lado, sentir su tacto, observar más de cerca su exquisita sonrisa, pero las palabras de aquel peludo animal retumbaban en su mente, alentando sus inseguridades e impidiendo dar rienda suelta a sus instintos más primarios.

Se planteó de nuevo la incógnita que tanto le preocupaba. ¿Por qué era tan dañino para ella? ¿Acaso no era apto para gozar de la compañía de los miembros de su especie? ¿Era por ese motivo que lo habían mantenido siempre aislado? No encontraba otra explicación a su cautiverio y decidió no acercarse a ella. Era demasiado especial. La observaría siempre de lejos. El animal había dicho que estaba enferma, que su presencia la alteraba y que eso podría matarla. ¿Qué era estar enfermo? Elán frunció el ceño. Había cosas que no entendía porque nadie se las había explicado.

Odette estaba feliz. Tras el revuelo que se originó dos meses atrás, en aquel momento gozaba de tiempo y tranquilidad para hacer realidad su sueño; subir la montaña.

Bueno, lo haría en parte, pues solo había avanzado dos kilómetros y ya estaba agotada. Pensó que debía tomárselo con calma. Si entrenaba un poco más, al final lograría su objetivo y por ese día ya había tenido bastante.

Dio por finalizada la ascensión, pero antes de emprender el camino de vuelta se sentó a descansar sobre la pared de un antiguo pozo de nieve. Desde aquella privilegiada posición disfrutaría unos instantes de la magnificencia del lugar.

Estaba en el primer mirador, junto a la parte más baja del acantilado que sajaba la montaña, y a una distancia de tan solo quince minutos del pueblo, aunque a ella le había llevado tres cuartos de hora recorrer ese trecho. Desde allí se divisaba todo el valle y al fondo podía verse el mar en calma, que tenía la apariencia de un espejo. A tres metros de distancia serpenteaba una barandilla de madera sobre el borde del cortado, donde podía divisarse mejor el paisaje, pero optó por no acercarse ya que al estar tan cansada y sufrir un poco de vértigo no se sentía segura. A lo lejos, diminuta, se podía ver su casa con su pequeño jardín de naranjos y el patio empedrado que daba entrada a su habitación por la terraza. Sonrió satisfecha pensando que era maravilloso ver su nuevo hogar desde aquella increíble perspectiva. Tomó aire, cerró los ojos y paladeó la maravillosa sensación de sentirse colmada.

De pronto se le ocurrió una idea. Sonriendo, sacó de su bolso el reproductor de Mp3 y se colocó los auriculares para escuchar su canción favorita, *"Come what May"*. Las voces de Ewan McGregor y Nicole Kidman despertaron sus fantasías. Ojalá pudiera enamorarse algún día como los protagonistas de la película *Moulin Rouge*. Pero se mordió el labio inferior y suspiró. Nunca había tenido oportunidad. Se había pasado la vida de hospital en hospital, y cuando recibía el alta, se quedaba encerrada en casa, convaleciente. Su padre se negó a que asistiera al colegio, al instituto y después a la universidad, por lo que siempre tuvo profesores particulares y se sacó la carrera de Historia a distancia. A consecuencia de ello, su círculo de amistades se limitaba a los hijos de los amigos de sus padres y jamás pudo conocer un hombre que le llamara la atención. A excepción de Gabriel por supuesto, que durante el poco tiempo que llevaban de vecinos se había convertido en su mejor amigo. Pero a pesar de su increíble atractivo, era incapaz de verlo con los ojos del deseo.

Suspiró.

No tenía ni la más remota idea de lo que era estar con un hombre y jamás había sentido deseo por nadie, cosa que la preocupaba. Al igual que su corazón, ¿sería también defectuosa su capacidad de amar? Por otra parte, ¿sería tan hermoso el amor como todos lo describían, o solo lo idealizaban? ¿Era el amor algo real, o era una ilusión? Hoy día las parejas duraban tan poco que Odette dudaba de poder dar con el hombre adecuado, y lo que era peor, tenía mucho miedo de dar con el equivocado, alguien que le destrozara el corazón. Tal vez por idealizar ese sentimiento universal le aterraba sufrir una decepción. Aunque había una cosa que tenía clara: No iba a enamorarse de un hombre así por las buenas y tampoco se conformaría con uno cualquiera. El hombre con quien compartiría el resto de su vida no tenía por qué ser perfecto, pero sí exigiría en él varios requisitos indispensables: Que fuera inteligente, cariñoso, leal y lo más importante de todo, una buena persona.

Cuando se dio cuenta de que fantasear sobre su vida sentimental era perder el tiempo, decidió que ya era hora de volver a casa. En pleno diciembre, el sol se ponía alrededor de las cinco, así que disponía de tan solo media hora de luz. No era recomendable que se le hiciera de noche en mitad del monte, porque si se perdía iba a meterse en un buen lío y lo último que quería era ser de nuevo el centro de atención.

Mientras se quitaba los auriculares, por casualidad se fijó que en el interior del pozo había un trozo de cerámica incrustada entre las piedras. Sin poder evitarlo, se asomó para observarla mejor. Entornó los ojos. Por el efecto que percibió desde arriba, con total seguridad se trataba de algún tipo de cerámica antigua, pero ¿qué sentido tenía que estuviese en aquel lugar? Los antiguos pozos de nieve se llevaban construyendo en la montaña desde hacía siglos. Ya se utilizaban en la antigüedad para almacenar hielo en invierno y así disponer de él en verano, y algunos de ellos databan de la época romana. Cuando se inventaron los frigoríficos cayeron en total desuso, quedando abandonados en mitad de los bosques de la sierra, donde en invierno nevaba, sobre todo en las cotas más elevadas. Normalmente se construían con los materiales disponibles en el mismo lugar donde se erguía el pozo, en aquel caso, piedra caliza, por lo que le resultó extraño que entre aquellas rocas hubiera un trozo de cerámica incrustada. Empezaba a sentir una tremenda curiosidad y cuando se dio cuenta de sus intenciones frunció el ceño. Se estaba haciendo de noche, pero era incapaz de dejar pasar algo así. Deseaba ver de cerca aquella cerámica y catalogarla. Tal vez no fuera un hallazgo importante pero le era imposible resistirse. Convencida, depositó la mochila sobre la pared de piedras y dio un rodeo al pozo para descender por la parte más baja.

Estaba excavado en la tierra. Su estructura era circular y medía diez metros de diámetro por siete de hondo. Paredes de piedra caliza perfectamente encajadas lo envolvían por dentro. Algunas de esas piedras se habían caído haciendo cuesta e improvisando toscos peldaños por los que podría acceder al interior sin dificultad. Dudó, pero tras sopesar sus posibilidades y sentirse capaz, empezó a bajar con sumo cuidado.

Tras dar varios pasos, apoyó el pie sobre una piedra suelta y ésta empezó a rodar, haciendo que Odette perdiera el equilibrio y cayera sobre su trasero, provocando a su vez que se soltaran otras piedras que la arrastraron hacia el fondo. Por fortuna, no cayeron todas sobre ella, pero sí atraparon su tobillo izquierdo. Intentó levantarse y al sentir un agudo dolor, desistió moverlo por el momento. ¡Qué mala suerte! Nerviosa, miró a su alrededor y desalentada vio que las piedras que minutos antes habían hecho de escalera, ahora estaban junto a ella, en el interior del pozo. Tal vez si pudiera trepar... Descartó la idea. Abajo, la pared era más lisa. Además, se había dejado el móvil sobre la pared exterior y le era imposible alcanzarlo. Gimió abatida. Era la segunda vez en dos meses que por una desafortunada decisión terminaba atrapada.

¿Y ahora qué iba a hacer?

Ocho

Elán sintió como el corazón se le hacía un nudo al escuchar el estruendo, amplificado por el eco, que provocaron las piedras al caer en el interior del agujero.

En un principio se quedó helado, sin reaccionar, pero en cuanto entendió lo que acababa de suceder, el sentido común perdió la batalla. Abandonó su escondite y de un salto bajó hasta donde la joven había dejado sus pertenencias. Con el pulso retumbando en sus sienes y los músculos temblando, se asomó desde la pared exterior con cuidado de no ser descubierto. Se tranquilizó ligeramente al comprobar que ella no se había herido de gravedad, tan solo la percibía inquieta. Inmediatamente comprendió el motivo de su preocupación. Con la caída se había dañado el tobillo y eso le impedía salir de allí por su propio pie. Constató el hecho al ver como intentaba incorporarse sin éxito. Si no la sacaba de aquel lugar, ella no podría hacerlo por sí misma.

Dudó. ¿Y si la lastimaba? Tembló. ¿Y si…? Volvió a dudar. Pero si no la ayudaba, pasaría la noche a la intemperie en aquel agujero. Y hacía mucho frío.

No podía permitirlo.

Tras escrutar con sus sentidos que no hubiera nadie más por los alrededores, saltó hacia el interior del hoyo, aterrizando en cuclillas sobre el suelo pedregoso.

Odette se dio la vuelta y quedó petrificada. Abrió tanto los ojos y durante tanto tiempo que no le quedó más remedio que parpadear para que no se le secaran las retinas.

Su corazón empezó a latir de forma frenética al confundir aquella masa viva con algún tipo de homínido desconocido. ¿Qué diablos era aquello? A decir verdad, la cripto-zoología se quedaba corta ante semejante sujeto. ¡Era impresionante! Después se tranquilizó y le bajó el ritmo cardíaco al entender que, a excepción de su enorme envergadura, se trataba de una persona normal y corriente, aunque luciera un extraño atuendo. A decir verdad, "atuendo" era una palabra incorrecta, ya que el hombre en cuestión estaba desnudo. Su piel lucía cubierta de barro mezclado con alguna otra sustancia que no supo identificar. Aquel extraño potingue de tonalidad verdosa, cubría por completo su cuerpo y le daba al hombre un aspecto primitivo. Tras la sorpresa inicial, quedó confundida. A pesar de estar agachado, era inmenso. Y estaba tan cerca de ella, que no era capaz de abarcarlo completamente con la vista.

De forma absurda, una palabra invadió su mente: Nefilim.

Después pensó que bien podría tratarse de un hombre prehistórico, o un indígena embadurnado en sus pinturas rituales. Porque su aspecto era casi animal y su mirada, aunque hermosa, le resultaba inquietante. Sus ojos glaciares daban la impresión de registrar cada recoveco de su alma. Tras la sorpresa que precedió a la curiosidad, sintió una mezcla de ternura e inquietud que fue incapaz de comprender. Increíblemente, eso la tranquilizó.

Se frotó los ojos. ¿Ese hombre era real o el producto de su imaginación? ¿Y por qué se paseaba por el bosque de aquella manera?

—¿Quién es usted? —se atrevió a preguntar. Su propia voz le recordó al graznido de un cuervo.

Como única respuesta, el hombre ladeó ligeramente la cabeza en un ademán muy arcaico, antediluviano, casi animal, pero extremadamente elegante. Lo comparó con el gesto de un águila sorprendida agudizando su sentido del oído para captar mejor el sonido que acababa de escuchar. La miraba con unos ojos que traspasaban el alma. No pudo evitar observarlo sin pudor, revelando en su expresión la seguridad de haberlo visto antes, pero sin saber dónde ni cuándo. Aquellos ojos, extraños y expresivos, le resultaban familiares. Eran brillantes e hipnóticos…

De pronto se tensó, porque sin darle tiempo a reaccionar, el hombre se acercó todavía más, alargó el brazo y tomó un mechón de su cabello entre los dedos. Lo acercó a su nariz y aspiró su aroma mientras cerraba los ojos con deleite. Acto seguido los abrió y se incorporó sobre ella a gatas, cubriéndola con su inmenso pecho, sin tocarla. Odette retrocedió asustada, arrastrándose sobre su trasero, a la vez que él acercaba la nariz a su cuello para olerla, como lo habría hecho un lobo hambriento con su presa. Reaccionó arrimándose a la pared, y con los ojos muy abiertos empezó a temblar. Algo en su interior la alertaba. Aquel hombre era como dinamita a punto de estallar, cualquier error o un simple gesto malinterpretado podría resultar letal.

Elán entendió que se estaba sobrepasando. La joven no se sentía cómoda. Así que se apartó y continuó agachado sin quitarle el ojo de encima, a la expectativa.

Entonces, la muchacha volvió a hablar.

—Disculpe, le he preguntado quién es usted —logró decir mientras leía la confusión en el rostro del hombre. Y de nuevo el atávico gesto.

Elán se había quedado fascinado al escuchar por segunda vez ese sonido tan hermoso. Pero no sabía qué contestar, porque entre otras cosas, jamás se había planteado tener una conversación con nadie. Únicamente deseaba estrecharla contra su pecho, como la primera vez. Pero no se atrevía. Podía oler el miedo de la joven, a pesar del valor que intentaba demostrar.

Pero ella le había hecho una pregunta y lo más sensato era responder, porque eso era lo que hacían las personas cuando se comunicaban entre ellas. Así que, por primera vez desde su estrenada libertad, Elán habló.

—No sé quién soy, pero tu animal protector dijo que mi nombre es Elán.

Odette, que llevaba varios minutos intentando asumir lo que sus ojos contemplaban, no pudo creer lo que acababa de escuchar. Abrió la boca de par en par, pero enseguida se obligó a cerrarla. ¡Por Dios, si seguía haciendo eso se le descoyuntaría la mandíbula!

Elán ladeó la cabeza y en su rostro se dibujó la duda. Su respuesta parecía no haberle gustado. O tal vez no la había comprendido, así que intentó explicarse mejor.

—Tu animal protector es esa fea bola de pelo negra de ojos amarillos. Araña y también muerde. Y es muy… antipático.

—¿Qué? —jadeó Odette entre sorprendida e indignada. ¿Se estaría refiriendo a Pelito? ¡Jamás había escuchado una descripción semejante de su querido gato! ¿Cómo se atrevía a hablar así del ser más tierno y encantador que existía sobre la faz de la tierra? Se cruzó de brazos, y arrugando el entrecejo lo miró de reojo con expresión contrariada.

Elán se puso nervioso. Al parecer, a ella no le gustaba que hablara mal de aquella bola de pelo. Se apuntó mentalmente no volver a hacerlo. Si quería ganarse su simpatía, primero tendría que superar la barrera que suponía aquel odioso animal. Decidió que seguir conversando era lo más apropiado para ganarse su confianza.

Intentando utilizar un tono más conciliador, empezó a parlotear nervioso.

—No sabía que a ese animal se le llamara "gato" —Enfatizó esa última palabra—. He visto algunos otros "gatos" merodeando por el bosque. Se dedican a cazar pequeños animales alados. También se comen a los peludos de cola larga, esos que se arrastran por el suelo. Hay tantos "gatos" que el otro día cacé uno para probar su sabor. No me gustó, así que no volveré a hacerlo. ¿Y tú, tienes nombre?

No, definitivamente no podía creerse, ni lo que acababa de escuchar, ni el hecho de que aquel extraño pudiera leerle el pensamiento, pues estaba convencida de que no lo había expresado en voz alta. Pero tras su sorpresa inicial, siguió la indignación. Ese hombre parecía estar como una regadera. ¡Genial! ¡Estaba atrapada en el interior de un pozo junto a un psicópata que se zampaba los gatos del vecindario! ¡Y no podía escapar porque se había torcido el tobillo!

Sopesó sus posibilidades. No podía echar a correr. Tal vez seguirle la corriente daría resultado.

—Me alegro que el sabor de los gatos no sea de su agrado, señor —Sonrió de manera forzada—. Mi nombre es… —Se interrumpió. ¿En qué diablos estaba pensando? ¡No podía decirle su nombre a un demente que se paseaba desnudo por el bosque, diciendo que había sido bautizado por Pelito!

Elán no entendió su reacción. ¿Qué estaba haciendo mal? De súbito, un gran pesar le oprimió el pecho, pero intentó no exteriorizarlo. Debía contener sus emociones, sobre todo cuando estaba tan cerca de aquella hermosa mujer. No sabía qué reacciones podría provocar en ella. Las dudas lo asolaron de nuevo. ¿Qué era un psicópata? Algo horrible, seguro. Podía oler su miedo, por lo que dedujo que un psicópata tenía que ser algo muy malo. Algo que hacía daño a las personas. Y se sintió fatal. Porque él no quería hacerle daño. Solo quería ayudarla. También deseaba su compañía, porque se sentía solo.

¿Cómo podría hacérselo entender?

Odette percibió su desazón. Su expresión había dejado de ser inquietante para volverse triste. Tal vez aquel hombre no fuera un psicópata, sino un enfermo mental que se había extraviado. Se fijó mejor y pensó que se equivocaba. Su expresión corporal y su actitud no eran las de un demente. ¡Si hasta le inspiraba ternura!

—Me llamo Odette.

Elán sintió como sus palabras le acariciaban el alma.

—Odette… —Repitió su nombre paladeando cada sílaba, para después dedicarle la más bella de las sonrisas.

La voz de Elán sonó suavizada por un sentimiento que Odette no fue capaz de describir pero sí intuir. Observó maravillada como le dedicaba una sonrisa tan encantadora que… la desarmó. Y en ese mismo instante comprendió que, a pesar de su extraño aspecto, aquel hombre jamás le haría daño. A partir de ese momento dejó de sentir miedo y le devolvió la sonrisa. Él se relajó y su expresión dejó de ser inquietante para volverse dulce y confiada.

Más tranquila, lo observó mejor y quedó impactada. Su rostro era proporcionado, ligeramente anguloso y muy armonioso. Al igual que su cabello, lo lucía totalmente cubierto de barro, lo que impedía ver el color de su piel. Sus rasgos quedaban ligeramente difuminados, aunque tras aquella máscara asomaban unos increíbles ojos de un color muy peculiar; azul eléctrico, casi violáceo. Y brillantes, muy brillantes, que la observaban con inocencia e interés.

Odette se estremeció.

Siguió contemplándolo hasta que fue del todo consciente de la diferencia de estatura que había entre ambos.

Ella medía un metro setenta. No era una mujer baja, ni tampoco excesivamente alta. En cambio aquel hombre, a pesar estar agachado, calculó que mediría más de dos metros como mínimo. Pero no era solo la altura lo que le daba una imponente apariencia; sus pies y sus manos eran enormes. Sus hombros extremadamente anchos, y sus potentes brazos, poderosos. Su torso desnudo se intuía absolutamente musculado y desembocaba en una estrecha cintura presidida por un vientre plano y fibroso. Decidió que no miraría más abajo. Pero sin poder evitarlo, sus ojos descendieron hasta que… ¡Santo cielo, pero si iba desnudo! Le dedicó una tímida sonrisa y se puso más roja que un tomate.

Animado por la reacción de Odette, Elán amplió su sonrisa mostrando unos dientes blancos y perfectamente alineados. Aquellos ojos verdes tan hermosos ya no lo miraban con temor. Ahora chispeaban como estrellas y su rostro acababa de adquirir una tonalidad sonrosada que le resultó encantadora.

Profirió una tímida carcajada y ella, aunque turbada, se la devolvió. Eso lo hizo feliz. Ella confiaba en él. Ahora deseaba tocarla. Lo deseaba con todas sus fuerzas.

—¿Puedo ayudarte? —preguntó, tendiéndole la mano.

En un principio Odette no reaccionó. Poco después entendió el gesto y le ofreció la suya.

Elán rozó la palma de ella, sintió una fuerte tensión y apartó la mano. Había percibido su dolor. Observó su pierna herida y pensó que podía ponerle remedio. Con toda la cautela que fue capaz de reunir, se acercó y tomó el tobillo entre sus manos.

Vio como ella se tensaba en un primer momento, y como después se relajaba y le dejaba hacer.

—Me duele —se quejó a la vez que fruncía el ceño y arrugaba la nariz de forma graciosa.

Elán la miró con expresión muy seria.

—Yo te curaré.

Se lo dijo con tanta seguridad que ella fue incapaz de llevarle la contraria.

Acarició su pierna por encima del pantalón y se excitó con el tacto. Esa sensación lo fascinó. Su cuerpo se endureció y empezó a temblar. Intentó no transmitirle el nerviosismo a la joven, pero a duras penas lo logró.

Odette notó sus manos de suave tacto acariciando su pantorrilla con delicadeza, como si estuvieran manipulando el más fino cristal. Alzó la vista hacia su rostro y tras esa máscara de barro pudo intuir una emocionada expresión. Eso le provocó un deseo inexplicable que viajó por su garganta hasta instalarse definitivamente en su pecho, donde instó a su corazón a latir con potencia y rapidez. Le gustaba esa sensación, era maravillosa. Pero si Elán seguía acariciándola de esa forma, acabaría desmayada de placer. Gracias al cielo dejó de hacerlo y al fin le desató la zapatilla. Luego arremangó su pantalón, le quitó el calcetín y descubrió su pie. Elán frunció el ceño y acarició su tobillo con devoción y suavidad. Entonces, Odette sintió una potente energía que navegó por su cuerpo hasta instalarse en su corazón. Sin querer, se le escapó un gemido, mezcla de placer y alivio, al comprobar que el dolor y la hinchazón habían desaparecido.

La mirada de Elán exigía una respuesta. Cuando Odette asintió incrédula, él sonrió de nuevo.

—¿Cómo has hecho eso? —preguntó con voz entrecortada.

—¿Hacer el qué?

—Curarme…

Elán no respondió, simplemente se encogió de hombros en un gesto infantil y sonrió satisfecho al ver que ella estaba totalmente recuperada.

Los labios de Odette se fueron curvando poco a poco hacia arriba.

—¡Ya no me duele! ¡Es increíble! —exclamó—. Voy a intentar levantarme, ¿vale?

—Vale —Elán se quedó embobado viendo lo bonita que era Odette cuando se entusiasmaba.

Se puso en pie sin dificultad. Luego lo miró y soltó una carcajada.

Él la imitó, a la vez que se alzaba en todo su esplendor. Fue entonces cuando Odette apreció realmente su inmensa estatura. Y quedó deslumbrada. Era más impresionante de lo que había supuesto en un principio. Tuvo casi que doblar el cuello para poder mirarle a la cara. Por primera vez en su vida se sintió diminuta. Elán no era solo un hombre alto… Era, era un gigante…

—¡Oh, Dios mío! —exclamó—. ¿A ti que te daban de desayunar tus padres cuando eras pequeño?

Elán ladeó la cabeza en aquel gesto tan primitivo y singular.

—No entiendo lo que dices.

De nuevo regresó la sensación de desazón. Ese hombre era muy extraño, se dijo Odette. Pero la confusión se agudizó cuando él hizo otra pregunta.

—¿Qué es "Dios"? ¿Y qué es "padres"? —preguntó con evidente curiosidad.

—¿Me tomas el pelo?

Elán palideció.

—¡Jamás me tomaría tu pelo! —exclamó escandalizado.

Ella se quedó sin palabras. ¿Qué le pasaba a este tipo? ¡Parecía no haber tenido contacto con el mundo exterior!

El hecho de mirarle a los ojos empezaba a inquietarla, así que bajó la vista. Y mientras su mirada descendía, sin querer, descubrió como su miembro lucía totalmente erecto.

Odette se llevó las manos a la cara y se puso colorada. Mientras intentaba sin éxito disimular su turbación, recordó que todavía estaba descalza. Se agachó, se calzó la zapatilla en un tiempo récord, olvidándose por completo del calcetín, se volvió a levantar, y con el rostro clavado en el suelo rezó para que él no se diera cuenta de su vergüenza. Pasados unos segundos alzó la vista y pudo ver, incrédula, como él no parecía darse cuenta del motivo de su turbación.

—Verás, yo… —balbució ruborizada— ¡Me tengo que ir!

Esquivándolo, corrió hasta el muro. Colocó las palmas de sus manos contra la pared y comprobó que seguía sin poder trepar por ella. Empezó a temblar. Estaba tan nerviosa, su corazón latía tan deprisa y tenía tanta sangre acumulada en la cara que…

—¿Te ayudo?

Al escuchar su voz, se dio la vuelta rápidamente, arrimando la espalda contra el frío muro. Sin poder evitarlo, sus ojos regresaron al enhiesto miembro y constataron que era exactamente proporcional a la inmensidad de su cuerpo y estatura. Es decir, enorme.

—¡Dios bendito!

La excitación recorrió todo su cuerpo hasta llegar al bajo vientre, donde estalló en éxtasis. Jadeó y empezó a respirar de forma entrecortada. No podía ser… ¿Acababa de tener un orgasmo?

Elán se puso nervioso y bajó la vista para observar lo que a ella le provocaba tanta inquietud; su miembro. No comprendía por qué se le había endurecido de aquella forma y mucho menos el motivo por el cual a ella le incomodaba tanto. De hecho, así de erecto lo mantenía desde que la vio caminando por el sendero. Lo cierto era que no le había dado importancia hasta ese momento. Pero, ¿qué podía hacer para que regresara a su estado habitual? ¿Y cómo podía calmar la acuciante necesidad de "algo" que no sabía de qué forma satisfacer? ¡Era desquiciante!

Optó por tomarla en brazos y hacer exactamente lo que ella deseaba; sacarla del agujero y alejarse cuanto antes para no seguir incomodándola.

Pero los sentimientos de Odette cambiaron cuando Elán la tomó en sus brazos. Se sintió protegida, pero también frágil y femenina, como si pesara menos que una pluma. Mientras ascendían juntos, no pudo evitar mirarle a los ojos con cara de boba y una absurda sonrisa pintada en el rostro. Empezaba a peligrar su sentido del decoro, que a decir verdad era bastante elevado, cuando de pronto comprendió que eso le traía sin cuidado. Él la hacía sentir como nunca antes se había sentido.

A pesar de que sabía que era lo mejor para ella, Elán se resistió a soltarla. La sensación de sostenerla de nuevo en brazos, de sentir su calor, su cálido aliento acariciándole el pecho y sus brillantes ojos posados en él, le resultaba exquisita. Su miembro estuvo a punto de estallar cuando Odette empezó a acariciarle el torso con dedos suaves y delicados. Sus manos eran cálidas y sus caricias tiernas. Su erección creció hasta volverse insoportable. Sus músculos empezaron a temblar. Empezó a respirar con dificultad y cerró los ojos para concentrarse.

Justo entonces, se escuchó un sonoro maullido. Y todo aquel remolino de placer se diluyó de golpe.

No, no podía ser cierto, se dijo Elán apretando la mandíbula.

Abrió los ojos y se encontró de frente con la inoportuna presencia del gato Pelito, o más bien, de aquella diminuta y dominante bestia negra que tenía la desfachatez de observar la escena de forma irreverente.

Odette salió de su estado de encantamiento al notar el malestar de Elán.

—Pero, ¿qué…?

Giró la cabeza en la dirección que apuntaban sus ojos y allí abajo, en el suelo, descubrió a su gato.

—¡Pelito! —exclamó, sonriente.

Elán apretó los dientes. Empezó a sufrir un extraño tic en el ojo izquierdo, acompañado de unas irrefrenables ganas de estrangular al felino. Logró dominarlas, y a regañadientes depositó a Odette en el suelo. Dio un paso hacia atrás y miró al animal con ojos asesinos. Esperaba un enfrentamiento que por fortuna no llegó, porque Odette echó a correr hacia su adorado gato con una sonrisa en los labios.

Muerto de celos, Elán vio como tomaba en brazos a la bestia para después acariciarla. Mientras tanto, le dedicaba dulces palabras y tiernos arrumacos. Envuelto en rabia, se adentró en el bosque todo lo rápido que le permitieron sus piernas.

Odette se dio la vuelta con una sonrisa en los labios. Pero ésta de inmediato se diluyó al comprobar que aquel hombre se había esfumado como por arte de magia.

Y con él la tarde, dando paso a una noche sin estrellas.

Nueve

Siete días después.

Rafael observaba con repugnancia a la joven que, contoneándose sobre la tarima del local, intentaba captar su atención. No comprendía por qué acudía asiduamente los viernes por la noche a esa casa de citas cuando jamás había sentido apetito sexual. Posiblemente fuera porque, sin lugar a dudas, aquel lugar no era frecuentado por los de su especie.

Cuando la meretriz le guiñó un ojo, se tomó de un trago el último sorbo de tequila.

Resultaba absurdo negar la evidencia. Por primera vez en su vida Elsa Dueñas lo excitaba hasta la locura. Lo ponía hasta el punto de transformarlo en un completo idiota. Cuando estaba cerca de ella, era preso de su mirada, cautivo del movimiento de sus caderas y condenado por su salvaje y ancestral belleza.

Y eso le molestaba sobremanera.

Dio un golpe con el vaso sobre la barra del bar al sentir como el pantalón vaquero aprisionaba su enorme erección. Intentó pensar en otra cosa.

A la inmensa mayoría de los de su clase no les interesaba el sexo y mucho menos se enamoraban. Su existencia se basaba en cumplir las misiones que les eran encomendadas, a fin de servir y proteger el frágil milagro de la creación a lo largo de infinito Universo. Tenían el deber y la responsabilidad de custodiar aquella extraordinaria verdad por encima de cualquier otra cosa. Y no eran lícitas las distracciones.

Eso conllevaba un gran sacrificio, pero hacía eones que su genética se había adaptado a ello y ahora, en el momento más peliagudo de su misión, no debía distraerse con una simple humana. Por muy bonita que fuera.

Rafael pertenecía a la más alta jerarquía. Su familia era muy poderosa e influyente. Y él, al igual que su hermana, eran miembros del consejo estelar. Al principio se sintió digno portador de tal honor, pero hacía tiempo que albergaba en su corazón una gran disconformidad.

El decreto cósmico había empezado a aplicar su ley, y la humanidad, tal y como se la entendía en la actualidad, debía desaparecer para renacer de nuevo; de esa forma el equilibrio seguiría el curso establecido.

Rafael estaba en total desacuerdo con tal decreto.

Su idea sobre el progreso del hombre era más fuerte que su responsabilidad tácita y por ese motivo había empezado a actuar de forma unilateral. Desde su nacimiento, secuestró al híbrido con el que los suyos pretendían destruir todo lo conocido para renovar la raza humana. Y para Rafael, eso era una completa irresponsabilidad. Supondría el fin de la civilización tal y como se la conocía en la actualidad y el retorno al inicio. Ya había sucedido una vez, y antes de esa vez otra, y así desde tiempos inmemoriales. El universo era cíclico. Jamás había cambios, jamás se llegaba a la perfección y los suyos todavía no habían aprendido la lección. Como humanista, Rafael buscaba la culminación de la libertad del hombre. El libre albedrío. Y por ese ideal se había revelado en secreto ante lo que le parecía una injusticia. Pero si lo descubrían, sería considerado un traidor. Un traidor a su familia, a su raza y a su Rey. Sería sacrificado si descubrían su plan, algo que aceptaría con estoicismo llegado el momento y si el consejo así lo decretaba.

Se estremeció al pensar en las consecuencias. Tenía miedo, su destino podría ser fatal, pero el orgullo de no sentirse el servidor de nadie superaba con creces ese temor. A nadie rendiría más pleitesía que a sí mismo y cumpliría hasta la muerte con el cometido que le dictaba su conciencia. Encerraría de nuevo al híbrido en cuanto diese con él. Por su honor que así sería. No estaba dispuesto a permitir que el mundo sucumbiera al caos para empezar un nuevo ciclo de absurdas repeticiones.

Resopló con desprecio. Su monarca era un iluso y un completo irresponsable. Un tirano enemigo de la libertad y un sátrapa. Decía amar a los que había creado a su imagen y semejanza, pero terminaba actuando siempre de forma cruel y desmedida, imponiendo de forma unilateral su voluntad, mientras que a ellos, su corte, se les estaba vetada la opinión y con ello, la iniciativa de escoger en voto la forma de proteger a la humanidad, que vivía ajena a esa verdad. Una verdad oculta entre las sombras.

Por eso debía olvidar el deseo que sentía por Elsa, aunque fuera la mujer más excitante que hubiera conocido jamás.

Sonó su teléfono móvil y sin expresar emoción alguna descolgó. Acto seguido pagó la copa, se introdujo en el servicio de caballeros y tras dedicar varios segundos a concentrarse para diluir su mal humor, se tele-transportó.

Una vez en el interior de la nave, saludó a la princesa de Géminis con una sonrisa. Ella todavía descansaba tras su largo viaje desde su estrella madre. El esfuerzo había sido tan inmenso que necesitaba guardar reposo. Por ese motivo no se había levantado a recibirlo, sino que le devolvió una lánguida sonrisa, a la vez que arrugaba la nariz. Un gesto muy suyo que lo encandiló, como siempre lograba hacer. Era especialmente hermosa, como todos los de su estirpe, pero ella destacaba del resto. Algo poco común, ya que la igualdad primaba en todos ellos. Sus abundantes cabellos rubios, casi blancos, le llegaban a rozar las rodillas. En aquel momento se desparramaban sobre sus pechos, cintura y caderas, cubiertos tan solo por una ligera y vaporosa túnica azul marino que contrastaba con su blanca piel, casi translúcida por no haber absorbido luz estelar desde el tiempo que duró su viaje.

Los azules ojos de Rafael chispearon, dedicándole una mirada de absoluta adoración. De jóvenes habían compartido muchas cosas y ambos alardeaban de una gran complicidad. Amaba a su hermana más que a nadie, pero su presencia le intrigaba. ¿Para qué habría venido a la Tierra? La sospecha lo inquietó, aunque intentó disimular su creciente nerviosismo.

—Oh, querida —susurró con los brazos abiertos, solicitando un abrazo.

—¡Rafael!

—A su completa y entera disposición, princesa.

Ella se incorporó mientras profería una carcajada musical, y tras comprobar que disponía de fuerzas suficientes para caminar, se acercó a Rafael trotando graciosamente. Su delicada y larga melena navegaba tras ella de forma lenta y pausada, ondeando en el aire, como si fuera insensible a la fuerza de la gravedad.

Al llegar hasta su hermano se acurrucó entre sus brazos y suspiró. Rafael la acogió, estrechándola contra su pecho mientras escuchaba su dulce voz, de las pocas capaces de acariciarle el alma.

—Mi amado hermano. ¡Cuánto te he echado de menos!

—Estás preciosa.

Ella rodeó su cintura y estrechó más el rostro contra su pecho.

—Rafael, has escogido un nombre realmente hermoso para permanecer en la Tierra. Representa la perseverancia y significa Sanación de Dios. Es el nombre de un arcángel.

Rafael separó el abrazo y la miró orgulloso, a la vez que apartaba de su frente un mechón de su sedosa melena.

—Así es como nos conocen aquí, pero supongo que ya lo sabes.

Ella esbozó una suave sonrisa y lo obsequió con un beso en la mejilla.

—Un apelativo idóneo para alguien tan espléndido como tú. ¿Me ayudas con mi nombre?

Su querida hermana era tan valiosa e inteligente... La amaba hasta la extenuación. Pero se estremeció por la profunda decepción que ella sentiría si sus planes acabaran por descubrirse.

—¿Qué te parece, Laura? –propuso—. Es de origen latino y significa laurel. No es el nombre de un ángel, pero lo considero apropiado para ti. Eres un ser íntegro, delicado, dispones de muy buen criterio y eres merecedora de toda gloria.

—¿Laura? —repitió ella a la vez que se empezaba a dibujar en su rostro una excepcional sonrisa. Después arrugó la nariz en un gesto cómplice—. ¡Me encanta!

Laura invitó a Rafael a acomodarse. Había llegado el momento de comunicarle a su hermano el motivo de su llegada a la Tierra y estaba muy emocionada. Además, ansiaba su aprobación.

—Querido, no sé cómo decirte esto sin expresar un desmedido entusiasmo. Pero estoy tan emocionada...

Laura irradiaba ilusión y felicidad. Sus azules ojos brillaban como dos supernovas y una amplia sonrisa le inundaba el rostro. Tenía las manos unidas con los dedos entrelazados y lo miraba pícara, intentando crear la máxima expectación. Rafael se impacientó, pero con voz dulce la instó a continuar.

—Anda, cuéntame.

Laura volvió a arrugar la nariz y entusiasmada lo soltó todo de un plumazo, sin casi tomar aire para respirar.

—¡Los buscadores han sentido a Elán! Oh, querido, ¡nuestro hermano ha sido liberado! ¿No te parece algo absolutamente maravilloso? —Rafael intentó contener los nervios que empezaron a recorrer su vientre. Como no pudo, intentó que su rostro no reflejara la inquietud que empezaba a sentir. No tardó en observar el desconcierto de su hermana, que empezaba a percibir su reacción, así que se aventuró a sonreír de la forma más sincera que pudo fingir y blindó sus sentimientos. Surtió efecto, porque el rostro de Laura volvió a iluminarse—. ¿Y sabes a quién han honrado con la responsabilidad de devolverlo al lugar a donde realmente pertenece, una vez haya cumplido su gloriosa misión? —soltó sin apenas tomar aire.

—No me lo digas… —susurró él, intentando disimular con una repentina tos el nudo que ya oprimía su garganta.

—¡A mí! —exclamó Laura— ¡Me han encargado a mí esta misión! ¡Soy tan, tan feliz! ¡Nada más y nada menos que encontrar a Elán! ¡El ser que creará una nueva estirpe! ¡El iniciador del nuevo ciclo! ¿Te das cuenta? ¡Es todo un honor!

Rafael observaba lo bella que era su hermana, más cuando irradiaba entusiasmo por todos los poros de su piel. Por vez primera sintió una punzada de culpa. No por traicionar a su familia, a su pueblo y a su raza, sino porque la estaba traicionando a ella, al ser más amado de todo el universo.

Y todo por unos jodidos ideales…

Recostado sobre el saliente del acantilado, Elán observaba el firmamento, deleitándose con las bonitas estrellas, que parpadeaban juguetonas. Ladeó la cabeza y miró hacia abajo, donde pudo también divisar otras luces más cercanas, las del pueblo; el lugar donde vivían las personas.

En el mundo que empezaba a descubrir, la luz se asomaba con timidez cuando la oscuridad se imponía. Elán agradeció mentalmente al responsable de ese milagro.

Era una noche fría. Días atrás, unos diminutos y helados copos de nieve descendieron del cielo sin pausa, derritiéndose al principio pero cuajando después. En aquel momento cubrían casi la totalidad del suelo, en una espesa y compacta capa blanca que reflectaba la luz de la luna, otorgándole al paisaje un fastuoso aspecto.

Cada día le sorprendía algo nuevo y al mismo tiempo cientos de enigmas asolaban su mente. No tenía respuestas para casi nada y preguntas para todo. El gato tenía razón, era un ignorante. No sabía nada del mundo y las ganas de aprenderlo todo se mezclaban con la ansiedad de no saber cómo hacerlo. Y todo era culpa del monstruo que lo había mantenido en aquel estado de ignorancia.

Su cuerpo reaccionó, tensándose y provocando también que su corazón se desbocara. Reconoció ese sentimiento y se empapó de él a conciencia: Era el odio. Odiaba con todas sus fuerzas al ser que lo había sometido desde el principio, privándole de todo.

Desde que tuvo uso de razón solo conoció el encierro, la tristeza, el miedo, y lo peor de todo, la soledad. Nunca sintió las caricias de un ser amado. Jamás escuchó palabras de aliento. Toda su vida había transcurrido en la más absoluta soledad, hundido en la más completa oscuridad y sin ninguna luz que calmara la desesperación que asolaba su alma. Tuvo que aprender a convivir consigo mismo, sin nada, porque era la nada lo que hasta ahora había conocido. En cuanto pudo ser libre, le sorprendió su alta capacidad para asimilarlo todo de forma rápida y eficiente. Nunca había hablado con nadie y, sin embargo, había comprendido de inmediato el significado de las palabras. También había podido mantener una conversación sin haberla practicado jamás. Las personas aprendían unas de otras, a él se le había privado ese derecho y aun así lo había logrado con una rapidez pasmosa.

Había otro asunto que le preocupaba, quizá el que más. La libertad física no lo colmaba. Echaba en falta a la única persona con la que había sentido contacto, y que además, había aceptado amablemente su presencia. Deseaba estar con ella, pero pensaba que era improbable.

Esa persona tenía un nombre.

—Odette… —Saboreó cada sílaba. Le gustaba pronunciar su nombre.

Aquella muchacha despertaba en él sensaciones tan desconocidas y a la vez tan cautivadoras, que su cuerpo reaccionaba con un anhelo irreverente. Y al proyectar en su mente la imagen de ella, su miembro se endurecía. Pero no era solo algo físico. Su alma también la deseaba y el necesitarla se enfrentaba de lleno al desasosiego que le provocaba el no poder satisfacer sus deseos más primarios.

¿Era eso bueno? En su naturaleza existía intrínseca la capacidad de discernir entre el bien y el mal, pero no sabía cuál era la forma correcta de actuar. Deseaba estar con Odette, porque sabía que era bueno para él, pero dudaba de satisfacer ese deseo porque le habían dicho que era malo para ella, y no era capaz de hallar la solución a ese conflicto.

Acababa de descubrir otro sentimiento: El desasosiego.

El agua de la tristeza anegó sus párpados y cuando éstos no pudieron soportar tanta carga, las lágrimas se deslizaron por sus mejillas, empapándole el cuello y los cabellos de la nuca. No se molestó en enjugarse el rostro, ni le dio demasiada importancia a ese suceso porque se sentía mejor si se dejaba llevar por él.

Tomó en sus manos el trozo de tela que ella había olvidado y que anteriormente había envuelto su pie y lo apretó contra el pecho. Cerró los ojos y suspiró lentamente. Al menos conservaba algo que le había pertenecido. Aquello lo aliviaba en parte.

Cada uno de los días sucesivos al encuentro, la estuvo esperando en aquel lugar, con la esperanza de que regresara por él. Pero ella no apareció.

Volvió a suspirar.

A pesar de que ya conocía ese sentimiento, acababa de descubrir que los muros de la esperanza podían tambalearse.

¿Y si no volvía a verla? Solo pensar en ello le provocaba un terrible vacío. No quería sentirse así, era horrible.

Tomó una decisión.

Se levantó y trepó por el acantilado hasta que llegó arriba. Cuando se adentró en el sendero, rastreó el bosque con su mente en busca de alguna presencia, y tras asegurarse de que estaba solo, corrió descalzo sobre la nieve hasta llegar al lugar donde la vio por última vez. Descendió de un salto hasta el agujero y se sentó en el interior.

Rememoró aquel día y visualizó su imagen. Sus bonitos ojos verdes, mirándolo con sorpresa, lo habían dejado paralizado. Y el recuerdo de sus labios rosados, carnosos y húmedos, le provocaban emociones que no era capaz de controlar. Recordó sentir algo muy extraño cuando decidió acercarse a ella y tocar su pelo. Algo especial en el vientre, como una fuerte presión que casi lo dejó sin respiración. No le disgustó aquella sensación, al contrario, le produjo bienestar. Su delicada figura de cintura estrecha y caderas sinuosas, sus esbeltas piernas y elegante busto… Su cuerpo era tan distinto del suyo que aquello lo desconcertó, pero cuando la tomó en brazos quedó fascinado.

Tembló al recordar su olor. El cálido tacto de su piel, tan suave y llena de vida. Sus dedos finos y delicados acariciándole el pecho.

Su respiración se tornó profunda, incapaz de llenar el vacío que empezaba a sentir. Era el deseo. Deseaba a Odette. La ansiaba físicamente y también con la mente. Ojalá hallara la forma de aliviar esa presión.

Entonces recordó que ella había bajado hasta allí buscando algo. Su mente empezó a fluir con rapidez. Tal vez si lo encontrara, podría…

Su rostro dibujó una sonrisa, y lleno de esperanza comenzó a palpar con las manos las paredes, hasta descubrir al tacto algo de diferente textura incrustado en las piedras. Enfocó la vista y descubrió un extraño objeto. Su tacto era fino y mucho más liso que la roca que lo rodeaba. Con sumo cuidado logró extraerlo y descubrió que era muy bonito y diferente de lo que había visto antes. Era de barro compacto y no era natural, sino fabricado por alguien. No entendía cuál era su función, pero Odette había mostrado un enorme interés por aquello antes de sufrir el desafortunado incidente y decidió que se lo llevaría. Lo dejaría en un lugar donde ella pudiera encontrarlo y de lejos disfrutaría de su bella sonrisa. Se conformaba con eso.

Acurrucada en el sofá, Odette intentaba disfrutar del placer de la lectura, mientras el calor de las llamas de la chimenea lamía su piel y otorgaba a la estancia un ambiente acogedor. Había empezado a leer un libro sobre Escipión el Africano, y a pesar de que la narración era magnífica y la trama muy interesante, no era capaz de concentrarse en la lectura.

Suspiró, y tras colocar el libro con cuidado sobre la cómoda, se levantó dispuesta a preparar una infusión de tila en la cocina. Necesitaba relajarse.

Hacía una semana que había regresado al trabajo y todo transcurría en base a lo previsto, con la única salvedad que habían tenido que trasladar el despacho de la Doctora Sagrera a la escuela municipal, a causa de las reformas tras el terremoto.

Estaba satisfecha. Tenía mucho trabajo y los avances en el recién hallado códice estaban siendo fructuosos. Por supuesto, obvió el tema de los Nefilim a la directora, llegando a la conclusión de que era absurdo poner en juego su reputación por algo tan poco ortodoxo. No obstante, el tema seguía intrigándola y al terminar su jornada laboral siempre se quedaba en el despacho a investigar por su cuenta. No dio con nada relevante, pero empezó a sentirse fascinada por los temas de misterio.

Tras la última conversación con Gabriel, optó por no volver a hacer ninguna alusión sobre sus pesquisas. El muy sinvergüenza se había reído de ella hasta la extenuación cuando, tras haber consultado el Deuteronomio por asuntos de trabajo, le planteó sus dudas sobre la estatura de Og, Rey de Basán.[3] Según el libro, la cama de ese monarca medía un total de nueve codos. En primer lugar, a él le pareció gracioso que una arqueóloga no supiera cuántos codos constituían un metro. Pero lo peor vino cuando la vio sorprenderse, al comprender que el lecho en cuestión podría haber medido casi cinco metros de largo, porque entonces Gabriel tuvo la excusa perfecta para desternillarse.

"Es más probable que ese reyezuelo fuera aficionado a las artes marciales y eso hubiera sido un tatami, incluso que tuviera un elevado número de concubinas, antes de tratarse del catre de un extraterrestre gigante", había dicho mientras se atragantaba de la risa.

Así que de contarlo a más gente, ni hablar.

El asunto de los gigantes le hizo recordar de inmediato al inmenso hombre que se encontró en el bosque.

Y regresó la inquietud.

No podía quitarse de la cabeza aquel encuentro tan peculiar. ¿Qué habría sido de él? Llevaba días rumiando si era apropiado contarle a Gabriel lo sucedido, pero algo en su interior la alertaba, instándola a ser discreta. Lo más lógico habría sido avisar a la Policía de que por el bosque merodeaba un perturbado, pero tras meditarlo, llegó a la conclusión de que podría estar equivocada. No era un delito disfrazarse de troglodita. Además, aquel hombre no le había hecho ningún daño, al contrario, la había ayudado a salir de una situación apurada con exquisita amabilidad y delicadeza. Y había curado su tobillo…

La llama del mechero vibró junto con su mano mientras encendía el fuego de la cocina. Ese hombre seguía provocando en ella sensaciones que jamás había sentido. Sus ojos le eran tremendamente familiares y sentía por él algo muy extraño que no era capaz de definir, cosa que la incomodaba. Ese hombre, que decía llamarse Elán, la había excitado tanto que incluso ahora se le aceleraba el pulso. ¿Cómo era posible que un individuo como aquel sacara a relucir sus instintos más primarios?

---

3   *"Porque únicamente Og rey de Basán había quedado del resto de los gigantes. Su cama, una cama de hierro, ¿no está en Rabá de los hijos de Amón? La longitud de ella es de nueve codos, y su anchura de cuatro codos, según el codo de un hombre. Deuteronomio 3.11 ."* *El codo es una unidad de longitud de origen antropométrico, por lo tanto varía de un país a otro. Si ponemos como ejemplo el codo mesopotámico, al transferirlo a metros, el lecho del Rey Og mediría 4,797 por 2,132. Un tatami de Kárate mide 8 m por 8 m, por lo tanto, reconozco que la comparación es exagerada. (N. de la t.)*

Lo visualizó en su mente.

Él también se había excitado. Aquel día vio con total claridad su erección. Como para no verla, con lo enorme que era...

Se le cayó al suelo la tetera provocando en la cocina un gran desaguisado. Refunfuñó, reprendiéndose a sí misma la falta de atención, y resopló. ¡Podría haberse quemado!

Contrariada, subió las escaleras, se cubrió con un poncho rojo y salió al patio para buscar la fregona que estaba en la alacena, donde guardaba los utensilios de limpieza, junto al aseo. Aquella disposición exterior de alacenas y aseos se daba en muchas de las antiguas construcciones mediterráneas, recordó. Reconoció que atravesar el patio después de darse una ducha en pleno invierno era poco práctico, pero no le incomodaba, porque así ambas estancias se mantenían separadas de las dependencias de dormir y resultaba más higiénico.

Esbozó una sonrisa de satisfacción al pensar en su casa.

Una graciosa entrada con un arco de medio punto envolvía una puerta de madera maciza de olivo. Ésta daba paso a un pequeño recibidor de vigas vistas de madera, también presidido por un arco de piedra caliza sin puerta que comunicaba al pequeño salón, donde una acogedora chimenea excavada en la pared le daba un toque personal y acogedor. La casa estaba excavada en la montaña, por lo que existían dos niveles comunicados por unas empinadas escaleras que subían hacia las habitaciones, que daban a su vez a un pequeño patio empedrado en el que ahora se encontraba. Justo en el centro se alzaba un pozo forrado en piedra y rodeado de naranjos. En el lado sur se divisaban los tejados de las demás casas, donde los gatos cortejaban en las noches de verano. Y si miraba hacia el norte, podía ver como se alzaban hacia el cielo las imponentes montañas de la Sierra de Tramuntana, en aquel momento cubiertas por un hermoso y brillante manto blanco que relucía en las noches de luna llena. A juicio de Odette, este era el lugar más hermoso de la casa.

Se arropó mientras atravesaba el patio a paso ligero y cuando estuvo a medio camino algo la inquietó. Percibió la mirada de alguien clavada en su nuca y se estremeció. El corazón le dio un inesperado vuelco, tomó aire y se introdujo rápidamente en la alacena.

Oculto sobre un gran algarrobo que se encontraba junto al camino que conducía al pueblo, Elán observaba la casa de Odette desde la distancia. Esperaba el mejor momento para dejar su presente en la puerta trasera de la casa, la que daba a su habitación, pero no se había atrevido hasta el momento. La odiosa y peluda bestiecilla negra casi siempre merodeaba vigilante. Y no había encontrado la forma de eludirla. De momento, el animal no había hecho acto de presencia y el corazón le latía a mil por hora ante la idea de que aquel podría ser el momento adecuado.

Cuando vio de lejos a Odette atravesando el jardín, notó un pálpito. Sintió el irrefrenable deseo de ir a su lado. Pese a que había tenido en cuenta la posibilidad, su intención no era encontrarse con ella, sino dejar el objeto en un lugar donde pudiera encontrarlo, con el simple propósito de hacerla feliz.

Pero ahora que Odette estaba a su alcance, no se sintió capaz de eludir sus temores y de un salto bajó de su escondite.

$\mathcal{D}iez$

Odette salió de la alacena cargada con el cubo lleno de agua y la fregona.

Y lo vio.

¡Aquel gigante estaba en su jardín!

A causa del susto, el cubo se deslizó de sus manos, llenando de agua el suelo empedrado.

Elán captó su espanto de inmediato y se afanó en templar esa sensación. Respiró hondo y una vez hubo enfocado calma en Odette, observó con alivio como ella cambiaba su expresión inicial por otra de sorpresa. Acto seguido, disfrutó del gracioso aleteo de sus pestañas y se deleitó con su imagen.

Sus cabellos rizados brillaban a la luz de la luna y descendían por los hombros de forma desordenada, enmarcando un rostro que intuyó más dulce que el que recordaba.

Esbozó una sonrisa.

—Hola, Odette.

El hombre que acababa de espantarla, ahora la hechizaba con su voz grave y su bella sonrisa.

En su primer encuentro se sintió demasiado confusa para darse cuenta, pero ahora podía constatar lo perfecto que era su rostro. Y su fastuoso cuerpo bañado por la luz de la luna, resplandecía. Continuaba desnudo, pero no se sintió turbada como la primera vez, al contrario, admiró con serenidad su recia complexión y verificó que la perfección no era un adjetivo que le hiciera justicia.

—Elán —susurró.

Él se emocionó al escuchar su nombre en labios de Odette. Se acordaba de él y lo valoró sobremanera.

—¿Qué haces aquí? —preguntó sorprendida—. ¿No tienes frío?

Con un gesto infantil, él se encogió de hombros y negó con la cabeza.

Ella vio como temblaba ligeramente y se preocupó. Recordó en el acto que en la alacena guardaba un par de mantas.

—Espera aquí y no te muevas, ahora vengo.

Él se quedó pasmado ante el decreto de permanecer quieto en el sitio. No reaccionaba bien ante las órdenes y le sorprendió que una dada por ella no le inquietara en absoluto. Así que esperó disciplinado, aceptando su mandato sólo por el deseo de complacerla.

De inmediato, Odette regresó con un enorme trozo de tela.

—Cúbrete con esta manta, te vas a helar.

A causa de su envergadura, Odette intentó extenderla sobre él sin éxito, así que Elán se agachó para facilitarle el trabajo y la miró agradecido. A decir verdad, esto era más práctico que embadurnarse el cuerpo de barro para eludir el frío. Complacido, se arropó y aspiró el aroma de la tela, que le recordó a ella. Se deleitó con el tacto, suave…

Y el deseo lo dominó de nuevo…

Tras un leve instante de silencio, ella, de nuevo excitada, le instó con la mirada a que le explicara el motivo de su presencia. Elán se acercó tímidamente, y cuando estuvo a una distancia prudencial, extendió su brazo y le mostró el presente.

—He venido para darte esto. Sé que te gusta.

Odette parpadeó confusa, y tras reconocer el objeto que él acunaba entre sus grandes manos, se le iluminó el rostro en una sonrisa.

¡Era una lucerna romana de cerámica! Luego alzó la vista hacia Elán y comprobó como la satisfacción se dibujaba en su hermoso rostro.

—¿Dónde la has encontrado? —preguntó con deslumbrante mirada.

Elán, pletórico de haberla complacido, respondió ufano.

—En el agujero donde te encontré. Pensé que te gustaría, por eso te lo he traído.

—¿Puedo…? —Extendió una mano con timidez, sin apartar los ojos de aquella maravilla.

Él pareció confuso.

—Oh, claro, es para ti.

Ella tomó con cuidado la lucerna, y cuando los dedos de ambos se rozaron, se estremeció.

Elán pudo escuchar como Odette ahogaba un suspiro de ilusión y se sintió feliz. Admiró su rostro, que en aquel momento lucía satisfecho, y percibió una ligera presión en la boca del estómago.

—Elán —musitó— es, es preciosa...

Odette estaba impresionada. Era una pieza excepcional. Normalmente las lucernas se solían fabricar de terracota, pero esta era de cerámica, lo que le daba un valor incalculable. Era pequeña, cabía en su palma abierta y no pesaba demasiado. Estaba lacada en azul turquesa y grabada exquisitamente con dibujos de ramitas de olivo en los bordes, creando una cenefa muy elaborada. Sobre el cóncavo *Discus* había otro original grabado con la forma un ser alado, con total seguridad se trataba de un Ave Fénix. Disponía de una pequeña asa que lucía totalmente intacta con forma de una cabeza de pájaro que se curvaba hacia dentro. Con sumo cuidado y absoluta devoción la valoró y se dio cuenta de que estaba en perfecto estado de conservación.

Acto seguido lo miró.

—¿Es para mí? —preguntó con ciertas dudas.

Elán asintió con la cabeza y sonrió hasta que le dolieron las mejillas. Estaba muy contento de que ella apreciara tanto su regalo.

—Oh, Elán... ¡Este objeto es valiosísimo! Pero no puedo aceptarlo.

Hizo el gesto de devolvérselo y él quedó consternado. Su rostro expresaba todo lo contrario de lo que estaba diciendo. Ese objeto le gustaba y no entendía por qué ya no lo quería. ¿Quizá porque lo había tocado él? La alegría se desvaneció para dar paso a las dudas que lo asolaban.

—¿Por qué? —preguntó confuso.

Ella se mordió el labio inferior y tras una breve pausa, respondió:

—Verás, si me lo quedo, lo tendré que llevar al museo. Allí debe quedarse para ser estudiado, parece una pieza de gran valor...

En aquellos instantes, el rostro de Elán parecía el de un cordero a punto de ser llevado al matadero. Y Odette se sintió tan culpable que dudó. Sus ojos verdes regresaron a la hermosa lucerna. Y de nuevo sonrió.

—¡Qué puñetas! —exclamó— ¡Claro que me la voy a quedar! ¡Es maravillosa! —Odette miró a Elán con ojos soñadores—. Muchas gracias.

Al ver la entusiasta mirada que ella le dedicó, sintió alivio y sus brillantes ojos verdes casi le provocaron un ataque de euforia. Por suerte logró contenerse a riesgo de volverse loco. No quería expresar sus emociones abiertamente por miedo a provocar otro desastre, pero tenía unas ganas irrefrenables de acercarse y abrazarla para sentir de nuevo su calor, un calor que le reconfortaba.

Sin embargo, algo en él temía su reacción. ¿Y si ella lo repudiaba? Sintió que se ahogaba ante esa posibilidad.

Entonces sucedió algo inesperado. Sus deseos se vieron recompensados y eso lo dejó trastocado. Ella le regaló un abrazo de agradecimiento. Posó el dulce rostro sobre su pecho, cubierto por la manta y se acurrucó junto a él.

Por un momento quedó paralizado. Aquello no se lo esperaba. Enseguida sus músculos se tensaron y empezó a temblar hasta que comprendió que ella se arrimaba de ese modo con el propósito de infundirle confianza, así que la imitó y sintió un tremendo alivio. Por primera vez en su vida estaba recibiendo cariño. Con manos temblorosas se atrevió a acariciar su espalda. Lo hizo con extremo cuidado, como si temiera que fuera a romperse. Ella era pequeña, frágil y delicada. Sintió su pausada respiración, su cálido aliento acariciándole el pecho y los rítmicos latidos de su corazón. Sintió su pulso cada vez más acelerado, acompasándose con el suyo. Se esforzó en relajarse y al cabo de un instante notó como sus latidos se atenuaban. Estaba tranquila, ya no tenía miedo, y el alivio que sintió fue un bálsamo que le provocó una desconocida emoción. Se sintió en paz.

Ella gimió y a él le faltó el aliento durante unos instantes. Eso provocó que otro estremecimiento le atravesara el cuerpo, asentándose en su pecho. Aquella sensación le pareció extraordinaria, difícil de definir. Cerró los ojos y la disfrutó. Hundió el rostro entre los suaves rizos de Odette y aspiró su aroma. Ella lo calmaba, le curaba el alma y le hacía sentir feliz. Odette sacaba lo mejor de él porque era capaz de sacar lo mejor de sí misma, haciendo de cada situación un momento especial, mágico y memorable. Aquella paz, y el entusiasmo que irradiaba era su principal virtud. Ella era buena y tenía el poder de hacerle bueno a él.

Por ello la deseó con toda el alma, sin miedo esta vez, convencido de que su gato guardián se equivocaba.

Jamás podría hacerle daño a Odette.

Jamás.

La apartó de su abrazo con el deseo de disfrutar su imagen y ese gesto provocó que sin querer, la manta que le cubría se deslizara y cayera al suelo. No le importó.

Ella alzó la vista y lo miró con expresión curiosa, mientras con las manos acariciaba su pecho desnudo. Elán tembló, sin poder evitar que sus caricias lo excitaran. Sus músculos vibraron y su miembro se envaró. Empezó a respirar con dificultad y un estremecimiento de pasión le obligó a gemir emocionado. Sus manos temblorosas ascendieron hasta su rostro. La acarició con devoción, sin apartar los ojos de ella. Retiró unos rizos rebeldes de su frente y recorrió la curva ovalada de su mandíbula para terminar descendiendo por su esbelto cuello, de suave tacto. Se detuvo ahí, sobre la clavícula. En las palmas de sus manos notó su entrecortada respiración y sintió la acuciante necesidad de acercar los labios a su garganta. No le bastaba con sentirla cerca, con abrazarla, con sentir sus delicadas manos sobre su pecho. Necesitaba probarla. Descubrir el sabor de su piel.

Odette se estremeció al ver el apasionado brillo en los ojos de Elán. Unos ojos grises que reflectaban la luz de la luna, colmados de pasión. La hacían sentir la persona más importante para él. Y así era en verdad. Esa mirada hizo que perdiera el control de sus emociones, y cuando el ardor de sus labios quemó su piel, ya fue demasiado tarde. Gimió, y ofreciendo su garganta, se rindió a sus besos con absoluta candidez. Un cúmulo de nuevas sensaciones provocó que su cuerpo se convirtiera en una maraña de emociones descontroladas. Se le erizó el vello de la nuca, dando paso a un escalofrío que le atravesó el pecho hasta asentarse en su vientre de forma insistente. El deseo navegó por su cuerpo y jadeó cuando aquellos suaves labios exploraron con dulzura y timidez la piel de su cuello. Acto seguido, una lengua suave y húmeda acarició el lóbulo de su oreja y pudo sentir, vibrando sobre su piel, los suaves gemidos de Elán.

Odette no pudo resistirlo más, gimió, y se pegó contra su cuerpo a la vez que enredaba los dedos en su enmarañada cabellera. Levantó la rodilla y enredó su pierna con la de él.

Y perdió la noción del tiempo. Y su decoro.

El cuerpo de Elán se tornó rígido, su respiración jadeante.

Y Odette se detuvo.

Alzó la vista y vio cómo su mirada revelaba contención. Con la intención de calmarlo, deslizó las manos hacia su rostro y le acarició la sien. Después paseó los dedos por sus pómulos a la vez que observaba su emocionado rostro. Fascinada ante semejante perfección, acarició sus mejillas hasta llegar a su mandíbula, cuadrada y de rasgos masculinos. Comprobó que tras esa fina capa de lodo seco no había rastro alguno de barba y su piel era de tacto suave.

Era increíblemente apuesto. Viril, sí, pero sus rasgos eran tan hermosos que le daban un aire extrañamente femenino. Parecía un ángel...

Casi de forma instintiva, los dedos de Odette terminaron posados sobre sus labios. Unos labios llenos y suaves que invitaban a la locura. Imaginó como sería besar su boca. Imaginó como sería un beso de Elán y empezó a temblar. Sintió calor en el vientre. Sería su primer beso. El ardor se intensificó. Deseaba que fuera él, el primero, quien tomara su boca.

Elán se estremeció y se excitó más que nunca al sentir los dedos de ella viajando por la piel de su rostro. Supo que deseaba sus labios. En aquel preciso instante.

Tomó aire lentamente. Lo soltó despacio, intentando mantener el control.

Y tembló.

Aquello era algo muy importante para Odette. No comprendía el significado de un beso, pero también lo deseaba.

Con extremo cuidado, empezó a recorrer su rostro con las manos, imitando el recorrido que ella había hecho con anterioridad. Pero cuando percibió con las yemas de los dedos la humedad de su boca, cuando notó que tenía los labios entre abiertos y los ojos empañados de emoción... Cuando vio descender lentamente sus pestañas, esperando con los ojos cerrados a que él uniera sus labios con los suyos... Cuando percibió su ardor...

Al borde de la locura, se acercó hasta sentir su aliento, cálido. Posó los labios sobre su boca, húmeda...

Y la besó.

Odette se quedó quieta. Los labios de él, ligeramente entre abiertos, empezaron a moverse con suavidad. Ella respondió con dulzura, atreviéndose a acariciar su labio inferior con la lengua. Él la imitó, apreciando en su piel la sutil vibración de un gemido de placer. Casi se vuelve loco de emoción a causa de sus tiernas caricias, la suavidad de su lengua, la calidez de su boca... La saboreó y sintió como la pasión se iba tornando por momentos incontrolable. Su pulso se aceleró, empezó a respirar más rápido y más fuerte, y sin poder evitarlo se le escapó un sonoro gemido. Pero tras pasar de la inquietud a la timidez, sintió la sincronización en su respiración, el impulso irresistible de quererla más y más cerca, y deseó, como ella, aferrada a sus hombros y colgada de él, abandonarse a la pasión.

Sus rodillas empezaban a flaquear. El beso de Elán era dulce y a su vez cargado de pasión. Exactamente igual a como lo había imaginado y por el que había suspirado una y otra vez cada noche, en la intimidad de su habitación, desde que tenía uso de razón. Era el instante más maravilloso y excitante que había vivido jamás.

De pronto, el beso se tornó insistente y ella le correspondió de igual forma, a la vez que escuchaba como sus jadeos se tornaban más sonoros. Sintió que todos los músculos de su cuerpo se tensaban, y sacudida por la pasión, empezó a recorrer con las manos su piel. Elán temblaba, jadeaba, resoplaba. Ella sentía lo mismo, pero permanecía en silencio, aferrada a él. Acarició los potentes músculos de sus hombros, bajó las manos hacia sus axilas y descendió por los dorsales hasta que posó las palmas sobre sus nalgas desnudas, apretando su cuerpo contra el suyo. Elán respondió con entusiasmo y empezó a frotarse contra el vientre de ella mientras profería un grito de pasión.

Odette abrió los ojos y regresó a la realidad.

Estaba muy excitada, sus ojos empañados apenas le dejaban ver con claridad el rostro de él. Podía notar sus músculos temblorosos bajo las yemas de los dedos, su entrecortada respiración chocando contra su piel. Y sobre el vientre, el miembro erecto de Elán.

Quedó paralizada, jadeante.

Parpadeó rápidamente.

Ahogó un suspiro.

Se estaban sobrepasando. Si seguían dando rienda suelta a los instintos, acabarían enredados sobre el suelo del patio. Y ella era virgen… Y el miembro de él tan grande que…

Apartó sus labios de los suyos.

No, todavía no estaba preparada para perder la virginidad. Mucho menos con un… desconocido….

Lo más sensato era la retirada.

Él seguía temblando y su mirada se tradujo en una memorable confusión. Odette se sintió culpable, pero no se dejó vencer por el deseo de besar aquellos labios de nuevo. Acarició su mejilla y le dedicó una tímida sonrisa. Dio un paso hacia atrás, separándose de él, y cuando lo tuvo completamente dentro de su campo visual, sus ojos descendieron sin querer hasta su enhiesto miembro. Se ruborizó, apartó la vista y una risita nerviosa se le escapó, lo que hizo más evidente su rubor.

Elán no entendía nada. Lo que acababa de suceder entre ellos había sido precioso y ella de pronto actuaba de forma absolutamente contrapuesta. Lo había apartado de su lado. Pudo sentir su vergüenza, su temor, y el vacío que quedó tras ese beso se transformó en un drama. Desolado, bajó la vista hacia su miembro y comprendió. Aquella parte de su anatomía, que ahora estaba dura como una piedra, y que no era capaz de controlar para que regresara a su estado habitual, era el motivo de la turbación de ella.

Durante unos instantes el silencio los gobernó. Los ojos de ella no eran capaces de mirarle, y él no era capaz de apartar su mirada de ella.

Finalmente, ella rompió el silencio.

—Elán —dijo nerviosa—, si no te cubres con la manta, te vas a constipar…

Todavía desconcertado y sin poder eludir la orden, se agachó, cogió la manta del suelo y se cubrió con ella, poniendo especial interés en que no se le notara la erección. Se dio cuenta que ella tenía total y absoluto control sobre él, pero le pareció correcto. Le otorgaba ese derecho en honor al cariño que le había regalado.

Odette suspiró aliviada. Lo agradeció sobremanera, pero también sintió decepción al ver cubierto su exuberante cuerpo. Era demasiado bello para permanecer oculto, aunque dadas las circunstancias era lo más acertado. No obstante, al ver su rostro avergonzado y con la mirada clavada en el suelo, decidió cambiar de tema para no hacerlo sentir mal por el rechazo.

Sacó la lucerna del bolsillo y la admiró con más detenimiento. Le seguía pareciendo una maravilla, a pesar de que la experiencia con ese hombre desconocido había superado con creces el agradable descubrimiento.

—Elán —dijo mientras tomaba su rostro entre las manos y le instaba a mirarla de nuevo— eres maravilloso —El semblante de él pareció tranquilizarse y sus labios se curvaron ligeramente—. Una vez más, gracias por tu regalo.

Se puso nervioso. Aquello había sonado a despedida y buscó una excusa para quedarse. No quería irse. Todavía no.

—¿Para qué sirve? —preguntó, mientras rogaba mentalmente que por favor, no le pidiera que se marchara…

Odette sonrió con cariño y bajó la vista hacia la lucerna. Con sus dedos acarició la textura del objeto, marcándolo suyo. Caminó unos pasos y se sentó sobre el banco de piedra que se encontraba junto a la cisterna.

—Ven, acércate y siéntate a mi lado. Te lo contaré.

Elán obedeció, y ella empezó su explicación.

—Es una lucerna muy antigua, y si no me equivoco ésta data de la época romana. Estos bellos dibujos representan al Ave Fénix, un ser mitológico de origen Etíope. Según la leyenda, tenía el tamaño de un águila, de fuerte pico y poderosas garras, y su plumaje de oro le daba un aspecto incandescente que brillaba bajo el sol. Su vida era de unos quinientos años y moría consumido por el fuego para luego resurgir de sus cenizas. La civilización Egipcia lo adoptó como símbolo de inmortalidad debido a que tenía una estrecha relación con el renacimiento de las almas. Los griegos lo acogieron posteriormente y en consecuencia los romanos. Según el mito, poseía varios dones, entre ellos, la virtud de que sus lágrimas fueran curativas.

Elán quedó fascinado y a la vez confundido. Acababa de descubrir en Odette una magnífica narradora y aquella historia en labios de ella le pareció maravillosa. Pero no entendía como aquel pequeño objeto podía asemejarse a tal descripción. ¿Cómo iba a transformarse aquello en un pájaro incandescente? ¿Era eso posible?

Odette, tras leer perplejidad en su rostro, emitió una dulce carcajada y le explicó su utilidad.

—Solo es una lámpara de aceite marcada con un símbolo. Se utilizaba en la antigüedad para iluminar habitaciones o lugares de forma artificial. Llenaban el interior con aceite de oliva, que servía de combustible. Éste, a su vez, alimentaba a una mecha que salía por aquí, ¿ves? —señaló el orificio—. Lo encendían y daba luz por las noches.

Al fin Elán entendió la metáfora y quedó impresionado. ¿De ese pequeño objeto salía la luz? ¡Era un prodigio! ¡Era como una estrella en miniatura!

Posó los ojos en el rostro de Odette y quedó embelesado. Ella sí que era un prodigio… Era como esa lucerna, una hermosa luz que brillaba en mitad de la oscuridad.

Sintió el irrefrenable deseo de besar sus labios otra vez. De estrecharla entre sus brazos, apretarla contra él y pasar así el resto de la eternidad.

Pero logró controlarse y tras una breve pausa, habló.

—Odette… —De nuevo, la miró a los ojos— ¿Me mostrarás esa

luz algún día?

Ella le dedicó la más radiante de las sonrisas. Una sonrisa que le iluminó el alma.

—¿Volverás mañana? —preguntó como respuesta.

Elán sonrió hasta que le dolieron las mejillas.

—Sí, claro que sí.

Once

La princesa de la noche proyectaba con su mirada de plata alargadas sombras sobre los lindes de aquel claro, dándole al bosque de pinos y acebuches un aspecto fantasmal.

Sin embargo, Neófelis sabía que éstos, los espíritus menores, no se atreverían a enfrentarse a un elemental tan poderoso.

Los de su raza existían desde los albores del tiempo, dando vida y presencia a los elementos y protegiendo a los animales. Estaban ligados a la Madre Tierra, formando parte de ella mucho antes de que la profanaran los seres estelares. Cuando éstos llegaron al planeta, hacía millones de años (un suspiro para un elemental) se forjó un pacto de no agresión para mantener el equilibrio. Los elementales eran los guardianes de la naturaleza y generalmente residían en zonas apartadas, lejos del progreso, como desiertos, bosques y llanuras inhabitadas por el ser humano. Pero cada vez quedaban menos lugares en donde pudieran vivir en paz y por ese motivo *el pacto* estaba sufriendo fisuras, aunque todavía nadie había osado quebrantarlo. Eran capaces de encarnarse en múltiples formas y existían infinidad de leyendas sobre ellos. Generalmente se les relacionaba con las hadas, ondinas, elfos y sirenas, pero éstas eran leyendas de los humanos, que no se asomaban en absoluto a la realidad.

Los elementales eran mucho más.

Sus poderes eran ilimitados y cada uno de ellos, en su elemento, resultaban ser altamente poderosos. Mucho más poderosos que los estelares, que eran colonos invasores…

Cada especie animal poseía un protector y Neófelis, ligado al elemento tierra, era el representante de todos los felinos, desde el más afectuoso gato hasta el mismísimo rey; el león. Pero su apariencia favorita era la pantera negra. Iba más con su carácter solitario, sugerente y camorrista.

Cuando comprobó que estaba libre de miradas humanas, se transformó, sintiendo como sus fuerzas aumentaban. Después, tras encontrar un sitio apropiado, se estiró sobre la hierba cuan largo era a esperar que llegara su cita. Mientras abría su enorme boca en un bostezo, con la punta del rabo felino daba repetidos toques al suelo.

A pesar de que éste no era su lugar de origen, se sentía a gusto en aquella sierra. Hacía quince años que abandonó su hábitat, en el sudeste asiático, para viajar por el mundo hasta que conoció a su protegida, a la que le debía la vida. Aunque para un simple mortal ese tiempo fuera largo, para un elemental resultaba un pestañeo y Neófelis se lo estaba tomado como unas divertidas vacaciones. Su código de honor no le permitía abandonarla, y se había comprometido a protegerla de por vida. Ese era el pago por haber salvado la suya, pero no se sentía trabado, al contrario. Había sido fácil tomarle cariño a Odette. Además, ser gato casero era increíblemente placentero. La vida era cómoda, carente de peligros y llena de satisfacciones. Era estupendo pasarse el día holgazaneando, atiborrándose cuando le apetecía y ronroneando sobre las rodillas de su querida amiga en las noches de invierno junto al calor de la chimenea. Solo tenía que maullar para pedir cualquier cosa que deseara, y cuando no comía o dormía, las gatitas del barrio satisfacían todos y cada uno de sus deseos. ¡Eso sí que era vivir bien!

Pero ahora se le presentaba un problema que debía solucionar a toda costa y se arrepentía por haber perdido práctica en el arte de la confrontación. O simplemente se había vuelto un vago...

El caso era que Elán había aparecido. Los suyos lo estarían buscando y el híbrido no dominaba su poder, por lo que era extremadamente peligroso. Pero eso jamás le habría preocupado si no fuera porque Odette estaba implicada. Las intrigas de los estelares no eran asunto suyo, pero era su obligación impedir a toda costa que el fuego cruzado dañara a su protegida. El mayor inconveniente era que Elán se había vinculado a ella y eso lo complicaba todo. La unión psíquica había comenzado y si llegaban a aparearse (ojalá eso no sucediera) el problema acabaría siendo irreversible, porque cualquier reacción del híbrido, enfado, alegría, desolación, ira, podría afectarla físicamente y eso era tremendamente peligroso para su salud. Pero lo peor de todo era que, si los estelares se percataban de aquella relación, la muchacha corría un grave peligro.

Y además, Gabriel iba a cogerse un cabreo monumental…

Rafael sintió náuseas al sentir la presencia de Neófelis. Después de la tele transportación, los de su especie consumían demasiada energía como para poder soportar la presencia de los elementales en su estado real sin sufrir mareos. Por eso no se sorprendió al ver a la enorme pantera estirada, sin temor alguno y con un brillo jactancioso en sus brillantes ojos amarillos. Tampoco se sorprendió por el tono arrogante de sus palabras, que rebotaron en su mente como dos golpes de martillo.

—*Vaya, vaya… Si acaba de llegar el Príncipe de las Tinieblas. Me alegro de incomodarte.*

Rafael torció el gesto. Ese gato era un insolente. Todos los de su especie lo eran, pero los felinos especialmente.

—Veo que has adquirido tu forma habitual, como merece la ocasión. Magnífico, gracias por tu amabilidad —susurró entre dientes, dibujándose en su rostro una torcida sonrisa. Porque cuando los elementales adquirían su forma real, los estelares perdían parte de sus capacidades. Eso le daba a Rafael una clara desventaja en el caso de un posible enfrentamiento, y aunque hubiera entre las dos especies un tratado de paz; *el pacto*, el estelar consideraba que la cordialidad era universal. Por ello, la actitud socarrona de Neófelis lo irritó.

La pantera, de nuevo golpeó suavemente con el rabo la hierba del claro.

—*No seas cínico. Los de tu calaña complicáis demasiado la vida con la retórica, así que hazme un favor y ahórrate el sarcasmo.*

La sonrisa se esfumó del rostro de Rafael.

—Tal vez me sienta indignado por tu falta de confianza —aclaró—. Pero tienes razón, vayamos al tema que nos ocupa. Responde elemental, ¿cuál es el motivo de tu invocación?

Neófelis lo miró con sorna.

—*Cambia el tono tío. Hablas como un jodido carcamal. Y yo soy más viejo que tú…*

—¡Deja de insultar al buen gusto con tu burdo vocabulario y habla de una vez! —interrumpió el estelar.

La pantera cambió el semblante, se puso seria y continuó proyectando palabras sobre la mente de Rafael.

—*Sé lo que pretendes. No provoques que rompa "el pacto".*

Rafael se envaró, haciendo más evidente su indignación.

—Escúchame gato. No estás en tu lugar. Ese hecho en sí ya rompe el jodido *pacto.*

La pantera sacó las uñas y arañó el suelo sin mover sus garras del sitio, dando la sensación de estar afilándolas, a la vez que alzaba tembloroso el labio superior, mostrando ligeramente sus colmillos en señal de advertencia. Acto seguido, un cavernoso rugido, apenas audible pero cargado de expresividad, retumbó en los oídos del estelar.

—*Eso no es de tu incumbencia* —rugió.

—Tampoco es de tu incumbencia que te inmiscuyas en nuestros asuntos.

Neófelis alzó las orejas y ladeó la cabeza.

—¿He oído bien?, ¿has dicho, "nuestros"? —preguntó con sorna—. *Cuando "tus" asuntos se entrecruzan con los míos, por supuesto que es de mi incumbencia. Te lo advierto, como tu "unilateral" forma de actuar perjudique en lo más mínimo a mi protegida, te aseguro que romperé el jodido "pacto".*

Rafael se puso nervioso y sus ojos relampaguearon. ¿Qué sabía Neófelis de sus planes? Maldito fuera...

—*Oh, Dios mío* —El gran gato miró al cielo—, *te pido sabiduría para entender a este gilipollas, gentileza para perdonarlo y paciencia para soportarlo. Porque si te pido fuerzas... ¡Me lo meriendo de un bocado!*

Rafael tembló de rabia.

—Procura que tus palabras no sean amargas, por si algún día tienes que tragártelas. —Sus ojos expresaron rabia contenida.

Neófelis no se sintió intimidado. Al contrario.

—*Y tú no insultes mi inteligencia* —masculló—. *Por tu culpa, ese maldito infante campa a sus anchas por nuestro territorio. Es tan ignorante como peligroso y si pierde el control, citando a Albert Einstein; las armas que utilizarán los humanos en la tercera guerra mundial serán simples palos y piedras. A saber por qué la habrás cagado de semejante forma, a decir verdad, me importa una mierda. Pero arréglalo tío, o tiraré de la manta y será jodidamente gratificante pasar las vacaciones en el panteón que me dedicarán los tuyos.*

Rafael se enfureció, y a duras penas logró controlar su temple. Neófelis era muy poderoso y si se enfrentaban en el bosque, su territorio, tenía todas las de perder. Aun así no se dejó intimidar.

—No digiero bien las amenazas —contestó, lenta y pausadamente—, sin embargo, hoy me siento generoso y te agradezco la información que me has proporcionado. Pero escúchame bien, "gatito" —Esa última palabra la dijo con evidente desprecio—, no te cruces en mi camino, o lo lamentarás.

Dicho esto, Rafael se desvaneció transformándose en bruma y dejando en la brisa un sutil aroma a cólera que Neófelis paladeó con fruición.

Odette despertó y la ilusión la golpeó haciéndola estremecer. Cuando recordó el motivo de su entusiasmo, se llevó los dedos a la boca sintiendo como una sonrisa cobraba forma en sus labios.

—Elán... —susurró.

Al recordar su resplandeciente mirada se sonrojó, y a punto estuvo de soltar una infantil carcajada, pero se contuvo. Estaba comportándose como una adolescente. Había pasado casi toda la noche en vela rendida a sus ensoñaciones, recordando una y otra vez el tierno beso que él le había regalado, la suavidad de sus caricias, la adoración de su mirada, el tacto de su piel... Su ardor...

No, ya era hora de actuar con coherencia.

Se incorporó, y tras enfundarse las zapatillas, se puso en pie dispuesta a encarar con ilusión la mañana. Su mirada no tardó en posarse en la lucerna de cerámica que permanecía sobre la mesita de noche y suspiró de nuevo, arrobada. No sabía quién era él, ni por qué actuaba de la forma en que lo hacía, pero sentía algo muy especial cuando recordaba su tierna mirada. Tuvo que reconocer que era glorioso rememorar las sensaciones que él había despertado en ella.

Así que sonriendo, tomó el valioso objeto y le dio un beso antes de depositarlo de nuevo sobre la mesilla. Por primera vez en su vida deseó que el día pasara rápido para dar paso a la noche y así ver de nuevo al dueño de sus suspiros.

Él regresaría. No lo dudaba.

Con una estúpida sonrisa impresa en el rostro, Elán se pasó el día acicalándose y ansiando que llegara la noche para ver de nuevo a Odette.

Estaba contento y quería impresionarla, así que, como ahora disponía de una manta que lo aliviaba del frío, decidió deshacerse de todo el barro que le cubría el cuerpo.

Tras bañarse en el arroyo y no quedarle ni un ápice de suciedad en la piel, comenzó a desenredar su cabello. Lo tenía muy largo. Le sobrepasaba la cintura y además era espeso y muy abundante, pero con la euforia que le había causado su repentina libertad, lo había descuidado y ahora la tarea le estaba resultando más complicada de lo esperado. Cuando finalmente logró adecentarlo, dedicó el resto de la tarde a confeccionarse unos ropajes, adaptando aquella pesada manta a su cuerpo. Quedó relativamente satisfecho tras crear un extraño atuendo, que a decir verdad, no se parecía en nada a las ropas que la gente solía utilizar, pero al menos le cubría el cuerpo con decencia. Ir desnudo incomodaba a Odette.

Cuando hubo terminado, observó su obra maestra.

Había agujereado la manta por el centro para pasar por allí la cabeza, cubriendo los hombros y el torso para dejar libres los brazos. Tras haber resuelto la parte superior con relativo éxito, rasgó los faldones para obtener un caminar más cómodo y lo dejó a una medida que no le sobrepasaba las rodillas. Con la parte sobrante, se confeccionó un cinturón que luego ajustó al talle. De esta forma logró comodidad y agilidad de movimiento.

Pero mientras pasaba sus manos sobre la suave tela, lo asaltó la inseguridad y expresó sus dudas mordiéndose el labio inferior. Luego frunció el ceño pensativo.

Nadie llevaba unas ropas como las suyas. Intuía que eran simples y menos agraciadas que las de los demás y eso le inquietaba porque esa noche quería estar presentable. Bueno, en realidad deseaba impresionarla. Resultar atractivo para Odette...

Pero no estaba seguro de haberlo logrado y su rostro reflejó nerviosismo.

Ella era tan delicada, dulce y bella... Y él...

Entrecerró los ojos, pensativo. ¿Cómo era él? Desde luego, no era como ella. En absoluto.

Para empezar, Odette era sabia y él un ignorante...

Alarmado, empezó a caminar de un lado a otro sobre el saliente mientras miraba hacia el pueblo, intentando pensar con claridad.

La historia que la pasada noche ella le contó sobre aquel pájaro de oro le había parecido muy interesante. Había disfrutado de la narración, aunque recordó haberse sentido inquieto al no comprender el significado de más de la mitad de las palabras que ella había dicho...

Ella era, además, muy afortunada porque gozaba del amor de sus amigos. Por ejemplo, el odioso gato negro la quería. También aquel joven rubio la amaba, y a él no lo quería nadie…

Su cuerpo tembló de forma irremediable a causa de los celos.

Aquel hombre la visitaba casi cada día y eso le hacía hervir la sangre. Ella compartía con él juegos, comida, conversaciones, risas… Y cuando eso sucedía, los celos le provocaban ataques de ira y sentía como el odio lo invadía hasta el punto de querer matar a ese individuo, sobre todo cuando la abrazaba. Por fortuna era un odio que podía controlar, básicamente porque ese hombre no la dañaba y lo más importante de todo, la hacía feliz. Y él era incapaz de arrebatarle a Odette la felicidad.

Algunas mañanas soleadas los había observado escondido mientras comían en el jardín. Y en esos momentos se imaginaba que bajaba hasta allí, la tomaba en brazos y se la llevaba lejos. La quería para él solo, pero enseguida reconocía que no tenía derecho a hacer tal cosa. No podía hacer nada en contra de su voluntad, y el mero hecho de pensar que podía provocarle malestar lo aterraba. Ella era feliz junto a ese hombre de pelo amarillo, por lo tanto debía rendirse ante ese hecho.

De todas formas, seguía fantaseando. Se imaginaba llevándola hasta su escondite y mostrándole la hermosa vista que se disfrutaba desde allí arriba, donde el sol se posaba sobre el valle tiñéndolo de un color anaranjado. Se imaginaba a sí mismo abrazándola sobre el acantilado, hundiendo la nariz en su melena, acariciando su piel mientras admiraban juntos como la noche caía sobre los hogares de las demás personas, que se iluminaban al caer la oscuridad en miles de luces que intentaban rivalizar con las del cielo.

Regresó de sus ensoñaciones y se quedó quieto. Miró hacia su casa. Cada vez que anochecía se iluminaba de igual forma que se encendía su corazón al recordar el suave beso de la pasada noche.

Cerró los ojos y tembló al recordar aquellas delicadas manos sobre su piel. Su dulce aliento, haciéndole cosquillas en el cuello, y sus húmedos labios bailando al compás de los suyos.

Su respiración se tornó entrecortada y sintió como su miembro se envaraba. Eso lo enfurruñó. ¿Por qué le pasaba eso? Lo ignoraba y no sabía qué hacer para controlarlo. Cuando bajara al jardín de Odette intentaría disimularlo. Se le ocurrió una idea. Se quitó el cinturón y lo partió de nuevo por la mitad. Utilizó ese trozo y lo apretó contra su ingle dándole un par de vueltas, envolviéndose con él. De esa forma, al menos logró disimular la insólita reacción de su cuerpo. Se revolvió incómodo, pero se aguantó. No quería asustarla mientras volvía a besarla, porque tenía la intención de hacerlo durante toda la noche, si ella se lo permitía.

Doce

Tras comprobar su pistola y depositarla cuidadosamente sobre la cómoda, Elsa se puso los vaqueros. Acto seguido, se sentó sobre la cama y se enfundó las botas de caña alta cordada, especiales para lugares abruptos. Volvió a levantarse, se acercó al ropero y escogió un jersey oscuro con protecciones en hombros y codos, pero enseguida lo descartó. Era demasiado incómodo y necesitaba libertad de movimientos, así que cogió una camiseta térmica ajustada de cuello de cisne, ideal para una larga caminata, y sonrió satisfecha. Le sentaba de maravilla.

Aquella noche iban a rastrear el monte en busca del fugitivo. Rafael había insistido especialmente en que no informara por el momento a sus compañeros y eso había hecho, pero parecía estar actuando al límite de la ilegalidad y eso la inquietaba. ¿Quién era el hombre al que perseguían? Tenía que ser alguien importante y peligroso. Aunque sabía que cuantas menos preguntas hiciera mejor, las dudas asaltaban su mente a cada instante.

Se miró al espejo, esta vez nerviosa, mientras se recogía el pelo en una cola de caballo. Al ver su imagen proyectada en el espejo enseguida se sintió mejor. Estaba en plena forma y la ropa le sentaba genial. Los vaqueros se ceñían a sus piernas como una segunda piel y aquella camiseta negra y ajustada le daba un aspecto elegante y a la vez peligroso. Sonrió satisfecha, Rafael quedaría impresionado.

Tras abrocharse el cinturón y enfundarse la pistola, guardó un segundo cargador en su funda, que también enganchó al cinturón. Podría serle útil si las cosas se torcían y no dudaría en apretar el gatillo

113

si era de extrema necesidad. Decidida, y tras comprobar que todo estaba en orden y no se olvidaba nada, caminó hacia la entrada, se enfundó su chaqueta negra de cuero con cremallera cruzada y salió al encuentro de Rafael, que la esperaba en el aparcamiento.

—¡Mierda! —masculló Rafael cuando por el retrovisor distinguió a Elsa Dueñas acercándose con andar decidido. Tragó saliva. Estaba teniendo una potente erección por culpa de aquella descocada y eso le provocaba un mal humor difícil de soportar. Para empeorar más las cosas, ella se quitó la chaqueta antes de entrar en el coche, provocando que se le escapara un gemido de placer al intuir sus turgentes pechos envueltos en la ceñidísima camiseta.

Antes de cerrar la puerta y tras abrocharse el cinturón de seguridad, Elsa lo saludó para después dedicarle una mirada de reproche. Aquel hombre tenía un humor de mil demonios. Ni siquiera la había mirado y un simple gruñido había sido su único medio de comunicación. Se comportaba como un perro viejo y malhumorado repleto de pulgas. Y a decir verdad, así era como la hacía sentir en su compañía; una pulga molesta.

Pero entonces, ¿por qué la llamaba casi cada día y la atosigaba a mensajes sin sentido? La última vez fue para "pedirle" que hiciera el favor de no perfumarse. Eso la había dejado perpleja y en el acto le respondió que no era de su incumbencia. Él alegó que el fugitivo tenía muy buen olfato. A Elsa se le antojó una estupidez y así lo expresó. Finalmente, el muy desagradable terminó reconociendo que le resultaba tremendamente molesto, y que durante el último viaje hacia jefatura se había mareado por su culpa.

Elsa no se tragaba lo del perfume y por supuesto no le había hecho ni caso. Al contrario, si hubiera sido multimillonaria se habría sumergido en una bañera repleta de *Mistero di Roma* solo para fastidiarle. Pero como su economía era modesta, su orgullo solo le permitió aplicarse media botella. Complacida con la pataleta, sonrió para sus adentros. Tal vez por eso resoplaba.

Tras dos horas de silenciosa conducción por estrechos pasos de montaña plagados de sinuosas curvas, al fin llegaron a la antigua carretera militar de la parte norte de la isla. Allí, si todo salía según lo previsto, aparcarían el todoterreno y se adentrarían en el monte avanzando por la retaguardia. Después atravesarían la sierra y accederían al otro lado de la montaña por la cara norte. Caminarían durante cinco horas hasta llegar a un elevado lugar llamado "Salto del

Ángel" y desde allí esperarían a que se hiciera de noche para empezar a rastrear.

Elsa, aburrida de tanto silencio, intentó iniciar una conversación

—¿Y si ya no anda por aquí? —preguntó—. Después de tanto tiempo lo más lógico es que se haya largado, ¿no crees?

Rafael dio un brusco giro de volante, se salió de la carretera y se introdujo en un camino sin asfaltar. Allí dio un frenazo y salió del coche dejando a Elsa sin respuesta.

—Veo que la cortesía brilla por su ausencia —murmuró para sí misma mientras cerraba de un portazo.

Él siguió caminando sin darse la vuelta y se adentró por un boscoso sendero, donde empezaba la ascensión.

Tras varias horas de avance, Elsa ya estaba más que harta de la actitud de su compañero, que caminaba excesivamente rápido y no la esperaba. Además, ella era una gran atleta y su orgullo no estaba acostumbrado a que la dejaran atrás.

En cualquier caso se abstuvo de protestar. No pensaba darle el placer a ese antipático.

—No lo dudes. Él sigue aquí —dijo Rafael de pronto.

Elsa notó la exasperación en su voz, pero no se amilanó. Solo deseaba capturar al fugitivo de una vez por todas y acabar con el maldito problema. Estaba cansada de aquella maldita misión y de la compañía de un hombre cuya aspereza era igual o superior a su atractivo.

De forma absolutamente inconsciente, arqueó una ceja mientras admiraba su trasero. Ciertamente, pensó, eso era ser muy áspero.

Llegaron al lugar previsto en menos tiempo del sospechado. Empezaba a caer el sol y la humedad se calaba en los huesos. Rafael se apoyó sobre una roca, pensativo, y ella se quedó de pie junto a un olivo centenario, comprobando su pistola. Tras unos minutos de silencio, al fin Rafael comenzó a dar indicaciones.

—Aguardaremos hasta que el sol se ponga, en completo y absoluto silencio. Después, descenderemos la montaña por el paso del torrente hasta llegar al camino de la Comuna, el que va directamente al pueblo. Cuando caiga la noche, tarde o temprano aparecerá, pero recuerda que aunque esté desarmado ese individuo es extremadamente peligroso. Su potencial físico es inhumano, así que no te confíes porque a pesar de ser corpulento es increíblemente ágil y rápido. Jamás te despistes ni bajes la guardia, y bajo ningún concepto permitas que se te acerque.

Mantén siempre las distancias y evita el cuerpo a cuerpo, porque si no estarás perdida. ¿Has entendido?

Elsa no lo miró, evidenciando su muro de indiferencia, pero asintió sutilmente con la cabeza. Extrajo el cargador del arma e introdujo uno de mayor capacidad, que disponía de quince balas. Accionó el arma para colocar una en la recámara y acto seguido desactivó el seguro. Aguardó, pistola en mano, lista para disparar si era necesario.

Rafael le dedicó una mirada de reproche al verla tan decidida.

—Elsa —empezó a decir en tono protector—, yo me enfrentaré a él. Tú mantente en la retaguardia y dispara si es necesario, pero solo a herir. Recuerda que no podemos matarlo, debemos capturarlo vivo. ¿Has entendido?

Ella arqueó una ceja mientras activaba de nuevo el seguro y enfundaba la pistola.

"¿Has entendido?" –, se mofó mentalmente a la vez que resoplaba ruidosamente–. "¿Con quién se cree que está de misión, con una novata?" –Volvió a resoplar –. "Vale, vale, soy novata. Pero este tío bueno me saca de quicio."

Rafael escuchó mentalmente su queja y no pudo evitar sonreír.

Elsa, que hasta ahora había estado observándolo por el rabillo del ojo, se sorprendió de su expresión. Parecía haberle leído la mente. Pero de inmediato su rostro se tornó irreverente.

—¿¡Qué!? —exclamó en tono chulesco y haciendo una mueca de interrogación.

Rafael negó con la cabeza, y refunfuñando reanudó la marcha.

Elsa entornó los ojos y lo siguió, recordando de súbito que era tan insoportable como sublime era su cuerpazo. Y eso era ser muy pero que muy insoportable.

Cuando el manto de oscuridad cubrió el bosque, Elán trepó por el saliente. La luna no había hecho acto de presencia, sin embargo, las estrellas presidían el firmamento, expectantes. Cuando llegó arriba, tuvo un presentimiento que le provocó inquietud, pero se lo adjudicó a los nervios que sentía por ver de nuevo a Odette.

Sonrió al recordarla y la ilusión iluminó sus ojos.

Esta vez sería diferente. Había sido invitado y eso lo llenaba de orgullo. También de confianza.

Por primera vez estaba seguro de no ser rechazado.

Y por eso bajó la guardia.

Convencido de no cruzarse con nadie, empezó a correr por el sendero que daba directamente al pueblo. Pero cuando estaba a medio camino, su ánimo se esfumó al sentir una fuerte sacudida en el pecho que lo dejó sin respiración. Aminoró la marcha hasta quedar inmóvil en mitad del camino. Enfocó sus sentidos. Notó algo muy extraño. Allí parecía haber alguien que lo observaba, pero no lograba verlo ni captar su presencia. Pensó que podría tratarse de algún animal nocturno que se había espantado a causa de su desbocada carrera, así que avanzó de nuevo con mesura y prestando más atención, mientras se reprendía mentalmente por haber sido tan incauto.

A medida que avanzaba se concentró en cada sonido, incluso el que provocaban sus propios pasos al aplastar las hojas secas del bosque con sus pies descalzos. Al poco tiempo escuchó algo que le provocó otro escalofrío y se detuvo de nuevo. Sintió como se le erizaba el vello de la nuca y otra vez el golpe en el pecho.

No, eso no había sido obra de un animal. Alguien lo estaba vigilando. Tensó los músculos, tembló y se dio la vuelta muy despacio mientras con los ojos barría cada ángulo, cada sombra, cada recoveco.

Frunció el ceño con extrañeza al comprobar que no había nadie.

A cada instante más contrariado y con los nervios a flor de piel, siguió descendiendo hacia el pueblo. Intentaba por todos los medios captar algo que le diera una pista, pero no lograba definir ninguna conciencia y se sentía amenazado. Algo no iba bien.

De pronto, captó un extraño olor. Era agradable, pero… Intenso…

Rafael puso los ojos en blanco. No estaba sirviendo de mucho proyectar con su mente un escudo mental para que el híbrido no percibiera sus conciencias, cuando su desobediente compañera se perfumaba hasta los dedos de los pies. Por su culpa, el híbrido ya estaba alertado y así se truncaba su estrategia. Tendría que atacar abiertamente y eso era extremadamente peligroso.

Tras comprobar que Elsa se encontraba agazapada detrás de unos arbustos y no corría peligro, se concentró. Lentamente, alzó el brazo derecho, indicándole que se estuviera quieta y en el más absoluto silencio. Si es que eso era posible…

Elán se convulsionó y cayó al suelo de rodillas, a la vez que hundía los dedos en el cuero cabelludo a causa del dolor. Su mente estaba al límite de la cordura y por un momento fue incapaz de pensar. Quedó totalmente paralizado, pero instantes después, su subconsciente recordó aquella terrorífica sensación y también quién era el artífice. Esa evidencia lo sacó de sus cabales y su furia contrarrestó los efectos del dolor. Se deshizo de la presión que soportaba su cráneo y profirió un grito desgarrador. El suelo tembló, sus músculos aumentaron de volumen y una inmensa fuerza lo saturó.

Elsa aguantó la respiración y sintió como se le helaba la sangre. Con manos temblorosas y sin dar crédito a lo que estaba sucediendo, extrajo el arma de la funda y la sostuvo, dispuesta a disparar si las cosas se torcían. El fugitivo estaba a pocos metros de distancia, había enfocado su furibunda mirada directamente hacia ellos y en aquellos instantes se acercaba a grandes zancadas hacia Rafael, que aguantaba la posición sin demostrar temor. Sintió admiración por él. Rafael era valiente, poderoso, y lo que acababa de hacerle a su contrincante la había dejado perpleja. ¿Cómo había sido capaz de reducirlo con tan solo una mirada?

Más confusa todavía, escuchó las palabras de su compañero tronando en su mente.

—*Quédate quieta. Permanece oculta y no dispares bajo ningún concepto.*

Elsa palideció. ¿Cómo diablos había hecho eso? ¡Por Dios, le había hablado con la mente!

—*Ya te lo explicaré, pero ahora permanece atenta y sigue mis indicaciones.*

Elsa torció el gesto. ¡Lo había vuelto a hacer!

Mientras tanto, el fugitivo se disponía a atacar. Era enorme y se le veía muy, pero que muy cabreado. Sus movimientos se asemejaban a los de un león a punto de despedazar a una cebra, y la diferencia de estatura era evidente. Aquel hombre era inmenso. Superaba a Rafael en una cabeza y era el doble de corpulento. Y sus ojos brillaban como dos antorchas.

Cuando Elán reconoció aquella presencia la ira lo dominó y sintió tambalear los muros de su cordura. Aquel maldito había regresado. En otras circunstancias habría evitado el enfrentamiento porque deseaba vivir en paz, pero ese desgraciado se lo había puesto en bandeja cruzándose en su camino. Había tenido la desfachatez de regresar para intentar arrebatarle de nuevo la libertad y esta vez no se lo iba a permitir. Antes lo mataría. Lo mataría por todo el sufrimiento ocasionado. Por todas las experiencias arrebatadas. Por todo el amor negado. Por las torturas a las que había sido sometido de forma gratuita.

Gruñó desquiciado, se agazapó y sin pensar en las consecuencias, se lanzó sobre su contrincante.

Rafael, sorprendido por aquella rápida reacción y mucho más por el golpe, cayó al suelo con el híbrido encima, pero enseguida logró zafarse de su fuerte abrazo y contraatacó con un cabezazo que acertó de lleno en el rostro de aquel desgraciado. El odio lo consumía también a él. Sabía que era su adversario quien lo estimulaba, proyectando sus emociones en él, pero debía utilizar toda aquella fuerza bruta con inteligencia hasta volverla en su contra.

Los dos rodaron por el suelo y Rafael intentó inmovilizarlo colocándose sobre el híbrido, pero éste se deshizo de él e intentó agarrarlo del cuello. No fue suficientemente rápido y Rafael aprovechó para atestarle un derechazo con tal potencia que logró desplazarlo varios metros, estampándolo contra una pared de piedra.

Elán quedó aturdido unos instantes. Sacudió la cabeza y se pasó el dorso de la mano por los labios. Comprobó que se teñía de sangre y reconoció su error. Había actuado cegado por la furia. Sopesó la idea de actuar con templanza. Debía tantearlo un poco más. Pero al distinguir en la expresión de su odiado enemigo un deje de airada burla, su párpado izquierdo vibró ligeramente.

Se alzó tambaleante. Vio como la mirada de su rival se tornaba más insolente y le dedicaba una torcida sonrisa plagada de desdén. Tembló de rabia. Las degradaciones habían sido demasiadas para ser olvidadas y el odio era desmedido para ser soportado por alguien que se encontrara en sus cabales. Le haría tragar ese aborrecimiento hasta que no quedara ni una sola gota de él por sus venas.

Pero antes exigiría respuestas.

—¿¡Por qué lo hiciste!? —gritó.

Rafael quedo desconcertado.

—Híbrido, ¿dónde diablos has aprendido a…?

Un gruñido gutural salió de la garganta de Elán hasta que retumbó en los oídos de Rafael. Estaba furioso. Ese cretino lo ultrajaba y no podía soportarlo más.

—¡Elán! —bramó— ¡Soy Elán! ¡Llámame por mi nombre!

—¿Elán? —Rafael profirió una carcajada cargada de desdén— ¿Aliento de vida? Ese nombre no concuerda con tu deshonrosa existencia. ¡Tú has nacido para destruir, pero yo para evitarlo!

El cuerpo del híbrido resplandeció, sus músculos se contrajeron y una luz blanca y centelleante deslumbró a Rafael, que notó como su fuerza arrolladora lo desplazaba hasta estamparlo contra un árbol. Una vez en el suelo, sintió las piedras lacerando su espalda cuando el peso del híbrido lo aplastó. Luchó para quitárselo de encima pero fue inútil. Aquel maldito lo tenía aprisionado por el cuello y se estaba ahogando. Agarró las manos de Elán para intentar apartarlas mientras boqueaba, intentando llenar los pulmones de aire, pero solo escuchó un débil silbido que irritó su esófago mientras el oxígeno se le escapaba. Había cometido un error fatal. Había sobrevalorado al híbrido y lo estaba pagando caro. En un último acto reflejo extendió los brazos y palpó su rostro intentando deshacerse del fuerte estrangulamiento, pero todos sus esfuerzos fueron en vano. Sus ojos dejaron de ver el rostro de su rival y todo a su alrededor se tornó negro. Lo peor fue el dolor. Un intenso dolor que arrasó su alma. Sintió ganas de gritar pero no pudo y segundos antes de perder la conciencia, se percató de lo que estaba sucediendo. Elán poseía sus emociones. Abrigó en él la rabia y por primera vez se sintió culpable.

En aquel momento sintió la acuciante necesidad de ser perdonado, pero lo último que escuchó fue su voz plagada de reproche.

—¡Tengo un nombre! ¡Soy Elán! ¡Maldito seas! ¡Soy una persona! ¡Maldito seas! ¡Pagarás por todo el daño que me has hecho! —gritaba una y otra vez mientras lágrimas de odio y venganza resbalaban por sus mejillas— ¡Maldito seas! —seguía gritando Elán, mientras las imágenes de la mente de su contrincante se proyectaban en la suya propia— ¡Todo me fue negado por tu culpa! ¡Me apartaste de mi familia! ¡Del mundo! ¡De la luz! ¡Eres un maldito traidor!

Y el abatimiento abrazó el corazón de Rafael, de la misma forma que la vida escapaba de su cuerpo…

Elan gritaba desesperado mientras arrebataba la existencia a ese hombre. Pudo sentir en su propio ser como su alma se consumía, como una candela sin oxígeno. A pesar de ello, no era capaz de apartar las manos de su cuello. Palpaba entre los dedos el pulso de ese hombre cada vez más débil mientras lágrimas de desolación caían sobre él.

—¡Jamás me regalaste ni una sola palabra! —sollozó— ¡Nunca supe lo que era la compañía! ¡Me lo arrebataste todo! ¡No tienes compasión!

Elsa estaba horrorizada, conmovida y enfadada. Aquel hombre inmenso proyectaba tantos sentimientos en ella que la hacía perder el control. Y sus brazos en tensión, temblaban de un lado a otro sacudiendo su pistola, cosa que le impedía apuntar con precisión.

Lágrimas de miedo, terror, venganza y desesperación, inundaron sus párpados y se deslizaron por sus mejillas. A todo aquello se unió el desconcierto de no comprender lo que estaba viendo. Pero el fugitivo estaba estrangulando a Rafael y ella lo estaba justificando, porque sentía en su propia piel las humillaciones a las que había sido sometido por él. ¡Y éste aceptaba su culpa! ¡Había dejado de luchar!

Parpadeó. Con el hombro se secó la mejilla, y al ver que su compañero estaba en peligro de muerte regresó a la realidad. No podía permitir que lo matara.

Gritó con todas sus fuerzas.

—¡No lo voy a consentir!

Accionó el gatillo y disparó.

Y el silencio precedió al aleteo de un búho, huyendo del lugar.

El terror la dejó paralizada.

El dolor la dejó sin respiración.

Elán alzó la vista al escuchar el trueno. Soltó a Rafael. Las lágrimas no le dejaron ver con claridad a la persona que tenía al frente, que había surgido como una sombra de entre la oscuridad y ahora se acercaba lentamente hacia él, a paso firme, amenazante. A continuación la reconoció. Era su carcelera. La cómplice de su enemigo. Confundido, se arrastró hacia atrás. Escuchó un chasquido seguido de otro trueno y al mismo tiempo sintió de nuevo una enorme fuerza que lo golpeaba. Su cuerpo se desplazó varios metros y sintió un agudo dolor. Confundido, miró hacia abajo y vio la manta manchada y agujereada. Preocupado, se llevó la mano al pecho y notó como un líquido rojo salía a borbotones del interior de su cuerpo. Era sangre y no paraba de manar. Tenía que limpiar la manta, no podía presentarse ante Odette de esa forma. ¡Estaba sucio! Su propia sangre la había manchado. Intentó levantarse pero le dolía la cabeza y los ojos empañados no le dejaban ver con claridad. Se asustó. Tenía que ir a casa de Odette. Ella lo estaba esperando. Sintió arcadas. Se echó boca arriba en el suelo y posó los ojos sobre la mujer que se encontraba alzada sobre él. Estaba asustada, pero leía en sus ojos una fuerte determinación. Quiso huir, pero no fue capaz de levantarse. Su cuerpo no respondía a las órdenes de su cerebro y a duras penas era capaz de respirar. El pánico lo dominó. Quiso irse de aquel lugar, olvidar todo lo que tenía que ver con Rafael y regresar junto a Odette. Quiso olvidar el odio que sentía hacia aquel hombre y no recordar jamás su existencia. El frío se intensificó y un miedo atroz empezó a consumirle.

—Lo has matado… Has matado a Rafael —susurró Elsa con voz temblorosa y el rostro repleto de lágrimas de espanto y culpabilidad. Elsa no podía apartar su mirada de aquel espectáculo dantesco. Los dos hombres yacían inertes en el suelo. Rafael no parecía respirar y un manto pálido empezaba a cubrirle el rostro. Elán, echado de espaldas sobre un charco rojo, se estaba desangrando. Le había disparado dos veces en el pecho. Con total seguridad estaba herido de muerte. Intentó proteger su alma justificándose. Si no hubiera disparado el fugitivo habría matado a Rafael…

—Rafael… Se llama… ¿Rafael…? —preguntó Elán, mientras observaba el cuerpo inerte de la persona odiada. Tenía un nombre. Después de tanto tiempo ahora conocía su nombre.

Había matado a Rafael por odio. Era peligroso. Cerró los ojos y sintió una tristeza tan colosal que no fue capaz de controlar sus sollozos.

Elsa, al percibir el desconsuelo de aquel hombre, quedó conmovida y sintió como la culpa golpeaba su alma sin piedad. Aquel hombre estaba a punto de morir porque había actuado con la más absoluta incompetencia. Rafael le había dicho que no disparara…

Intentó reponerse. Se secó las lágrimas una vez más y sin apartar la mirada de Elán, lentamente se acercó a Rafael para comprobar su estado. Se puso de rodillas, cambió la pistola a la mano izquierda y con la derecha tomó su muñeca buscando el pulso. Palideció al no notarlo. Buscó los latidos en su cuello y no los halló. La angustia la dominó.

—Lo siento mucho —sollozó Elsa—. Perdóname Rafael, perdóname. No he podido ayudarte, perdóname…

Entonces ocurrió algo que la dejó apabullada.

El fugitivo, haciendo alarde de una inmensa resistencia, se alejó tambaleándose para luego desaparecer entre la maleza.

Mientras caminaba, Elán hizo un esfuerzo sobrehumano para no caer desmayado. Debía llegar hasta Odette, pero sus fuerzas menguaban a cada paso que daba y a duras penas era capaz de avanzar. Cuando ya no soportó el dolor, se ocultó tras unos matorrales y se acurrucó para dejarse caer en un abismo de delirio.

Y lloró. Lloró por todo el dolor que sentía. Por todo lo que había sufrido. Por todo lo que le fue negado. Por el monstruo en que se había convertido.

Y también lloró por Rafael.

Odette acercó sus heladas manos a la tímida llama de la lucerna y sintió como la calidez del fuego aliviaba sus dedos. El monte seguía cubierto con un leve manto blanco y si no nevaba otra vez esa noche, el sol de la mañana acabaría por derretirlo. El termómetro del jardín marcaba un grado bajo cero y el cielo estaba despejado, por lo tanto, la helada sería importante cuando llegara la madrugada, bajando las temperaturas unos grados más.

Pero ella no sentía el frío. Estaba preocupada por Elán.

Durante toda la tarde se había visto envuelta en una nube de ilusión y miles de mariposas habían recorrido su vientre esperando el momento de volver a verle. Sin embargo, hacía dos horas que una tremenda inquietud le oprimía el pecho sin motivo aparente. Elán no se había presentado y un extraño presentimiento le oprimía el corazón.

Suspiró y miró hacia el cielo.

La casi redonda luna llena se perfilaba tras las montañas con la misma timidez que una pudorosa y afligida dama asomándose al balcón. Así se sentía ella en ese momento, triste e insegura. Había puesto todas sus ilusiones en aquel encuentro y ahora se encontraba sola esperando a alguien que tal vez no volvería a ver jamás.

Las dudas la asaltaron, como cada vez que pensaba en Elán, pero de inmediato las desechó. Ese hombre, a pesar de su singularidad, no podía albergar malas intenciones. Su intuición, ese pequeño chispazo de conciencia que le traía la solución sin saber cómo o por qué, le decía que a su lado no corría peligro alguno, que podía confiar en él, que no la traicionaría.

Recordó la noche anterior y se estremeció. Aquel beso, delicado y dulce había sido sincero y la tierna mirada de él, inocente y colmada de bondad, la habían cautivado.

Entonces, ¿por qué no había regresado? Él la deseaba. ¿Le habría sucedido algo? ¿Tendría eso que ver con la acuciante ansiedad que sentía oprimiéndole el corazón?

Suspiró, y con infinito cuidado acunó en sus manos la pequeña lucerna de cerámica. Observó como la débil llama danzaba juguetona con la brisa y una lágrima se deslizó por su mejilla. Enseguida la enjugó con el dorso de la mano. Ya era hora de entrar en casa. Pensó en soplar para apagarla, pero dudó hasta que finalmente desistió. La dejaría encendida por si él regresaba. Volvió a depositar el pequeño objeto sobre el banco de piedra y se metió en la casa.

Cuando estuvo arropada entre el mullido edredón, no consiguió rendirse al sueño de inmediato. Su mente gritaba e imaginaba mil y una cosas desagradables, y su cuerpo se estremecía de inquietud. Pero finalmente agotada, Morfeo la acunó entre sus brazos. En sueños, pudo sentir los suaves latidos su corazón, que anhelaba el retorno de aquel hombre.

Trece

Estaba aterrorizado.

Encerrado entre aquellos muros, Elán intentaba desesperadamente alcanzar a Odette. Extendía su brazo a través de los barrotes que lo aprisionaban, pero ella, que se encontraba a varios metros de distancia, parecía ajena a lo que estaba sucediendo y paseaba su mirada inquieta de un lado a otro, como si lo estuviera buscando.

Elán no podría soportar aquella situación por más tiempo. Necesitaba salir de allí. De otra forma se perdería para siempre en la oscuridad. La necesitaba, porque ella era su salvación. Odette era dulce, risueña y lograba con su bondad transformarle en una buena persona. Solo junto a Odette, Elán era capaz de discernir entre el bien y el mal. Sin ella, era un completo ignorante, un patán, un desdichado sin nada que ofrecer ni nadie a quien amar. Quería dejar de ser un monstruo, dejar de ser un peligroso engendro cuyo único destino era el encierro. No podía perderla, porque si eso sucedía acabaría hundiéndose en el abismo para siempre.

Pero ella empezó a perderse en la oscuridad y Elán rompió en un desesperado lamento.

—Por favor —sollozó—, no te vayas —suplicó con la voz sajada.

Como pareciendo intuir su sufrimiento, Odette quedó inmóvil y ladeó la cabeza. A Elán le pareció que había escuchado su voz y esperanzado vio cómo se daba la vuelta. Pero de nuevo empezó a pasear su preocupada mirada por todos lados. Lo estaba buscando, lo percibía.

Elán intentó gritar pero de su garganta solo salió un débil sollozo.

—¡Odette! —insistió— ¡Sácame de aquí! ¡Te estoy llamando! ¿No me oyes? ¡Enséñame el camino, no me abandones!

El dolor consumió las últimas fuerzas que le quedaban y empezó a sentirse muy débil. Las palabras empezaron a sonar huecas y finalmente su voz se consumió.

La sensación de reclusión desapareció y todo a su alrededor se transformó en un remolino de espesura, en un muro verde y frondoso rebosante de vida. Eso lo calmó durante un momento y decidió aguardar hasta encontrar la forma de recobrar la energía.

La luz del crepúsculo asomó entre las hojas de los árboles, obligándole a entrecerrar los ojos. Pero el dolor seguía lacerando su cuerpo y no sabía de qué forma contrarrestarlo. Inspiró profundamente y sintió frío. Empezó a tiritar y una dulce somnolencia lo embargó.

Cuando los párpados empezaron a pesarle, abrió los ojos y se asustó. No podía rendirse. No quería terminar solo. Necesitaba a Odette. Necesitaba su calor. No quería irse sin antes ver su dulce rostro una vez más. Se sentía desamparado, herido de muerte, y necesitaba consuelo. Al menos por última vez.

Haciendo un último acopio de fuerzas, se incorporó. Sintió náuseas, pero su determinación las superó. De forma muy penosa, y a tramos arrastrándose, descendió por el camino hasta llegar a su jardín. Tras un inmenso esfuerzo, logró trepar por el muro que daba al patio, y cuando intentó descender, tropezó y cayó de bruces golpeándose la cara contra el suelo empedrado. El dolor que sintió fue indescriptible y tardó varios minutos en recobrar el conocimiento, pero su cuerpo ya no disponía de fuerzas para volver a caminar, así que continuó arrastrándose hasta que ya no pudo más.

Odette no estaba allí. No lo había esperado…

Lágrimas de impotencia recorrieron su rostro. Y la oscuridad hizo acto de presencia.

—*Estoy aquí… Por favor, te estoy llamando… No me abandones… Ayúdame…*

Odette despertó alarmada y ahogó un grito.

Ese sueño… No lo recordaba, pero…

Tenía el corazón desbocado y sentía sus propios latidos en la sien. Presentía que algo no iba bien y notó un intenso dolor en el esternón. El pánico la dominó.

Su corazón… ¡Estaba sufriendo un infarto!

Lentamente, giró el rostro hacia el ventanal que daba a la terraza.

Las persianas estaban cerradas, aunque las finas cortinas de lino dejaban pasar un poco de luz. El alba, en breve, daría paso a un nuevo día.

"Un nuevo día —pensó—. Un día más, por favor…"

Cerró de nuevo los ojos e intentó respirar hondo.

"Tranquila, Odette, tranquila… no es nada".

Respiró profundamente varias veces, intentando concentrarse. Lo logró, pero de nuevo sintió una fuerte sacudida en el pecho y un presentimiento la alteró…

No era su corazón…

¡Elán estaba pidiendo ayuda!

Se incorporó.

—¡Elán! —gritó a la vez que saltaba de la cama comprendiendo lo sucedido.

Corrió descalza por la habitación y abrió las persianas que daban al jardín. Una fuerte corriente de aire la envistió, haciendo que su largo camisón se inflara como una vela. Sintió el frío en las plantas de los pies y se estremeció, abrazándose los hombros desnudos con los brazos. Pero eso no la frenó. Inquieta, paseó su mirada por el jardín, buscando con los ojos el motivo de su alerta, y cuando vio a Elán desplomado sobre un charco de sangre, se olvidó de respirar.

Sin importarle nada más, echó a correr y se arrodilló junto a él. Comprobó su estado. Era penoso. Estaba tumbado boca abajo en una posición imposible, envuelto en la manta que ella misma le había dado la noche anterior. Estaba hecha jirones y empapada de sangre. Su rostro se encontraba oculto entre una maraña de largos cabellos de aspecto sedoso. Con cuidado, le tocó el hombro y lo zarandeó muy suavemente, con cuidado de no hacerle daño.

—¡Elán! ¿Puedes oírme? Estoy aquí… ¡Elán!

Él no reaccionaba. La angustia estaba a punto de dejarla paralizada, pero se repuso y miró a su alrededor buscando la forma de socorrerle. Con cuidado, y mientras rezaba para no hacerle daño, logró darle la vuelta.

Entonces fue cuando Odette se asustó de verdad. Su torso estaba cubierto de sangre y dos enormes boquetes le atravesaban el pecho. Con manos temblorosas, le apartó el pelo de la cara y pudo comprobar el color de su piel. Estaba pálido como la luna, y tenía la muerte impresa en el rostro. Contuvo la respiración y se obligó a relajarse para pensar con claridad.

Cerró los ojos e inspiró, luego soltó el aire despacio, concentrándose. Él gimió, para después dedicarle una vidriosa mirada.

—Oh, Dios mío… —susurró en un hilo de voz—. Creí que estabas muerto.

Elán intentó sonreír, pero los músculos de su rostro no respondieron. Aun así se sintió dichoso al verla. Ella estaba allí. Lo había escuchado y había venido a por él. Aquellos ojos verdes lo habían encontrado. Y era preciosa, preciosa… Al ver sus desordenados rizos cayendo en cascada sobre unos delicados hombros de piel blanca y suave, sintió la necesidad de acariciarlos, pero no pudo. Recordó la calidez de su abrazo, el fresco aroma de su aliento. Deseó sentirla. Acariciarla de nuevo. Estrecharla entre sus brazos. Pero el cuerpo le dolía demasiado y no era capaz de incorporarse. Se sentía mareado y empezaba a verla de forma indefinida. Eso lo alteró, e intentó por todos los medios mantenerse consciente. Temía que al desmayarse, aquella visión desapareciera por siempre. Pero no pudo evitarlo. Sus fuerzas y sus percepciones se apagaron. Un dulce frescor lo envolvió y se dejó ir sin presentar batalla.

Odette rompió en sollozos.

—Oh, Elán… ¿Quién te ha hecho esto, quién…? Oh, Dios mío…

Se levantó alterada y corrió hacia la puerta, dispuesta a llamar por teléfono a la policía, al hospital o a quien fuera. Pero antes de entrar en la casa se tropezó con Pelito y casi cae de bruces al suelo. Cuando recobró el equilibrio, se dio cuenta de que el gato estaba en un estado de tal agresividad que la espantó. Tenía el pelo erizado y bufaba. Parecía dispuesto a atacar a Elán. Cuando el pequeño felino estaba a punto de saltar sobre él, Odette se interpuso.

—¡Pelito! —exclamó nerviosa, pero con autoridad— ¡Ni se te ocurra!

El gato obedeció, pero no dejó de mirar al desfallecido visitante con ojos amenazantes, ni dejó de dirigirle gruñidos de desacuerdo.

—Pelito, no le hagas daño, te lo ruego. Quédate aquí mientras voy a buscar a Gabriel, por favor...

El gato observó insatisfecho como su querida Odette se alejaba a plena carrera. No podía contrariarla, a pesar de que aquella situación lo disgustaba. Pero si su querida protegida llamaba a la policía, sería un completo desastre. Miró a Elán y movió el rabo. Tampoco podía deshacerse de él ni dejarlo morir, porque de esa forma se buscaría serios problemas con los de su especie. Alertar a Rafael tampoco era una posibilidad, pues el muy insensato había cometido un error tras otro y no iba a permitir que siguiera haciendo de las suyas. Debía evitar por todos los medios que Elán se quedara en aquella casa, porque de lo contrario Odette corría un grave peligro.

—*Encima tendrás suerte y sobrevivirás* —pensó Neófelis mirando el cuerpo inmóvil del híbrido.

Mientras tanto, Odette bajaba las escaleras hecha un manojo de nervios. Su espinilla se golpeó con una silla y tras esbozar una mueca de dolor, corrió por el pasillo, cruzó el salón y abrió la puerta de entrada dejándola abierta tras de sí. Voló por la empedrada calle y bajó los cinco escalones que separaban su portal del de su mejor amigo. Llamó a la puerta con insistencia y rezó mentalmente para que estuviera en casa.

Minutos después, que a ella le parecieron una eternidad, un Gabriel con expresión somnolienta y pijama de rombos abrió la puerta. Enseguida abrió los ojos de par en par al ver el estado en que se encontraba su amiga. Iba descalza, vestida tan solo con un camisón de tirantes y se abrazaba a sí misma tiritando de frío. También observó su rostro bañado en lágrimas.

—¿Qué haces aquí medio desnuda y a la intemperie? ¡Y con esa cara! ¿No ves que vas a coger una pulmonía?

Odette lo miró suplicante. Abría y cerraba la boca como intentando decir algo, pero no le salían las palabras.

—¿Qué sucede? —preguntó alarmado, acercándose a ella y abrazándola para que entrara en calor.

—¡Gabriel! —logró decir ella con voz quebrada, a la vez que se apartaba de su abrazo y lo miraba a los ojos— ¡Elán! ¡Elán está herido en el patio! ¡En el jardín! ¡Está sangrando, no se mueve y su rostro está blanco como la cal!

Gabriel se olvidó de parpadear.

¿Había dicho Elán? ¿Cómo era posible?

—¿Pero qué dices? ¿Quién diablos es Elán? —inquirió, preso de asombro.

—Ayúdame, tenemos que… —Iba a decir que tenían que llamar a la Policía, pero Gabriel era precisamente la policía, o al menos un miembro de ella.

Sin darle tiempo a pensar, lo tomó de la mano y lo arrastró hacia su casa. Cuando llegaron a la terraza, Gabriel no daba crédito a lo que veían sus ojos.

Un hombre; Elán, yacía inmóvil sobre el suelo empedrado, semidesnudo y era… ¡Inmenso! Se frotó los ojos, parpadeó y sí, reiteró con la vista que allí, tendido en el suelo había un gigante. ¡Y el gato de Odette sentado sobre él y lamiéndose una pata con gesto impasible!

Frunció el ceño, de pronto preocupado.

Odette suspiró ruidosamente y se acercó corriendo hasta donde se encontraban los dos.

—¡Pelito! —exclamó— ¿Qué te dije antes?

El gato saltó del pecho de Elán y se escondió en el interior de la casa, soltando por el camino una retahíla de disconformes gorgoritos.

Odette se arrodilló junto al herido, comenzó a palpar con sus manos, buscando sus heridas, y quedó muda de asombro al comprobar que ya no había ni rastro de ellas. Además, su rostro había recobrado el tono y la sangre había desaparecido. Sin poder creer lo que sus ojos estaban viendo, con manos temblorosas descubrió su pecho y comprobó incrédula como lucía sin un solo rasguño. No obstante, dos agujeros del tamaño de un puño habían echado a perder la gruesa tela de la manta, que estaba además chamuscada en el diámetro de los mismos.

—No… no lo entiendo… —murmuró, eso sí, aliviada—. Juraría que tenía dos orificios enormes en el pecho. Como si le hubieran disparado con un rifle.

Gabriel no se lo podía creer. Se frotó de nuevo los ojos por si estaba sufriendo alucinaciones, y cuando volvió a mirar, comprobó que la imagen era real. Allí, en el jardín de Odette estaba Elán. Y era el tipo más grande que había visto en su vida.

—¿De dónde puñetas ha salido este sujeto? —farfulló, incapaz de modular correctamente la voz.

Odette, que no tenía ánimos de empatizar con la estupefacción de su mejor amigo, siguió buscando una respuesta mientras intentaba comprobar el estado de Elán. Había visto sus terribles heridas, eso podía jurarlo. Pero entonces, ¿cómo era posible que hubieran desaparecido como por arte de magia? Negó con la cabeza, obligándose a ser práctica. Aquel hombre seguía inconsciente y medio desnudo en mitad del patio, donde hacía un frío espantoso. Debía ponerlo a cubierto de inmediato, y por fortuna Gabriel estaba allí para arrimar el hombro.

—Te lo explicaré después. Ahora ayúdame a meterlo en casa. Tenemos que quitarle esta ropa, está sucia y empapada. —Le tomó la temperatura de la frente y se alteró— ¡Santo cielo! Está congelado, necesita entrar en calor.

Gabriel parpadeó varias veces y antes de obedecer soltó una carcajada.

—Necesitarás un lecho como el del Rey Og de Basán. Este tío no cabe en el sofá.

Odette le dedicó una mirada severa que indicaba claramente que ese no era momento para bromas.

—¿Quién ha dicho nada de sofás?

Tras meter a Elán en la cama, Odette telefoneó a la doctora Sagrera para pedir el día libre, excusándose con un fuerte dolor de cabeza. Gabriel, que también tenía trabajo esa mañana, en un principio se negó a dejarla sola con aquel desconocido, pero tras varios minutos de acalorada discusión, acabó cediendo y se marchó, no sin antes hacerle prometer que tendría el móvil encendido en todo momento. Le arrancó, además, la promesa de explicárselo todo en cuanto regresara.

Una vez Odette se quedó a solas con Elán, suspiró. Se sentó en el sillón junto a la cama y empezó a morderse las uñas.

A las cuatro y media de la tarde él todavía dormía. No se había movido desde por la mañana, pero su pulso era constante y al fin había entrado en calor. Odette seguía muy preocupada, dudando sobre la posibilidad de llamar a una ambulancia. Pero su intuición le decía que actuara con cautela. Tras comprobar por enésima vez que no empeoraba, fue a la cocina y se preparó una tila.

Mientras daba un último sorbo a su infusión, lo admiró de nuevo.

Su rostro era bellísimo. En las pocas veces que se habían visto intuyó su atractivo, pero no se había deleitado con él tanto como en aquellos instantes. Su piel era extremadamente blanca y suave. Su pelo, negro como el azabache, liso y abundante, contrastaba con la palidez de su rostro. Tenía los ojos cerrados. Nada más recordar el intenso azul que proyectaba su mirada, se estremeció. Era imposible que existiera alguien tan hermoso. Estaba segura de que no había persona en el mundo capaz de competir con la perfección que ostentaba Elán.

Se levantó del sillón y apartó un poco la mosquitera que cubría la cama para sentarse sobre el edredón. Con cuidado de no perturbar su sueño, le puso el termómetro y esperó. Pasados veinte segundos, observó cómo marcaba treinta y ocho grados y se preocupó. Tenía fiebre, pero no sudaba. Pensó que si su temperatura no variaba tendría que tomar una decisión, pero de momento esperaría. Se quedó para observarlo unos instantes, por si notaba algo extraño. Él descansaba tumbado boca arriba y con la cabeza ligeramente ladeada. Un largo mechón de su cabello le cubría un poco la frente, formando un caracol, el resto se desparramaba enredado sobre los cojines. Le apartó con sutileza el pelo de la cara y lo arropó de nuevo, acomodando el cojín y ubicando mejor su cabeza. Él se movió de forma muy sutil y expulsó de sus labios un débil suspiro, a la vez que volvía de nuevo a inclinar un poco la cabeza. Odette pensó que prefería seguir en aquella posición, y lo dejó estar. Elán era un hombre muy corpulento, la cama hacía dos metros por dos y aun así sus pies sobresalían de la misma. Por ese motivo había colocado el baúl a modo de añadido, cubriendo el improvisado reposapiés con toallas y almohadones para que estuviera más cómodo, aunque el resultado no la terminaba de convencer. Cuando se aseguró de que todo estaba en orden, pensó en sentarse de nuevo en su sillón, pero prefirió echarse sobre la cama junto a él, por si acaso. Con sumo cuidado de no despertarle, apoyó la cabeza sobre el otro almohadón y acurrucada junto a él siguió admirándolo. Elán volvió a suspirar y Odette intuyó una ligera sonrisa en sus labios. Parecía tranquilo. Sin poder contenerse, alargó la mano y le acarició el mentón. No se había equivocado, ese hombre no tenía ni rastro de barba y su piel era extremadamente lisa y suave, como la porcelana. Así era él, tan extraño como fascinante.

Elán notaba pesadez en el pecho y le dolía mucho la cabeza, sin embargo se sentía en paz. Odette estaba junto a él. Muy cerca, a su lado. La había sentido durante todo el tiempo revoloteando nerviosa a su alrededor y eso había calmado su ansiedad. Ya no sentía miedo ni soledad. Se sentía protegido y relajado. Abrió los ojos y se encontró de cerca con su maravillosa y brillante mirada color verde. Le dedicó una sonrisa perezosa.

—Hola —dijo ella con una sonrisa de alivio— ¿Cómo te encuentras?

Elán sintió como su voz le acariciaba el alma. Tardó un momento en contestar.

—Muy bien —respondió con un hilo de voz.

Odette le regaló otra sonrisa cargada de satisfacción, arrugando la nariz, achinando los ojos y mostrando unos dientes blancos y alineados. Unos graciosos hoyuelos se dibujaron en sus mejillas y Elán deseó besarla, abrazarla, pero no tenía fuerzas, los párpados le pesaban. Al límite del agotamiento, intentó mantener los ojos abiertos para seguir disfrutando de aquella imagen. En un último esfuerzo acercó su mano a la almohada, y satisfecho notó como ella la tomaba entre las suyas para acariciarla. Solo entonces, con una plácida sonrisa dibujada en los labios pudo rendirse de nuevo al sueño.

Odette, de súbito somnolienta, cerró los ojos y estrechó su mano entre las suyas. La acercó a sus labios y la besó.

—Descansa, yo cuidaré de ti....

A ella también la venció el sueño.

Dieciocho horas antes:

Tras secar sus lágrimas, Elsa seguía temblando como una hoja. Llevaba una hora de rodillas, paralizada de miedo. Estaba empapada y muerta de frío a causa de la nieve y sus vaqueros estaban agujereados. Jamás en su vida había sufrido un "shock" y dio gracias al cielo por haber logrado salir con dignidad del que acababa de padecer. Lo sucedido había sido demasiado impactante para su raciocinio, sin embargo, su prioridad era su compañero, que yacía inconsciente en el suelo.

Rafael tenía muy mal aspecto. De nuevo buscó su pulso en el interior de la muñeca y aspiró aire profundamente, conteniendo la respiración mientras aguardaba. Al no hallar rastro de vida su rostro se tornó lívido y su corazón empezó a redoblar insistente. Cerró los ojos intentando calmarse y expulsó aire lentamente…

—Elsa, tranquilízate —se alentó a sí misma con voz temblorosa, intentando encontrar esta vez los latidos en el cuello de su compañero. No halló nada, pero sorprendentemente estaba caliente. Demasiado caliente para estar muerto.

Decidida a reanimarlo, inició un intenso masaje cardio-respiratorio, y nada más acercar el oído a su boca rezando por percibir su aliento, sucedió algo inaudito.

El cuerpo de Rafael se difuminó hasta desaparecer en mitad de un destello cegador que la dejó con la boca abierta y los ojos como platos.

—¿Qué diablos…? —farfulló, a la vez que con las manos palpaba el lugar donde él había yacido momentos antes.

Poco tiempo después, y ante el pasmo de ella, el cuerpo de Rafael reapareció.

—Pe... pero…

Rafael brilló de nuevo, desapareció, volvió a brillar, y así tres veces más. Elsa, confusa y presa de un nuevo ataque de pánico, se levantó y retrocedió varios pasos. Desquiciada, puso un brazo en jarra y con el otro lo señaló como si de un engendro monstruoso se tratara.

—¿Qué es esto? ¿Una especie de truco de magia? —Su voz sonó una octava más aguda de lo normal— ¡Pues no me hace ni pizca de gracia! ¡Si la has palmado, lo siento por ti, una lástima! Pero… pero… Esta forma de morir, brillar, desaparecer y resucitar es… es… ¿Es que quieres causarme un trauma o qué?

Elsa no tuvo más remedio que cerrar el pico cuando Rafael abrió los ojos y la radiografió con aquella mirada eléctrica que tanto la inquietaba. Aliviada al comprender que seguía con vida, e impresionada ante su sublime y turbulenta mirada, suspiró ruidosamente antes de comenzar de nuevo a parlotear.

—¡Maldito seas! ¿Eres consciente del tremendo susto que me has dado? ¡Por Dios Rafael!

El aludido no pudo evitar proferir una carcajada que de inmediato lamentó. Estaba dolorido. Además, esa mujer estaba muy guapa cuando se enfadaba y eso lo excitaba sobremanera.

—No te voy a quitar la razón en cuanto a lo de maldito —empezó a decir en tono aparentemente indiferente, mientras intentaba incorporarse sin éxito—, pero creo sinceramente que a Dios le importa bien poco que yo pueda asustarte. Es más, puedes creerme si te digo que le importamos todos una mier…

—¿Perdona? —lo interrumpió arqueando una ceja, cruzándose de brazos y haciéndose la indignada— Le importarás un bledo tú, pero yo creo en él, así que ten un poco de respeto.

Rafael logró levantarse y mientras se sacudía los vaqueros de nieve, hojas y tierra, respondió con indiferencia.

—Prefiero la filosofía a la religión, pues no puedo poseer al mismo tiempo lo evidente y lo incomprensible.

Elsa expulsó toda la tensión acumulada en un resoplido.

—Lo único que es evidentemente incomprensible es que tú y tu extraño "amiguito" tengáis súper-poderes y os regeneréis como estrellas de mar. Así que déjate de rollos filosóficos, porque me debes una explicación —Ante aquel insolente tono de voz, Rafael quedó sorprendido. Pero Elsa, ajena a ese hecho, continuó— Y, ¿sabes qué? me la darás después de llevarte al hospital, porque estás hecho un desastre.

Esta vez, él frunció el ceño y la miró con severidad, provocándole un terrible escalofrío que le recorrió la espina dorsal. Sin embargo, ya conocía la fórmula que le daba inmunidad a eso y no se dejó intimidar por la inquietante sensación que lograba suscitar en ella.

—Tú no me llevarás a ningún hospital —sentenció mientras se acercaba a ella lentamente, como un depredador—. Seré yo quien te llevaré conmigo a un sitio donde mantendrás esa boca tan bonita cerrada hasta que te borre la memoria.

Elsa soltó una carcajada y lo miró con sorna.

—Ahora resulta que no solo eres mago, sino que también eres un superhéroe.

Rafael quedó desconcertado, pues no estaba acostumbrado a que la osadía brotara de unos labios tan hermosos. Sin embargo, adoraba su exquisita irreverencia.

No podía ignorar ese deseo por más tiempo.

Tenía que poseerla.

De inmediato.

Sin saber cómo, Elsa se vio de pronto inmovilizada en el suelo bajo el peso de Rafael. Por unos instantes se asustó de verdad. Al punto, aquella sensación se diluyó para dar paso a la más absoluta excitación. Con el rostro pegado a la fría tierra, sintió sus fuertes manos sobre las muñecas. El saberse atrapada por ese hombre y tener la certeza de que en cualquier momento podría acabar con su vida; sentir también su cálido y entrecortado aliento acariciándole el cuello, el suave tacto de su piel y la enorme erección de su miembro palpitando sobre su trasero… Todo ello la excitó tanto que se quedó sin respiración.

—Señorita impertinente —susurró él, a la vez que mordía con suavidad el cuello de su prisionera—, ¿cómo sabes que no te he borrado antes la memoria?

Estremeciéndose de deseo, a Elsa ya no le sorprendió sentir como se tele-transportaban y acababan yaciendo desnudos sobre un enorme lecho de satén negro.

Tras besar sus labios con pasión y escuchar sus jadeos, Rafael susurró de nuevo.

—Y volveré a hacerlo tantas veces como sea necesario.

Acarició sus senos y provocó en ella un estremecimiento de placer que la dejó paralizada.

—Vale —jadeó ella mientras él le mordía suavemente la clavícula—, pero no te atrevas a anular este recuerdo.

Rafael soltó un gemido a modo de respuesta y tomó en sus labios uno de sus erectos pezones.

—Haré contigo lo que me venga en gana.

—Insolente… —logró decir ella antes de gritar en el momento en que él recorría su ombligo con la lengua.

—Oh, sí. Así me gusta…

Hicieron el amor con desenfreno hasta acabar exhaustos de pasión y desahuciados por la cordura. A partir de ese momento, Elsa se esforzaría en ser todavía más irreverente.

Catorce

La campana de la entrada sonó de forma tan estridente que Odette despertó de súbito. Tras reponerse de la sorpresa, se percató de que Elán la tenía atrapada entre sus brazos, rodeando su cintura con una de sus piernas e impidiendo con la rodilla que pudiera moverse. Su espalda se amoldaba contra su pecho y podía notar sobre el trasero su enorme erección. En lugar de escandalizarse, sonrió divertida. No es que tuviera experiencia en tales menesteres, pero estaba segura de que ningún hombre en sueños era capaz de controlar los impulsos de la madre naturaleza.

Se movió ligeramente y asomó la cabeza entre los enormes antebrazos que la recluían, para pensar mejor de qué forma liberarse sin perturbarlo. Pero cuando vio el desorden que había provocado en la cama, a punto estuvo de reventar de la risa. El edredón estaba enredado entre ellos dos formando una tienda de campaña y los cojines se hallaban desperdigados por el suelo. Ella misma estaba justo al borde de la cama, y si no hubiera sido por el abrazo de Elán habría terminado haciéndoles compañía.

La campana sonó de nuevo acompañada de unos fuertes golpes en la puerta, y eso le impidió disfrutar por más tiempo de la situación. Así que, haciendo verdaderos malabarismos, logró escurrirse y bajó de la cama.

Seguramente se trataba de Gabriel, así que tenía que darse prisa, de lo contrario se preocuparía. Le echó una rápida mirada a Elán, que seguía dormido. Lo arropó, puso los cojines en su sitio y colocó la mosquitera. Antes de salir, comprobó que ya era de noche, pero no

137

encendió la luz para no molestarlo.

Cuando abrió la puerta de entrada, se encontró con su vecino enfundado en su uniforme azul. Su cara expresaba preocupación, pero intentaba disimularla.

—No era necesario que te dieras tanta prisa. Podrías haberte duchado y cambiado antes de venir —dijo ella, haciéndole pasar—. Seguro que has tenido una dura jornada, porque hoy te tocaba tráfico, ¿verdad?

Gabriel la miró arqueando una sola ceja mientras entraba en la casa.

—¿Y me lo dices tú, que aún vas en camisón? —dijo en el momento en que se metía en la cocina y abría la nevera.

En ocasiones, Gabriel parecía comportarse como un maleducado. Pero nada más lejos de la realidad. Lo que hacía el policía era revisar lo que faltaba en la nevera para al día siguiente subirle la compra con las cosas que faltaban, ahorrándole así el esfuerzo. Odette sonrió, porque a efectos prácticos parecían un matrimonio de conveniencia.

—Por cierto, ¿dónde está la "bella durmiente"? —preguntó como quien no quiere la cosa.

—Durmiendo —respondió Odette con fingida indiferencia, mientras ponía a hervir agua en la tetera—. Y habla bajito, dejemos que descanse un rato más mientras preparo la cena. ¿Quieres una infusión?

Gabriel puso cara de burla.

—Con tantas hierbas no sé cómo no te has transformado en arbusto.

Odette soltó una carcajada.

—Expresado así, parece que te refieras a otra cosa…

—Qué sabrás tú de drogas, muchachita inocente. Lo que necesito ahora es un coñac, he tenido un día de perros.

La joven pensó que el policía era un quejica. Trabajar en un pueblo tan pequeño no podía acarrear tanta dificultad. A veces se pasaba las horas muertas viendo el fútbol en el bar del pueblo, o navegando por internet. Menuda cara.

—Sírvete, la bodega es toda tuya.

Dicho y hecho. Tras apoltronarse en el sillón, el policía se escanció una copa.

—Por cierto, ¿dónde piensas dormir? —Gabriel miró de forma significativa el sofá, provocando que en los labios de Odette se empezara a dibujar una sonrisa.

—¿Acaso estás celoso?

Por supuesto que estaba celoso, y mucho. Pero Odette jamás se habría imaginado el motivo de esos celos, y mejor que no lo supiera jamás. Así que ocultó sus sentimientos y sonrió. Porque si expresara físicamente cómo se sentía con respecto a Elán, los cimientos de la casa se vendrían abajo, literalmente.

Mientras tanto, el gato negro subía las escaleras sigilosamente, poniendo mucho cuidado en no ser descubierto por Odette, que desde que aquel estúpido retozaba en su cama no le había dejado ni asomar la nariz en la habitación. Enfurruñado, no solo porque ese idiota le había robado su lugar preferido de descanso, sino también por acaparar toda la atención de su querida humana, Pelito se había pasado el día escondido en la despensa.

Al fin lo había dejado solo y podría echarlo a la calle de una maldita vez.

Cada minuto que permaneciera en la casa era un peligro. Había escuchado rumores en el bosque. La aparición de Elán ya se había hecho pública y todos, tanto seres estelares como elementales, chismorreaban sobre las consecuencias que acarrearía si finalmente el híbrido llegaba a descontrolarse. Y sinceramente, no le apetecía que se descubriera el pastel en su propia casa.

Cuando llegó hasta el último escalón, quedó contrariado. La puerta estaba cerrada, y la única forma de superar aquel simple obstáculo era transformándose en humano o en pantera. Pero no podía arriesgarse a ser descubierto. Habría pensado seriamente en convertirse en hormiga o mosca, si no fuera porque su querida humana había fumigado la semana anterior. ¡Maldición!

Elán se despertó nervioso. Yacía en un lugar caliente y cómodo, pero había algo que lo inquietaba. Era la oscuridad. Lo ponía nervioso. Se agarró a la almohada y cerró los ojos. Inspiró despacio y percibió en ella el dulce aroma de Odette. Cuando se tranquilizó, empezó a explorar el lugar. Se sentó con las piernas cruzadas y descubrió con el tacto los suaves cojines y aquella extraña manta, que había escuchado como Odette la llamaba "edredón", cubriéndolo parcialmente. Se destapó y siguió palpando cuanto lo rodeaba hasta que sus manos toparon con unos barrotes de hierro. Al reconocer el frío tacto del metal se le heló la sangre. De un salto se alejó cuanto pudo, pero sin querer se enredó con una extraña tela que colgaba del techo. Intentó deshacerse de ella inútilmente. Debido a los nervios, no controló sus movimientos y cayó de la cama, dándose un fuerte golpe en la espalda. Una vez en el suelo rodó hasta quedar envuelto en la fina red. Sentirse atrapado provocó que recordara cosas que habría querido enterrar en lo más profundo de su memoria. Se levantó angustiado. Todavía estaba cansado, y se sentía débil y un poco mareado, por lo que perdió el equilibrio y dando un traspiés cayó de bruces al suelo, enredándose todavía más con el tejido que lo envolvía. Presa del pánico, echó a correr hacia ninguna parte, tropezándose con todo lo que encontraba a su paso, con tan mala suerte que acabó estampándose contra la pared, donde rebotó y volvió a caer de espaldas.

Y el pánico lo dominó, impidiéndole pensar con claridad.

¡Tenía que salir de ahí!

Gabriel y Odette se quedaron mudos al oír el estruendo que procedía del piso de arriba, y justo cuando corrían hacia las escaleras para descubrir el motivo de tanto alboroto, la puerta de la habitación se abrió de forma violenta. Tras ella, una enorme masa envuelta en la tela de la mosquitera se precipitó rodando escaleras abajo. Por fortuna, Gabriel impidió que su amiga fuera arrollada alzándola en brazos y apartándose a tiempo hacia un hueco del pasillo, mientras esa cosa rodaba y se desplomaba, llevándose la mesa del salón por delante.

Odette no tuvo tiempo de sorprenderse mientras observaba como Elán, envuelto en la mosquitera, arrasaba todo a su paso. Estaba absolutamente descontrolado.

—¡Elán! ¡Cálmate!

Gabriel no quería soltarla, pero la joven se revolvió tanto que no le quedó más remedio que dejarla ir. En cuanto se vio libre, se apresuró a ayudar a Elán, que en un primer momento no la reconoció y se apartó bruscamente.

—Tranquilo, no pasa nada. Estoy aquí ¿vale?

Vio cómo se quedaba quieto para después quedar agazapado en el suelo. Odette no comprendía el motivo de tanto alboroto hasta que alzó la vista y vio a Pelito, que los observaba fanfarrón junto a la puerta de la habitación. Entonces se enfadó de verdad.

—¡Tú, bestia parda! —gritó dirigiéndose al gato.

Si hubiera tenido forma humana, con total seguridad se habría reconocido una absoluta consternación en el rostro del peludo animal. Su dulce y querida humana lo había llamado, ¿bestia parda? No podía ser cierto…

—¡Te dije que no te acercaras a Elán!

Los gritos de Odette provocaron que el gato diera un respingo. Al punto, se agachó para hacerse una bola, enroscó el rabo entre sus patas y la miró entrecerrando los ojos, como si fuera una desalmada. No podía creerse que su querida humana prefiriera a ese ignorante y feo híbrido antes que a él, su lindo y amado gatito, que siempre le hacía compañía y le regalaba los más dulces ronroneos.

Desde luego pensaba vengarse, oh sí, por supuesto que sí. En cuanto hallara el momento adecuado le dejaría un apestoso regalito sobre el edredón.

Gabriel, que instantes antes se había quedado de piedra, empezó a reír a mandíbula batiente. A pesar del grave problema que resultaba ser Elán, el día de hoy estaba resultando memorable.

Haciendo caso omiso de la poca delicadeza del policía, Odette se acercó con cautela a la masa temblorosa que era Elán, y se arrodilló a su lado. Le tocó el hombro y notó como se tensaba.

—Soy yo, Odette —susurró dulcemente—. Anda, déjame ayudarte. ¿Te has hecho daño?

Sin dificultad, le quitó la mosquitera de encima y descubrió la mitad de su cuerpo. Se encontró con su inquieta mirada.

—Ya está. Ya pasó —dijo a la vez que le acariciaba el pelo. Poco a poco notó como él se relajaba—. No hay motivo para que te asustes. Solo es un gato y no va a molestarte más —prometió, dedicándole una tranquilizadora sonrisa.

Luego miró a Pelito en señal de advertencia y éste respondió serpenteando el rabo con evidente desacuerdo.

Elán expulsó la tensión acumulada gracias a la confianza que ella le transmitía y suspiró ruidosamente, avergonzado por el espectáculo que acababa de protagonizar. Luego barrió con su mirada la estancia. Le pareció extraña, pero le apaciguó más el hecho de que, aunque fuera un sitio cerrado, no se pareciera en nada a los lugares donde lo habían mantenido preso. El lugar irradiaba calidez y armonía.

De pronto, un agudo y chirriante silbido sonó desde algún lugar cercano y volvió a sentirse acorralado. Sin poder controlar los nervios, se arrastró hacia atrás, con la mala suerte de empotrarse contra la encimera y provocando que todos los objetos que descansaban en ella cayeran sobre él en mitad de un gran estruendo.

Odette miró a Gabriel con decisión.

—La infusión —indicó.

El aludido asintió y se metió en la cocina dispuesto a quitar la tetera del fuego. Cuando olvidó coger un trapo y se quemó con el asa de metal, decidió que le compraría a Odette una *kettle*.

Con cuidado de no cortarse con la ensaladera que estaba hecha añicos sobre el suelo del salón, Odette se acercó de nuevo a Elán, que volvía a estar inmóvil en una esquina mirando hacia la cocina con los ojos desorbitados. Se acercó y le obligó a centrar su atención en ella.

—No tienes de qué preocuparte —Sonrió mientras le apartaba el flequillo de la frente—, solo ha sido el silbido de la tetera.

Odette pensó que no era extraño que se sintiera tan desconcertado, teniendo en cuenta la forma en que lo había encontrado, herido e inconsciente. Pensó que probablemente se le pasaría en unos días, y cuando todo estuviera en calma, intentaría hallar una respuesta a tanto misterio.

Así mismo, Elán asintió con la cabeza, contento de que no estuviera enfadada por el caos que acababa de provocar.

—Muy bien. Ahora siéntate aquí mientras Gabriel y yo arreglamos todo esto.

Se sintió como un niño cuando ella lo tomó de la mano y lo acompañó a sentarse en el sofá. Después, le colocó la mosquitera sobre las piernas para cubrir parcialmente su desnudez y se sonrojó.

—No te preocupes por eso —lo tranquilizó Odette—, Gabriel te traerá algo de ropa.

Y se quedó allí, consternado, mientras con sus grandes puños agarraba la tela.

En aquel momento, el policía salió de la cocina y se quedó parado, observándolo con curiosidad. Elán lo miró desafiante y se le escapó un gruñido de advertencia. Los muebles temblaron ligeramente. Gabriel entrecerró los ojos y respondió de igual forma. Esta vez fueron los cristales los que se tambalearon.

Temiendo un posible enfrentamiento, Odette se vio obligada a intervenir.

—Dejadlo ya. Somos personas civilizadas —Miró a Gabriel, que en aquellos instantes alzaba una ceja y se cruzaba de brazos—. Aunque a veces tú te comportes como un adolescente.

El policía abrió la boca para protestar cuando Odette lo interrumpió.

—Antes de ayudarme a recoger todo esto, ¿podrías ir a tu casa y traerle a Elán algo de ropa?

Gabriel obedeció a regañadientes.

Quince

Siete días después

—¡Eláaaan!

El aludido dejó de pulsar el interruptor de la luz y posó con avidez los ojos sobre el mando a distancia de la televisión, que se encontraba en el sofá. Justo cuando estaba alargando el brazo para cogerlo, se quedó inmóvil al escuchar de nuevo la voz de Odette.

—Deja la tele también. Se nos hace tarde y tenemos que salir ya.

En aquel momento apareció Pelito, bajando los escalones con andares chulescos, y sin dejar de mirarle con rebufo encendió el televisor mentalmente. Elán le devolvió una mirada furibunda y en respuesta lo apagó también con la mente. El gato continuó con el microondas, Elán a su vez con la tostadora, y así estuvieron durante unos minutos, encendiendo y apagando electrodomésticos, hasta que Odette salió de su habitación y lo miró condescendiente.

—¿Qué haces? —lo regañó cariñosamente.

Él se puso colorado. Acto seguido, con rabia contenida, comprobó como el gato, satisfecho por su pequeña victoria, le dedicaba una mirada triunfal y empezaba a ronronear a la vez que se frotaba contra la pierna de su querida Odette.

—¡Pelito! —protestó ella— Déjame caminar y sal fuera. No vaya a ser que vuelvas a dejar otro de tus "regalitos".

Esta vez fue Elán el que sonrió victorioso, mientras Odette lo tomaba de la mano y lo arrastraba hacia el recibidor.

Pero antes de abrir la puerta de entrada, ella se detuvo distraída con su propia imagen, que se reflejada en el gran espejo del recibidor. Elán se inquietó al verse proyectado junto a ella. En comparación, él era inmenso y tosco. Odette, ligera y delicada. La superaba en altura algo más de dos cabezas y su brazo era más ancho que uno de sus muslos. La desproporción le pareció considerable y se preguntó si eso podría llegar a ser un problema. Se sentía torpe, y aunque intentaba controlarse, temía a cada instante dañarla con su rudeza.

Sin embargo, durante los días que llevaba en su casa, junto a ella, se había sentido más feliz que nunca. Había dejado de sentir agobio entre cuatro paredes gracias a la calidez de Odette, que con su cariño y comprensión le había enseñado el significado de la palabra "hogar". Cualquier cosa, por sencilla que pudiera parecer, le llamaba poderosamente la atención. Había descubierto lo increíblemente bien que sabían los alimentos cocinados, el placer de una buena conversación junto al calor de la chimenea, y casi había llorado de emoción al descubrir la música por primera vez. Pero lo más emocionante era dormir a su lado. Cada noche la abrazaba, sentía la tibieza de su piel y, tras horas de tiernas e inocentes caricias, se quedaba dormido sintiendo en su interior una paz que jamás había experimentado. Por las mañanas, despertaba con una sonrisa en los labios al notar en su piel el cosquilleo de su pausada respiración. Y cuando abría los ojos y ella todavía dormía, se deleitaba observando su apacible rostro apoyado en su pecho mientras escuchaba los suaves latidos de su corazón.

Elán se sabía aceptado, querido. Y esa emoción le hacía morir de felicidad.

De pronto, sus pensamientos se diluyeron como el pigmento de la acuarela en el agua. Odette, simulando diferentes peinados, se estaba mesando la rizada y oscura melena con sus dedos largos y elegantes. En un gracioso gesto, descubrió su cuello mientras se observaba a sí misma de lado, con coquetería.

Elán tragó saliva ruidosamente. Cerró los puños e hizo un esfuerzo para no comérsela a besos. Se obligó a bajar la vista y se concentró en su ropa. Odette lucía un suave vestido de lana color verde oscuro, que hacía juego con sus ojos. Era de una sola pieza, de cuello vuelto, mangas acampanadas que acababan en un punto de encaje muy elaborado, y de falda abombada que le ceñía los muslos por encima de las rodillas. Sus piernas estaban envueltas en unas medias gruesas color marfil. Unos mocasines altos adornados con flecos que se movían graciosamente a cada paso, enfundando sus delicados tobillos hasta cubrir media pantorrilla. El bolso, por supuesto, iba a juego con el calzado.

Cuando sus ojos empezaron a viajar por sus piernas, ligeramente llenas pero de exquisitas curvas, se excitó de forma irreverente. Tragó saliva y bajó la vista hacia sus tobillos para intentar concentrarse de nuevo en los flecos. No entendía muy bien por qué sentía esa fuerte atracción física, ni sabía cómo aliviarla. Aquello le resultaba una tortura.

—Elán, ¿cómo crees que me queda mejor el pelo? ¿Suelto o recogido?

Él alzó la vista y, sin dudar un ápice, farfulló.

—Suelto.

Odette frunció el ceño y lo miró arrugando la nariz, aparentando estar enfurruñada. Un dulce gesto que lo estremeció y lo hizo sonreír como un crío. Era tan graciosa...

—No vale —rezongó, haciendo un puchero—. ¡Lo has dicho muy rápido!

Confundido, pronunció esta vez la misma palabra más despacio, dedicándole un segundo a cada sílaba.

—Suuuuuuueeeeeeeeltooooooooooo.

Odette lo miró en un principio incrédula, pero instantes después no pudo evitar una carcajada.

Elán quedó desconcertado, pero tras comprender la broma se puso colorado. Ella volvió a reír suavemente.

—Qué tonto eres...

Se acercó a Elán y le colocó el cuello alto del jersey negro que vestía. A continuación, recorrió embobada su ancho pecho, hasta acabar acariciándole los brazos. Intentó convencerse a sí misma de que solo realizaba ese gesto para comprobar la suavidad de la prenda. Pero sabía demasiado bien que suspiraba por sentir en la punta de los dedos la tibieza de su piel. Deseaba a Elán desde lo más profundo de su ser.

Y fue entonces, al verlo vestido con ropa decente, cuando realmente se hizo a la idea de lo apuesto que era.

En realidad, era más que apuesto: Era perfecto. Como secuestrado de un sueño. Su rostro era el de un ángel. Y su cuerpo, aparte de grandioso, proporcionado, con unos músculos trabajados sin exagerar. Sus manos, de dedos largos y fuertes, eran el deseo de cualquier caricia.

Y sus labios, suaves y carnosos, eran la envidia de todos los besos del mundo.

Pero sus ojos… Odette colisionó con su mirada sin poder evitar entreabrir los labios y suspirar. Sus ojos, absolutamente expresivos y de un color indescriptible, la miraban de tal forma que…

Parpadeó, excitada.

El que hubiera sido capaz de dormir con semejante hombre y durante una semana entera sin hacerle el amor, era todo un misterio.

Apartó las manos de sus brazos como si éstos quemaran.

—Estás muy guapo —farfulló—. Tenía ciertas dudas de que este jersey te entrara, pero veo que es muy elástico y te sienta de maravilla. Con los vaqueros hemos tenido más problemas ¿verdad? —Soltó una risita nerviosa—. Pero es una ventaja contar con Gabriel, que es un experto en moda y se conoce las tiendas más pijas de la ciudad.

Mientras intentaba comprender lo que era una "tienda pija", Elán se puso todavía más colorado. Con el contacto, se le había acelerado el pulso y deseó que Odette no se percatara de la erección de su entrepierna, que estaba a punto de reventar los pantalones. Temía asustarla y contagiarle el nerviosismo que padecía. Pero gracias a Dios, aquel extraño creador celestial que invocaba ella de vez en cuando, sonó la campana de la entrada y medianamente recompuesto se apresuró a abrir.

Bajo el marco de la puerta apareció Gabriel, sonriendo. Elán frunció el ceño. A Odette podía engañarla pero a él no. Ese hombre se revolvía en su presencia, y aunque lo disimulara a la perfección, a veces percibía sus emociones. Incluso era capaz de leerle la mente. Descubrió que quería a Odette, pero también que no confiaba en él. Pensándolo bien, lo valoraba. Solo pretendía protegerla y, gracias a ello, Elán estaba aprendiendo a respetarlo.

Desde que vivía en casa de Odette, el policía apenas los había dejado a solas. Y cuando no era Gabriel el que importunaba, era ese espantoso gato. Pero a diferencia de la arisca bestia parda, Gabriel era amable, simpático, y con el paso de los días le había demostrado que no representaba peligro alguno para él.

—¡Hola, vecino! —saludó Odette mientras se enfundaba el chaquetón y se colgaba el bolso al hombro—. Ya sabes que no hace falta que llames a la puerta, tienes la llave de casa.

El policía la miró con picardía.

—No me gustaría interrumpir algo interesante… —respondió con un sutil tono irónico.

Elán arqueó una ceja y lo miró desafiante. Por supuesto que interrumpía. ¡A todas horas!

—¿Nos vamos? —preguntó el recién llegado haciendo caso omiso del gesto de su rival. Claro que se había dado cuenta de lo que sentía Elán por Odette. Y precisamente por eso, no tenía la más mínima intención de dejarlo mucho tiempo a solas con ella.

Elán contraatacó aparentando calma, y con una exagerada sonrisa le ofreció el brazo a Odette. Lo había visto hacer en una película y quería ser él, y no Gabriel, quien la acompañara. Observó deleitado como ella, tras aceptar su invitación, le dedicaba una espléndida sonrisa. Le entraron ganas de besarla, pero una vez más se contuvo.

Cuando llegaron al aparcamiento, Odette no se lo podía creer.

—¡Ni hablar!

—Pero, ¿por qué? —preguntó ella sintiendo su angustia.

—Porque se mueve y además no quepo.

Elán se cruzó de brazos y se quedó allí plantado, inamovible como el pilar de una catedral gótica. Se esforzó en que su rostro permaneciera impasible. No quería demostrar miedo, pero estaba aterrado. ¿En qué estaban pensando Gabriel y Odette? Él no iba meterse en esa caja metálica que se movía de un lado a otro sin control. ¡De ninguna manera!

—Si te encoges un poco, cabes —Gabriel se arrepintió de sus palabras al ver que Elán le dedicaba una inquietante mirada.

—No pienso meterme ahí dentro —repitió, muy serio.

—Pero Elán —lo intentó Odette con un tono más suave—, claro que se mueve, es un coche. Y ya verás como cabes, no es tan pequeño.

Elán negó con la cabeza. No estaba dispuesto a entrar en razón.

—Iré corriendo detrás y os seguiré. Soy muy rápido, no os preocupéis.

Odette abrió la boca, sorprendida ante tan absurda posibilidad. Pero tras percibir su miedo, se decidió a tranquilizarlo.

—No te pasará nada, Elán. Es solo un coche, una máquina. Sirve para que las personas se desplacen con más rapidez. Si no nos montamos en él no podremos ir a la feria… ¡Está a cincuenta kilómetros!

Tras desistir en intentar comprender lo que era un kilómetro, Elán dudó. Cierto, las personas se metían en aquellas máquinas para ir de un sitio a otro. Lo había visto en las películas. Observó su alrededor y vio que había coches con personas en su interior, pululando por todas partes. Al parecer no pasaba nada malo, pero...

—No. Me sentiré encerrado y eso no me gusta.

—Está bien —se rindió Odette—. Si no estás preparado no tienes por qué hacerlo. Gabriel, ve tú. Yo me quedo con Elán.

"De ninguna manera la dejo más tiempo a solas con este tío"

Tras leerle el pensamiento a Gabriel, en el rostro de Elán se dibujó la indignación.

—Eso no es un problema, grandullón —El policía contraatacó con la mejor de sus sonrisas y, poniendo cara de interesante, sacó las llaves del coche—. ¡*Voilà*! —exclamó mientras accionaba el botón y la capota del coche se abría para mostrar unos pulcros asientos de cuero blanco.

Odette se cruzó de brazos y arqueó una ceja.

—¿Lo dices en serio? ¡Estamos en diciembre!

Elán, que no había podido dejar de observar la escena con ojos maravillados, se opuso de nuevo.

—Me da igual que esté abierto por encima. Prefiero transportarme yo mismo.

El rostro de Odette expresó decepción. Entonces, Gabriel miró a Elán de forma significativa.

"¿De verdad quieres que mi chica se quede sin feria?"

Elán cedió ante el chantaje. Pero, si se montaba en esa máquina del diablo sería bajo sus condiciones, es decir, con Odette sentada sobre sus rodillas. Decidido, acortó la distancia que había entre ambos con una zancada, la tomó en brazos como si pesara menos que una pluma y de un salto accedió a los asientos de atrás, colocándola sobre él a horcajadas. Odette se excitó al sentir sus potentes pectorales bajo las palmas de sus manos y de pronto se turbó. Elán sintió su ardor, y sin poder evitarlo la agarró por las nalgas estrechándola contra él, mientras se planteaba la posibilidad de arrancarle el vestido a dentelladas.

Pero Gabriel los interrumpió.

—¿Qué preferís, tener intimidad o pasar calor?

Odette regresó a la realidad. Miró al policía con los ojos todavía vidriosos a causa de la turbación. Y sin entender todavía cómo y por qué se encontraba en aquella comprometida situación, suspiró.

Gabriel, al ver que Odette no respondía y estaba más roja que un tomate, volvió a preguntar:

—La capota del coche, ¿abierta o cerrada?

Elán y Odette respondieron al unísono:

—¡Cerrada!

—¡Abierta!

Parado en un extremo de la plaza del mercado, Elán dudaba si era buena idea adentrarse en aquella marabunta de personas y animales que se cruzaban los unos con otros. Era incapaz de parpadear y observaba todo a su alrededor con aprensión. Empezó a gruñir de forma muy sutil al darse cuenta de que aquello no solo era una masa humana, sino una turba emocional que actuaba como si tuviera conciencia propia. Debía controlarse, si no, corría el riesgo de volverse loco de sobreexcitación.

Por el contrario, Odette estaba radiante de felicidad.

—Tengo una amiga que ha organizado un mercadillo solidario para ayudar a los perros abandonados —dijo, mirándolo con una encantadora sonrisa que hizo dudar a Elán entre dejarse llevar o resistir— Nos conocimos en París, en un taller de arte que organizaba la universidad. Pero tuve que dejarlo a los dos meses porque me operaron del corazón.

Los ojos de Odette chispeaban, por lo que decidió complacerla y la tomó de la mano. Centraría toda su atención en ella para conectarse solo a sus emociones y de esa forma eludir al resto. Se animó a dar el paso y se adentraron juntos en la plaza seguidos por Gabriel, que no les quitaba el ojo de encima.

Mientras caminaba entre la gente, comprobó que había más espacio entre unos y otros que la sensación óptica que había tenido al principio, así que enseguida se sintió parte activa de la masa.

Más calmado, inició conversación.

—¿Qué es "operar"?

En ese preciso instante un niño gritó y Odette no oyó su pregunta. Luego, al divisar el puesto de su amiga, lo soltó de la mano y corrió a saludarla.

Por unos instantes se sintió perdido entre tanta gente y el pánico empezó a invadir su pecho como una marabunta de hormigas hambrientas. Pero Gabriel se adelantó, colocándose a su lado.

—Le hicieron un trasplante de corazón hace dos años —respondió por ella—. Por eso siempre lleva colgado del cuello su pastillero.

Elán arrugó el entrecejo sin comprender. No sabía qué era un trasplante de corazón, ni una operación, ni para qué servía un pastillero. Pero fingiendo, asintió con la cabeza para que Gabriel no supiera otra más de sus debilidades.

—¡Chicos! —exclamó Odette, a la vez que hacía gestos con el brazo para que se acercaran— ¡Venid a ver esto!

Elán se apresuró a ir a su encuentro, la tomó de la mano y la apretó. Esta vez no la soltaría. Ya más relajado, se dejó impregnar por su entusiasmo y sonrió.

—Él es Elán —lo presentó a sus amigos— y está viviendo en mi casa.

La pareja de jóvenes lo observaron de forma extraña. La chica con desconfianza y el hombre con la boca abierta, fascinado. Elán pensó que no era nada nuevo. Todos a su alrededor lo miraban de igual forma, entre una mezcla de sorpresa y temor. No le había importado hasta el momento, pero ellos eran los amigos de Odette y deseaba causarles buena impresión.

—Elán, te presento a Eliza y a Julio. ¿Has visto que cosas tan bonitas hace Eliza? —Señaló un exquisito plato de cerámica— Y Julio es un gran domador de caballos.

Elán asintió con la cabeza, pero no pudo concentrarse en el objeto, porque de inmediato Julio le tendió la mano en un gesto cordial.

En ese mismo instante, Eliza, sin mediar palabra, se acercó a Odette, la cogió de la mano y la arrastró unos metros hacia atrás.

—¿Quién es este tío? ¿Y qué es eso de que está viviendo en tu casa?

Su amiga la estaba reprendiendo. Y no le faltaba razón. Apenas conocía a Elán y ya dormían en la misma cama. Aunque no se habían acostado...

—Ya te lo explicaré otro día con más calma.

Eliza se cruzó de brazos y arqueó una sola ceja.

—No puedes meter en casa a un hombre que no conoces de nada, Odette. ¿Y si es un pirado?

—¡No es ningún pirado!

Eliza dirigió esta vez su mirada a Elán.

—Pues a mí no me parece un tío normal.

Odette también lo miró y sonrió como una tonta.

—Lo cierto es que llama un poco la atención.

—¿Un poco? ¡Si no parece humano!

—¿Cómo que no parece humano? —Odette sonrió, divertida—. Entonces, ¿qué parece, un marciano?

En lugar de reírle la broma, Eliza se puso pálida.

—¡Un hombre como ese no puede ser de este planeta!

Muda de estupefacción, Odette se afanó en buscar una razón coherente a la actitud de su amiga.

Vale, pensó, Elán llamaba la atención en tantos aspectos que todo el mundo se sentía intimidado en su presencia. Era grandioso, tanto en estatura como en belleza. Pero calificarlo de inhumano le parecía una exageración. Se mordió el labio inferior y lo observó hablando con Julio.

Los dos eran muy apuestos. Julio, descendiente de nativos norteamericanos, lucía un aire exótico. Elán, en contraste, de rasgos caucásicos, exhibía una blanquísima piel, nariz recta, mandíbula cuadrada y ojos grises. Así mismo, ambos compartían una mirada atávica, que en el caso de Elán resultaba más inquietante porque a veces brillaba. Odette ya se había acostumbrado y consideraba que era el mayor de sus atractivos. Pero para quien lo acabara de conocer, su angelical rostro y su colosal tamaño despertaban respeto, desconfianza y fascinación a partes iguales.

Volvió la vista hacia Eliza y comprobó que continuaba alterada. Luego miró a Julio. Parecía entusiasmado con el nuevo miembro del grupo.

En el instante en que las manos de los dos hombres se unieron en un saludo, Elán sintió una fuerte sacudida de entusiasmo y se vio obligado a cerrar los ojos.

—*La naturaleza no crea líneas rectas, sino que se mueve en círculos. ¿Ves las suaves praderas danzando con el viento? A lo lejos, las montañas se alzan hacia el cielo intentando besarlo. El sol calienta tu rostro y sientes el viento acariciar tus alas.* ¿Puedes ver el círculo de piedras en el suelo? Es la rueda de la medicina. La dibujamos para vosotros. Para que desde arriba pudierais verla. Llevamos milenios esperando vuestro regreso...

Elán abrió los ojos y se encontró con la sonrisa de Julio.

—Increíble —exclamó entusiasmado— ¿Lo has sentido? ¿Has sentido lo que te he mostrado? Eres uno de "ellos", ¿verdad?

Elán sintió una fuerte presión en el pecho y dio un paso atrás. Soltó bruscamente la mano de Julio, como si quemara, y lo miró enfurecido.

—Perdona, no quería incomodarte...

Elán hizo caso omiso de la disculpa.

¿Cómo sabía ese hombre...? ¿Cómo podía saber que él era distinto...? ¿Y quiénes eran "ellos"? Hasta el momento, Elán había podido leer la mente de los demás y percibir sus sensaciones de forma discreta, sin que nadie se diera cuenta. Pero ese hombre lo había descubierto. ¡Y no solo le había hablado con la mente, sino que le había transmitido un mensaje! ¡Una visión! ¡A propósito! ¿Por qué motivo? ¿Sería Julio uno de "ellos"? ¿Vendría del mismo lugar? ¿Y de dónde venía él? ¿Y si "ellos" lo encontraban y volvían a encerrarlo? ¿Y si jamás volvía a ver a Odette?

El miedo asoló su alma como un lobo acecha un ciervo en mitad del bosque. Hasta el punto que empezó a temblar.

Necesitaba irse de aquel lugar. Estaba empezando a perder el control. ¡Tenía que escapar!

De pronto, escuchó gemir a Odette. Se dio la vuelta y miró hacia donde ella se encontraba. Pudo ver en su rostro una expresión de dolor y el corazón le dio un vuelco.

Odette sintió otra fuerte presión en el pecho, esta vez más intensa que la anterior. Sus rodillas flaquearon. Logró agarrarse a Eliza y por eso no cayó de golpe, sino que se deslizó hasta quedar sentada. Volvió a gemir y se abrazó a sí misma, acurrucándose sobre el suelo.

—¡Por favor! —gritó Eliza, de pronto pálida como un espectro—, ¡que alguien llame a un médico!

Elán se sintió desolado. Odette sufría por su culpa. Estaba haciéndole daño. ¡Tenía que marcharse de allí! Dudó por momentos. No quería dejarla, era feliz a su lado. La... la amaba... Negó con la cabeza. Tal vez si se alejaba unos minutos para encontrar un lugar aislado, sin gente alrededor, para tranquilizarse... Luego podría regresar y...

Sintiéndose absolutamente inútil, dio varios pasos hacia atrás y miró a su alrededor. Julio lo observaba extrañado, sin entender lo que estaba pasando. Eliza abanicaba a Odette con un trozo de cartón y Gabriel intentaba que los que habían formado un círculo a su alrededor no se acercaran demasiado. La vio acurrucada en el suelo, con el dolor impreso en el rostro. Deseó cogerla en brazos, calmarla, aliviarla. Pero su temor a hacerle todavía más daño ganó la batalla. Él no podía hacer nada. No en su estado. Se sintió desolado al pensar que todo eso había sido culpa suya.

Tenía que alejarse, antes de que fuera demasiado tarde.

Se dio la vuelta y echó a correr hacia ninguna parte. La gente se apartaba a su paso para no acabar arrollada. A cada instante se sentía peor. Agobiado, asustado, frenético. Interiorizó los sentimientos de los que le rodeaban y todo se tornó confuso.

Un niño acababa de perder a su madre y sentía miedo. Un tendero estaba perdiendo los nervios, incapaz de atender a tanta gente. Unos amigos se acababan de reencontrar y reían alegres. Una competición ecuestre provocaba euforia entre los asistentes. Una joven acababa de romper con su novio y lloraba desconsolada.

Miedo. Agobio. Alegría. Sufrimiento. Desconcierto.

¡No podría soportarlo por más tiempo!

Se paró en seco y cerró los ojos. Respiró profundamente. Volvió a abrirlos. Suspiró aliviado. Podía controlarse.

Empezó a caminar con lentitud, dominando sus emociones, creando un escudo para repeler los sentimientos que amenazaban con dominarlo. Decidió concentrarse en los diferentes puestos que allí había para evadir la mente.

Lo consiguió en parte, hasta que se dio de bruces con el establo de exposición de las vacas. Sus cuellos estaban rodeados por gruesas cadenas, que a su vez estaba atadas a una barra metálica. Apenas podían moverse, aunque parecían acostumbradas porque pacían tranquilas. Otras tomaban el sol con los ojos entrecerrados. Las cadenas le trajeron malos recuerdos y decidió mirar hacia otro lado. Caminó un poco más hasta toparse con unas jaulas. En su interior había cabras, burros, cerdos… Se fijó especialmente en una yegua con su potro. La gente acariciaba a la madre, que con las orejas echadas hacia atrás mostraba su disgusto mientras intentaba proteger con el cuerpo a su pequeño. Elán pudo sentir su enfado, su preocupación y su indignación. Nadie debería ser privado de su libertad. ¡Nadie! Empezó a hiperventilar. Volvió a pararse. Cerró los ojos y se concentró en su propia respiración. No podía perder el control. No iba a perder el control.

La voz musical de una niña pequeña lo distrajo.

—¡Mira mamá! ¡Mira qué cerditos tan lindos!

—Sí que son bonitos, cariño —respondió la madre amorosa.

—Mamá, —volvió a escuchar la voz de la pequeña— ¿es verdad que se los van a comer a todos el día de Navidad?

Elán no quiso saber la respuesta de la madre y se alejó. No sin antes echar un vistazo a la jaula de los cerditos que, ajenos a su suerte, jugaban y corrían alrededor de su pobre madre, que yacía atrapada entre unos hierros que le impedían cambiar de posición.

Caminó durante un rato sin saber hacia dónde dirigirse, hasta que se topó con un cristal. Era el escaparate de una tienda y un perrito estaba expuesto en el interior de una urna transparente. Palideció al recordar que a él también lo habían encerrado en un lugar similar.

—¿Por qué nadie me mira? —se preguntaba el cachorro, mirando de un lado a otro— *¿Por qué nadie me hace caso? Me aburro… ¿Dónde está mi mamá?* —De pronto, los ojos del perrito apuntaron hacia Elán—. ¿Tú puedes oírme, verdad?

El perro empezó a mover el rabo, arrastrando con ese movimiento los cuartos traseros. Luego dio un salto y posó sus patitas en el vidrio.

En ese momento, una chica y su novio empezaron a golpear con el dedo el cristal del escaparate.

—Oh… ¿A qué es adorable?

—¿Quieres que te lo compre? —preguntó el novio.

—¡Ni hablar! —exclamó la joven, indignada—. No soporto que la gente compre perros cuando las perreras están llenas. ¿Sabías que si nadie los reclama, a los quince días los sacrifican?

A Elán se le heló la sangre.

—Sí, es verdad —contestó el chico—. Pero este no tiene la culpa, y mira que simpático es. Además, ¿a dónde crees que lo llevarán si nadie lo compra?

De pronto, el suelo empezó a temblar.

Neófelis caminaba intranquilo por el mercado en su forma humana. No es que le gustara demasiado, era mejor ser una pantera, pero por motivos obvios debía pasar desapercibido.

Algo no iba bien. Un mal presentimiento empezó a recorrer su espalda y apuró el paso.

¡Maldito fuera Gabriel! ¡Era él quien debería ocuparse de semejante embrollo! Pero como siempre, se tomaba sus responsabilidades a la ligera. Gruñó. Como le sucediera algo a Odette, ese rubio presumido se las vería con sus garras. ¡Por todos los Elementales que así sería! El híbrido no estaba preparado para relacionarse con los humanos y mucho menos para campar a sus anchas por un lugar atestado de gente. Los de su especie deberían estar encargándose de Elán y no él, que estaba de vacaciones.

Pero, ni era un chivato, ni se metía en asuntos que le importaban un pimiento. Y por todos los demonios, Odette se había encariñado de ese grandullón y él era incapaz de hacer nada que la entristeciera. Además, tenía que reconocer que el muchacho estaba aprendiendo a comportarse.

¡Mierda! ¿Es que acaso se había vuelto un blando?

Mientras tenía ese pensamiento, sintió el suelo temblar bajo sus pies. Acto seguido, el mercado se transformó en un caos. La gente empezó a gritar y a correr de un lado a otro sin un rumbo fijo, provocando una marea humana que se llevaba por delante al más débil o al incauto. Mientras unos caían al suelo, otros gritaban aterrados. Se escuchó un bramido ensordecedor que desgarró el aire y los cristales de todos los edificios reventaron en mil pedazos.

—¡Joder! —gritó Neófelis en el momento que echaba a correr.

Tres horas después.

En las afueras del pueblo y apoyado contra la pared de una vaquería abandonada, Elán tenía la mirada perdida sobre un campo labrado de almendros desnudos. Y de igual forma se sentía él; con el corazón desabrigado. Aunque el sol del mediodía brillara en lo más alto y la suave brisa le acariciara el rostro, su alma estaba helada. Porque a lo lejos, mezclándose con los suaves cantos de los pájaros, se escuchaban las sirenas de las ambulancias, recordándole el tremendo desastre que había provocado.

Anímicamente agotado, deslizó su espalda hasta acabar sentado sobre el suelo y suspiró. Ya no se sentía con fuerzas. Estaba triste, desorientado y muerto de vergüenza. Y para colmo se había perdido y no encontraba la forma de regresar junto a Odette…

Volvió a suspirar.

La quería. Y ella, ¿lo querría a él también, después del dolor que le había causado?

El cachorro ladró y captó su atención. Al encontrarse con su mirada, empezó a mover el rabo en señal de amistad. Lo tomó en brazos y lo acarició mientras el animalillo le regalaba efusivos lametazos. Su pelo era blanco y esponjoso, y sus orejas caídas le daban un aire inocente y divertido. No pudo evitar sentir ternura.

—¿Por qué estás triste? *A mí me gusta este sitio. Podemos correr, jugar… Pero tengo hambre. Y pipí…*

Elán se apresuró a depositar con sumo cuidado al pequeñín sobre la hierba antes de que se le orinara encima. Era curioso, podía hablar mentalmente con algunos animales, aunque no con todos…

—Para que lo sepas, meter un chucho en la casa de mi protegida no es una buena idea.

Elán sonrió. Resultaba irónico sentirse aliviado al escuchar la voz del gato de Odette. Pero al darse la vuelta para responder, quedó estupefacto. No era Pelito el que estaba allí, sino un hombre casi tan alto y grande como él.

Iba vestido de negro, con unos vaqueros gastados y un jersey de cuello vuelto tan ajustado que dejaba ver un físico impresionante, menos corpulento que el suyo pero muy fibroso. Su rostro era anguloso, ligeramente plano, de nariz pequeña y ojos rasgados. Su piel bronceada y sus cabellos negros, lacios, y de un ligero tono azulado, no llegaban a rozarle los hombros. En cambio, sus ojos lucían el mismo color de siempre; amarillo-verdosos. Su aspecto era exótico. Parecía de otra raza.

El cachorro, al notar que Elán se tensaba comenzó a gruñir, pero enseguida se distrajo con un saltamontes y se puso a corretear tras el bicho, olvidando de inmediato al recién llegado.

Elán observó al perro unos instantes, y cuando se aseguró de que no corría peligro, se dirigió al hombre-gato. O lo que fuera.

—Ya tienes lo que querías. Así que, ¿por qué no me dejas en paz?

Neófelis se tomó su tiempo. Apartó una brizna de paja con la punta del zapato, se sentó sobre una roca y se cruzó de brazos. Luego lo miró fijamente, levantó una sola ceja y expuso su blanca dentadura en una sonrisa de medio lado.

—No seas tan dramático. He venido a llevarte a casa.

Elán negó con la cabeza y resopló. No comprendía el motivo de su presencia.

—¿Por qué? —preguntó, a la vez que le dedicaba una mirada hastiada—. Para ti solo soy un estorbo.

—Y no te falta razón. Pero aunque los de nuestra especie padezcamos de hipersensibilidad y no seamos compatibles con los de tu calaña, me considero un naturalista radical y no puedo permitir que te cargues lo que a los elementales nos ha costado tanto trabajo custodiar. Además —añadió—, quiero que mi chica sea feliz.

Elán gruñó. ¿Su chica? Se sintió celoso, pero también repudiado y confuso. Desvió la mirada y se dedicó a observar al cachorro, que ajeno a la conversación, perseguía esta vez una mariposa. Envidiaba la inocencia de ese pequeñajo. Ojalá para él el mundo fuera tan sencillo…

—Sé que necesitas respuestas, pero no estoy autorizado a dártelas. Regresemos a casa y ya veremos. Pero haz el favor de no cargarte a nadie por el camino.

Elán soltó un suspiro de desesperación y se levantó para mirarlo desde arriba, mientras él permanecía sentado.

—¿Crees que todo esto me divierte? ¿Crees que lo hago a propósito? —Empezó a caminar en círculos, intentando controlar su ira—. Dime, ¿cómo logras controlar tu fuerza? ¿Cómo te conviertes en gato? ¿En qué bicho puedo transformarme yo?, ¿caballo?, ¿rinoceronte?, ¿burro?

Neófelis no pudo evitar soltar una carcajada. Sería fantástico verlo convertido en burro.

—¿Para qué has venido? —Elán empezó a perder los nervios por momentos—. ¿Acaso disfrutas humillándome?

El elemental se puso en pie, desafiante, mientras estrellaba su verdosa mirada contra los gélidos ojos de Elán. El cachorro, percibiendo la tensión que había entre ellos, empezó a ladrar y eso provocó que ambos se calmaran.

—Antes de que le pegue una patada al chucho y pierdas de nuevo la dignidad, te lo explicaré otra vez, porque, a diferencia de los de tu especie, tú pareces duro de entendederas.

Elán deseó arrancarle la cabeza a ese insolente, pero había tomado la firme decisión de comportarse. Así que se cruzó de brazos y se dispuso a escuchar lo que tenía que decir.

—Habla de una vez.

Sin dejar de mirarle y colocándose a menos de medio metro de distancia, Neófelis respondió:

—Odette es la persona más valiente y maravillosa que he conocido jamás. Siempre escoge la esperanza frente al miedo y es capaz de transformar lo imposible en inevitable —Elán sintió como se esfumaba toda su agresividad. Pero le sostuvo la mirada sin vacilar—. Vive al borde de la muerte y por eso disfruta de cada instante. De cada paisaje. De cada sabor. De cada olor. Ese es su mayor don. ¡Sus ganas de vivir! ¡Su esperanza! —Elán bajó la vista consternado—. Y mientras siga con vida, mi única preocupación es su bienestar. Debo protegerla de cualquier peligro que pueda acecharla, y eso te incluye a ti.

Un largo silencio precedió la voz entrecortada de Elán.

—Jamás le haría daño, y lo sabes.

El rostro de Neófelis se relajó.

—Lo sé, y me consta. Pero ignoras de lo que eres capaz. Eres fuerte, inmensamente poderoso. Pero nadie te enseñó a controlar tu poder. No eres de los míos y poco puedo hacer yo para ayudarte en este sentido. Pero ante todo, mi responsabilidad es su felicidad, y tú, por extraño que pueda parecer, cumples con ese cometido.

Elán expulsó todo el aire de sus pulmones, pero Neófelis no había terminado.

—Sin embargo, antes debes saber algo que ni tú ni yo, llegado el momento, podremos evitar —Hizo una pausa, suspiró y continuó, esta vez con la mirada llena de tristeza—. Ella morirá más pronto de lo que imaginas. Odette está enferma, Elán. Enferma del corazón.

Aquellas palabras lo dejaron abatido. El mundo entero se le cayó encima. De pronto comprendió lo que Gabriel le había explicado sobre la operación. Odette estaba enferma del corazón y cualquier alteración emocional podría matarla.

Y eso lo mataría a él también.

—Eso no sucederá —Sus ojos se empañaron, pero contuvo las lágrimas con dignidad—. Porque la amo —Su voz se quebró—. Odette es maravillosa. Femenina, sin chantajes. Independiente y no por ello solitaria. Dulce pero con carácter —Las lágrimas barrieron sus mejillas, traicionándolo—. Puedo controlar mi temple, pero solo si estoy a su lado. Solo ella puede domar mi temperamento. Solo Odette puede salvarme, y yo a ella.

Neófelis dudó. Los elementales eran tremendamente poderosos pero no podían obrar milagros. Sin embargo, Elán era distinto. Había sido creado para destruir, pero no se puede ver la luz si no es en mitad de la oscuridad, y tal vez por eso, aún había esperanza para Odette.

—¿La amas de verdad?

Elán asintió y bajó la cabeza antes de secar sus lágrimas.

—En ese caso ya no hay vuelta atrás. Es el plan estelar que te vincules a ella.

Elán lo miró con esperanza.

—¿Eso quiere decir que puedo regresar a su lado?

Neófelis frunció el ceño.

—¡Mira que eres duro de mollera! ¿Para qué crees que he venido, con lo bien que estaba junto a la chimenea? Además, has rescatado a una de los míos, aunque sea un chucho. Y solo por eso ya te mereces una tregua —Neófelis miró al cachorro, que le devolvió a cambio un gruñido—. Ahora ella es tu protectora. Y te aseguro que no podrás quitártela de encima.

La perrita movió el rabo y miró con devoción a su salvador. Por supuesto que no iba a perderlo de vista.

Dieciséis

—Buenas tardes excelencias.

Laura saludó formalmente en el momento en que se cerraban tras ella las puertas que daban paso a la sala del consejo. La luz del atardecer proyectaba tonos escarlata sobre sus rubios cabellos, que perfectamente recogidos en un moño italiano, además de darle un aire intelectual, dejaban ver su largo cuello de cisne. Lucía, asimismo, un traje de chaqueta blanco de cuello mao y pantalones rectos que realzaban su figura, esbelta y elegante.

Antes de tomar asiento, se concentró en el sonido que sus zapatos de tacón producían al golpear el negro mármol markina. A través de los altos ventanales acristalados que rodeaban la estancia, podían verse los Campos Elíseos.

La mesa elíptica, también negra, y de unos diez metros de largo, reflejaba los magnánimos rostros de nueve representantes de la más alta estirpe estelar, que allí se reunía para asistir a su exposición. Pero había un asiento vacío. El príncipe de Orión hacía siglos que no asistía.

—Es un gran honor hallarme en su presencia y les agradezco que hayan depositado en mí la suficiente confianza para dirigir esta relevante misión —empezó a decir Laura, a la vez que miraba a todos y cada uno de los asistentes con una encantadora sonrisa—. Una misión que, como ya sabrán, cambiará el rumbo de la humanidad.

Hizo una pausa estratégica y comenzó su exposición:

—El ser humano es incapaz de cambiar de forma organizada su modelo de civilización. Ha ido cometiendo los más repugnantes crímenes que haya conocido el universo, poniendo también en peligro a los seres elementales que, antes de nuestra llegada, habitaban este planeta. Y lo que es más grave, están matando lentamente a su madre, la Tierra, despreciándola y humillándola.

Comprobó el asentimiento de todos los asistentes y prosiguió:

—En definitiva, los humanos han confundido el progreso con la pretensión de divinidad, y eso es algo que no podemos permitir por más tiempo. Se ha decidido que deben retornar a su inicio por medio de cambios totales e irreversibles que vendrán desde el tiempo y el caos.

Entre los asistentes, que asentían mostrando su acuerdo, se encontraba un Rafael con sentimientos encontrados. Orgulloso de su hermana pequeña, se sentía sin embargo inquieto por la comprometida situación en la que de lleno estaba implicado. No obstante, aparcó su desacuerdo para escucharla con atención. Sabía lo importante que era para ella causar la mejor impresión ante el consejo y no era capaz de aguarle la fiesta. Por el momento.

—Hace más de seis mil años —prosiguió Laura—, Voces del Sahara, la séptima hija de Asera, descendiente directa de nuestro pueblo por vía materna, engendró a Elán. Pero tras dar a luz al híbrido, escapó con el retoño desapareciendo en mitad de la sabana. Jamás volvimos a saber de ellos.

Rafael se arrebujó en su silla y con los codos apoyados en los brazos de la misma se llevó la mano al mentón. No le gustaba recordar aquel suceso.

—Como todos sabemos, Elán es un infante de la más alta estirpe estelar, descendiente por línea directa de nuestro monarca, y su destino es cambiar el rumbo de la humanidad, destruyéndola tal y como la conocemos para luego engendrar una nueva raza —Hizo otra pausa antes de dar la noticia más esperada desde los últimos seis mil años—. Y por fortuna, los Buscadores han sentido su presencia.

Laura acompañó esta última frase con una espléndida sonrisa mientras un murmullo inundaba la estancia. Observó una a una, las reacciones de asentimiento del resto de la asamblea. Rafael fruncía el ceño.

—Se encuentra en algún lugar de las islas mediterráneas y os mostraré pruebas que lo corroboran.

Laura cerró los ojos y proyectó en la mente del resto imágenes de varios diarios digitales.

"Diario de Mallorca, 25 de Noviembre.
El interior del museo municipal de Las Nieves de Tramuntana quedó absolutamente destrozado a causa de un terremoto de 8.5 grados en la escala de Richter. Misteriosamente, el exterior del mismo quedó intacto…"

—¿Y qué decir de los demás edificios del pueblo? —prosiguió—. Intactos. Nadie sintió nada.

—¿Cree que lo provocó Elán? —preguntó el más joven de los asistentes, el infante de Casiopea.

—Agradezco su pregunta, Claudio —Laura le sonrió amablemente y el muchacho se sonrojó. Era su primera reunión—. Los buscadores sintieron esa desviación sísmica en un punto muy concreto —explicó a la vez que proyectaba un mapa en las mentes de todos—, justo donde convergen dos líneas del dragón, que como ustedes conocen, son alineaciones energéticas localizadas en vórtices magnéticos que emergen del tránsito acuífero de los subsuelos o de las grietas que entran en fricción, al igual que sucede con los magmas subterráneos del planeta. Los humanos antiguos, como por ejemplo los celtas o los nativos norteamericanos, conocedores de tal sabiduría asistían a esos lugares de poder, porque sabían que aquellas energías son la manifestación misma de la vida sobre la tierra y el origen de su fertilidad. La marcaban con dólmenes, menhires o templos, desde los cuales activaban esas fuerzas.

Rafael tragó saliva. Empezaba a intuir lo que había sucedido y se afanó en no delatar el nerviosismo que estaba empezando a recorrer su espina dorsal.

—Hoy en día, la humanidad ha perdido esta sabiduría ancestral y naufragando en su propia estupidez ha abandonado esos lugares, alterándolos en algunos casos de forma inconsciente y temeraria. Han olvidado, en pos del mal llamado progreso, lo que les fue revelado. Las alteraciones energéticas han sido cegadas.

"Al parecer, yo también me estoy empezando a convertir en un idiota", pensó Rafael para sus adentros, mientras comenzaba a reconocer el error de principiante que había cometido.

—Y ahí es donde entra mi hipótesis, damas y caballeros. Solo un ser estelar es capaz de absorber de forma consciente tal cantidad de energía. Y solo uno de nosotros es capaz de canalizarla para provocar una reacción tan potente y localizada sobre la Madre Tierra hasta llegar a provocar un terremoto, o cualquier catástrofe que se le antoje.

Sabemos que ninguno de los nuestros ha sido, por lo tanto, todo indica que Elán estuvo allí.

Rafael se indignó consigo mismo y reconoció su descuido. El subsuelo del museo donde había pretendido ocultar a Elán, podría haber sido una antigua capilla construida sobre un olvidado dolmen prehistórico, colocado en tiempos atávicos sobre un maldito vórtice magnético. Posiblemente, el híbrido había alterado su capacidad de percepción. ¿O se habría distraído con la bella policía? "Maldita fuera", masculló para sus adentros. Si sobre la mesa hubiera habido una pistola, se habría pegado un tiro en aquel mismo instante.

—Pero eso no es todo —prosiguió Laura, ajena a los pensamientos de su hermano, que este mantenía cuidadosamente blindados para que ninguno de los presentes le descubriera—. Ayer, sobre las doce del mediodía, y a tan solo cincuenta kilómetros de distancia del primer seísmo, se registró otro a las afueras de un pequeño pueblo de la isla de Mallorca, donde se celebraba una feria ganadera. El diario local de este mismo lunes ha dado la noticia. Un ligero temblor provocó una estampida humana que acabó en histeria colectiva. No hubo víctimas que lamentar, y ciertamente allí no existe ningún lugar de poder, pero sí fluye una importante vena subterránea. ¿Casualidad? Lo dudo, porque justo en aquel instante y lugar los Buscadores volvieron a percibir la fuerza de Elán.

Mientras Laura sonreía satisfecha todos asintieron convencidos, y una de las asistentes, la princesa de Escorpio, formuló las siguientes cuestiones:

—Es cierto que sólo Elán, o un ser estelar, es capaz de eso y mucho más, pero, ¿dónde cree que ha estado el híbrido durante todo este tiempo? ¿Y no podría haber sido el príncipe de Orión? Hace siglos que vive entre los humanos.

—Ciertamente, desconozco donde ha permanecido Elán durante todo este tiempo. Pero estoy absolutamente convencida de que Voces del Sahara fue asesinada, él secuestrado y obligado a permanecer oculto todo este tiempo por alguien cuyos siniestros motivos desconozco, pero que intenta evitar a toda costa que se cumpla el orden establecido. Esa persona solo puede ser un traidor. Y aunque creo firmemente que se trata de uno de los nuestros, descartaría por completo a Gabriel. Todos sabemos demasiado bien que los motivos que mantienen al príncipe de Orión alejado de nuestra raza son lúdicos y no políticos.

Rafael tragó saliva y el resto de los asistentes estallaron en un murmullo. Pasada la sorpresa inicial, Laura continuó:

—No obstante y por fortuna, es evidente que Elán ha logrado escapar. Pero está confundido, ignora de lo que es capaz y debemos hallarle para controlar la situación.

Los asistentes asistieron y el más anciano, el príncipe de Aries, hizo otra pregunta.

—¿Es posible localizarlo si no se altera de nuevo?

El pecho de Laura se hinchó de satisfacción. Tenía la respuesta.

—A parte de tenerlo localizado en un radio de cien kilómetros a la redonda, conocemos a la única testigo de los hechos que, posiblemente, pueda darnos alguna pista sobre su paradero. Su nombre es Odette Deveraux.

Rafael frunció el ceño. Su hermana era inteligente y no iba en absoluto desencaminada. Él ya suponía el paradero de Elán desde hacía varias semanas, pero Odette estaba bajo la protección de un poderoso elemental y existía un pacto que impedía cualquier enfrentamiento entre las dos razas. Igualmente, un ser estelar no tenía opciones contra un elemental, sobre todo si se hallaba en su territorio. Pero ahora era diferente. Laura disponía de recursos y era cuestión de tiempo que diera con el híbrido. Debía impedirlo a toda costa. Recordó el gran esfuerzo que había invertido en aquella misión y las fuertes batallas éticas que libró consigo mismo. Elán había sufrido mucho, y a decir verdad, Rafael no era inmune a su dolor. Por ello, se había esmerado en negarle cualquier tipo de afecto o comunicación, intentando anular sus sentidos para que no fuera capaz de desarrollarlos. Pero no lo había logrado. Rafael pensó de sí mismo que, aparte de desalmado, era un inepto. Había cometido un error de principiante. Se había relajado por unas piernas bonitas.

Tragó saliva en el momento en que la sangre se le subía a la cabeza.

Pero no volvería a suceder. Ahora sabía dónde estaba y conocía a la persona que utilizaría para acceder a él. Un amargo sentimiento de culpa se le cruzó por la mente como una ráfaga de aire caliente, pero lo anuló.

Se enfrentaría al elemental, haría desaparecer a Elán de una vez por todas y abandonaría a Elsa por el camino.

Y esta vez no cometería ningún otro error.

La perra no paraba de gemir, ladrar y rascar la puerta del jardín.

167

Llevaba así veinte minutos y no había forma de hacerla callar. Mientras tanto, Pelito, sentado en el brazo del sillón preferido de Odette, miraba a Elán, que aparentemente ajeno a los lloros del cachorro se entretenía con una película de alienígenas.

—*Por el bien de mi salud mental, ¿quieres hacer el favor de convencer a mi chica para que el chucho duerma con vosotros esta noche?*

Odette estaba en su despacho realizando unos trabajos para el museo y no podía oír el escándalo que estaba protagonizando la perra. Le había preparado una cama con juguetes y chucherías tras decidir que dormiría allí por las noches.

Elán no compartía su opinión. Pero como la casa no era suya, no se le ocurrió llevarle la contraria. Sin embargo, preocupado por la perrita, se levantó del sofá para plantearle de nuevo el asunto. Por el camino, le dirigió al gato una mirada de advertencia.

—*Odette no es "tu chica"* —le dijo mentalmente al gato—, *es la mía.*

Pelito movió los bigotes en una mueca lo más parecida a una sonrisa gatuna.

—*La poligamia está prohibida en este país, así que confórmate con el perro.*

Elán decidió ignorarle. El felino era versado en retórica y en un debate él siempre tendría las de perder. Así que se fue directo hacia el minino.

Minutos después, Pelito estaba haciendo compañía al perro en la lavandería.

Elán se sentaba de nuevo frente al televisor e intentaba concentrarse en la película. Pero no lo lograba. No podía dejar de pensar en Odette. Estaban solos bajo el mismo techo. Gabriel tenía turno de noche y con suerte no aparecería hasta la hora del desayuno. Transcurrida media hora, se levantó decidido.

"Su rostro era como el sol, y sus pies como dos columnas de fuego..."

Odette leía una y otra vez aquellos versos. Sabía que era absurdo darle más vueltas. Era un pasaje del apocalipsis y conocía su significado. Pero sentía algo extraño cuando leía aquello.

"...y clamó a gran voz, como ruge un león; y cuando hubo clamado, siete truenos emitieron sus voces..."

Un extraño recuerdo cruzó su mente, pero de inmediato se diluyó. Cerró el librito contrariada, se llevó las manos a la cara, y cansada de darle más vueltas al asunto del apocalipsis abrió su ordenador y se conectó a internet. En el buscador escribió la palabra "ángel" y enseguida aparecieron infinidad de enlaces. Suspiró desalentada. Internet era una gran fuente de información, pero en la mayoría de los casos no era de fiar. Con tedio, empezó a darle a la ruedecita del ratón para ir descendiendo la página. Pensó que estaba dando palos de ciego y decidió meterse en una biblioteca virtual donde encontró una definición de su agrado:

"Los ángeles, son seres creados de luz y dedicados totalmente al servicio de Dios. No ingieren ni engendran, ni están dotados del libre albedrío. No cometen pecados y cuando adoptan forma humana, generalmente se les describe como seres extraordinariamente bellos…"

Volvió a resoplar. Estaba perdiendo el tiempo, porque Elán comía como una lima.

Elán cruzó el pasillo sin hacer el menor ruido. Cuando se encontró junto a la puerta, en aquel momento ligeramente entre-abierta, observó a Odette. Permanecía absolutamente concentrada delante del ordenador y cuando veía algo de su interés, lo anotaba rápidamente en su libreta. Llevaba un pijama de color rosa claro, unas zapatillas blancas y el pelo recogido en un moño alto, con un simple lápiz atravesando sus hermosos rizos a modo de informal pasador. Algunos mechones desordenados y cortos acariciaban su nuca. Esa imagen, bella y conmovedora en su sencillez, lo emocionó.

Odette sintió su mirada abrasándole la nuca, como si aquellos ojos que no podía ver, aunque sí sentir, tuvieran el poder de traspasarla por completo, y se dio la vuelta despacio. Cuando lo vio, se quedó impactada. Su mirada era de color violeta y en aquel momento permanecía poderosa y absolutamente cosida a ella. Tenía los labios ligeramente abiertos, incitantes. Su pecho ascendía y descendía en agitado vaivén, como si acabara de alcanzar la cumbre de una montaña. Sus cabellos largos y lacios acariciaban sus potentes hombros, reposando al descuido sobre ellos. Elán era… extraordinariamente bello. Abrió la boca y apenas le salió un hilo de voz.

—¿Necesitas algo? ¿Tienes hambre, o sed…?

Claro que tenía hambre, y sed también. Pero un hambre y una sed muy distintas a aquellas que ella le proponía calmar.

Necesitaba beber el dulce néctar de sus labios. Y comérselos a besos. Pero también deseaba escuchar las rítmicas pulsaciones de su corazón. Necesitaba acariciar su piel y sentir su ternura y su calidez en cada abrazo. Necesitaba escuchar su respiración profunda y contenida durante cada una de las caricias que sabía, ella también deseaba compartir. Pero lo que más anhelaba era su alma, danzando junto a la suya, como si de dos rojas lenguas de fuego se trataran, enlazadas ambas en apretado abrazo a un mismo tronco.

Pero no dijo nada. Simplemente tragó saliva y negó con la cabeza.

—Solo he venido a ver si estás bien… —Apenas le salieron las palabras.

Odette aleteó sus largas pestañas y sonrió. Y ese gracioso gesto casi lo dejó sin presión sanguínea.

—Ahora que estás aquí me encuentro mucho mejor. No sabes el miedo que he pasado esta mañana al ver que te habías perdido. Temí que te hubiera ocurrido algo. Menos mal que supiste llegar a casa sano y salvo.

Elán sonrió al recordar el reencuentro. Odette lo había recibido con un beso y un abrazo. Y después se mantuvo pegada a él dando gracias a Dios durante más de veinte minutos. Solo por eso había valido la pena perderse.

Se acercó a ella y le acarició el rostro. Su piel era suave y cálida.

Odette cerró los ojos y posó su mano sobre la de él, instándolo a mantener el contacto. Los dedos de Elán, la cuenca de su mano, dejaban a su paso regueros de fuego sobre su piel.

—Gabriel me dijo algo que me preocupa —Tras una breve pausa, Elán continuó—. ¿Es cierto que te duele el corazón?

Odette lo deslumbró con su mirada. Sus ojos parecían dos lagos de aquietadas aguas resplandeciendo solo para él.

—No me duele el corazón. No existe en el mundo una persona más feliz que yo. Tengo un hogar, un buen trabajo, una vida plena, y la suerte de poderla compartir junto a las personas que quiero. Y entre ellas estás tú.

Elán sonrió con ilusión al saberse una de esas personas. También él era feliz de compartir su vida con Odette. La amaba, y ese sentimiento colmaba su alma y lo hacía sentir vivo, humano.

Apretó su mano y besó con ternura el interior de su muñeca, y los dedos, uno por uno. Con la otra recorrió el interior de su antebrazo, con delicadeza. Se agachó para quedar a su altura y continuó rozando su cintura hasta pasar las manos por debajo del pijama. Ella tembló ligeramente ante el contacto. Pero no se apartó. Sintió su pulso, a cada punto más acelerado. Con curiosidad, ascendió hacia sus senos y los acarició mientras escuchaba su entrecortada respiración.

Empezó a desabrocharle el pijama. Deseaba ver su piel desnuda. Recorrerla con los labios. Saborearla. Sentir su calidez.

De pronto Odette se encogió, y temeroso de haberse sobrepasado, se apartó a un lado.

—Es que tengo… una cicatriz muy fea —logró decir, mientras se cubría el pecho con timidez.

Elán ladeó la cabeza, como siempre solía hacer cuando no entendía algo.

—¿Qué es una cicatriz?

Esta vez fue ella quien lo miró incrédula. ¿Cómo era posible que un hombre como él, inteligente y poderoso, le hiciera las mismas preguntas que un niño que empezaba a descubrirlo todo?

Se pensó la respuesta, y un poco menos avergonzada, respondió:

—Hace varios años me abrieron el pecho para recibir el regalo más valioso que me han hecho jamás: Un nuevo corazón. Eso me salvó la vida, pero me dejó también una cicatriz que… bueno, es horrible.

Elán sonrió al comprender.

—Si el corazón te salvó la vida, la cicatriz tiene que ser preciosa. Tan bonita como tú.

El corazón de Odette dio un brinco. Eran las palabras más hermosas que le habían dicho nunca.

Emocionada, se arrodilló en el suelo frente a él. Tras deleitarse con su imagen, se atrevió a tocar a ese ser tan majestuoso, de mirada intensa y cuerpo de bronce. Con cuidado, apartó un negro mechón de su frente. Recorrió con los dedos el ángulo de su pómulo hasta llegar a sus labios.

Se acercó, lentamente, embelesada con la perfección sobrenatural de su imagen. Y lo besó.

En un principio, Elán se sorprendió. Pero en el momento en que sintió los cálidos labios de Odette sobre los suyos, correspondió al beso con ardor y una inesperada urgencia. En ese instante su miembro se envaró, transmitiéndole a su vez la excitación a ella, que sorprendida, ahogó un grito y dio un respingo.

—¿Qué pasa? ¿He hecho algo mal? —preguntó azorado.

Odette parpadeó varias veces de forma encantadora y luego le dedicó una mirada de complicidad.

—Oh no, no has hecho nada mal. Es solo que a veces tengo la sensación de que percibo todo lo que tú sientes. Y me sorprendo. Es algo que no puedo explicar, una conexión especial. ¿Cómo lo haces?

Elán sonrió.

—No lo sé, pero me alegro de que lo sientas tú también, porque es maravilloso.

—Pues hazlo otra vez —propuso coqueta, mientras liberaba sus negros rizos del lápiz que los atravesaba.

Cuando la oscura cabellera de Odette descendió en cascada sobre sus hombros, Elán la besó de nuevo.

Sus lenguas danzaron suavemente en un baile lento y cautivador, disfrutando ambas de la sedosidad de su abrazo. Elán tembló al percibir su sensualidad y se alzó sobre ella, rodeándola con los brazos, aprisionándola suavemente contra el suelo. Cuánto la necesitaba. Cuánto la deseaba. Y cuánto la quería.

Odette notó las frías baldosas de barro en su espalda, pero no le importó. Sentía la misma urgencia que él. Necesitaba su calor, sus besos, sus caricias. Pero ni siquiera todo eso era suficiente. Ansiaba percibir el cálido roce de su piel contra la suya, en apretada caricia, en inquebrantable conjunción, como si ambos formaran parte de un mismo ser y sus cuerpos conformaran un todo.

Decidida, le quitó el jersey. Él respondió de igual forma, desabrochándole el pijama hasta descubrir sus delicados senos, que se alzaron arrogantes ante sus ojos. Detuvo el beso unos instantes para admirarla. Tenía las mejillas sonrosadas. Los labios permanecían rojos, hinchados, húmedos y entreabiertos a causa de los besos que acababan de compartir. Sus ojos verdes y brillantes imploraban más besos, más caricias, reclamando todo su ser. Acarició su mejilla, continuó por la delicada barbilla, descendió por el cuello, rodeándolo en posesivo ademán, hasta acabar posando los dedos sobre su clavícula.

—Eres preciosa —Su voz sonó entrecortada. Tenía los ojos nublados de excitación—. A tu lado muero lentamente, pero me siento a cada instante más vivo que nunca.

Mientras los dedos de Elán perfilaban el trazo de su cicatriz, la emoción invadió el alma de Odette. Con la vista clavada en su imponente torso desnudo, enmudeció de deseo. Quiso devolverle el cumplido, pero solo pudo manifestar sus sentimientos con un ridículo gemido.

Sonido que excitó a Elán hasta límites insospechados. Volvió a besarla con insistencia, saboreando cada recodo de su boca. Jamás quedaría saciado de ella, porque a cada punto necesitaba más, y más…

Así que descendió por su cuello y mordisqueó su piel. Sintió en los labios la vibración de un gemido de placer que casi lo volvió loco. Con la mano derecha masajeó su pecho y sintió el pezón erecto. Tuvo la irreprimible necesidad de introducirlo en su boca y cuando cumplió ese deseo, escuchó fascinado como ella objetaba con un ardiente grito. Eso, y la suavidad de sus manos, que ya descendían irremediablemente hacia el nacimiento de su vientre, provocaron que sus músculos se tensaran como las cuerdas de un arpa. Tras una leve lucha con los botones de su bragueta, Odette liberó su virilidad a la vez que con los pies le quitaba los pantalones, dejándolo desnudo. Al sentir el calor de la suave mano acariciando su miembro y la otra a punto de traspasar la frontera de su espalda, Elán perdió la cordura. Colocó las palmas de las manos en el suelo y cerró los puños en el instante en que liberaba de su garganta un grito ensordecedor. Temblaron hasta los cimientos de la casa.

Odette abrió los ojos y se encontró con los de Elán. Sus iris parecían brillar con luz propia y sus pupilas tenían la apariencia de dos brasas incandescentes. De pronto, sintió tal excitación que casi sufrió un desmayo.

—Elán… —musitó.

Él parpadeó. Después le dedicó una sonrisa tan encantadora que dejó a Odette desconcertada. Miró hacia donde él tenía colocadas las manos, y vio que las baldosas del suelo estaban hechas añicos. Algunos trozos de las mismas estaban en el interior de sus puños cerrados.

—¡Elán!

Cuando él se dio cuenta de lo que había hecho, palideció. Un profundo horror ensombreció su mirada. Se levantó de súbito y se alejó, temeroso de dañarla también a ella.

Odette no entendía lo que acababa de suceder. Pero no le importó. Presurosa, se levantó del suelo y salvando la distancia que había entre ambos, lo cogió de la mano. Él se apartó como si quemara.

—¡No! —gritó, preso de los nervios— ¡Aléjate de mí! ¡Podría matarte!

Pero Odette no le escuchó.

—Sé que jamás me harás daño.

Se acercó de nuevo a él, y sus cuerpos desnudos se unieron, piel con piel. Ella forzó el abrazo; necesitaba sentirlo, transmitirle su seguridad, su afecto, su creencia de que todo iría bien mientras permanecieran juntos.

—Por favor… —susurró Elán, con voz entrecortada, incapaz de resistirse al abrazo de Odette. Sentía sus pezones erectos rozándole el vientre. Su suave y cálido aliento acariciándole el pecho. Sus gráciles manos posadas en sus nalgas.

—Quiero hacer el amor contigo.

Las palabras de Odette destruyeron su obstinación.

Con manos temblorosas, se atrevió a acariciar su pelo enmarañado. Le apartó un mechón rebelde de la frente, y mientras la besaba de nuevo descendió por sus brazos y navegó por su espalda desnuda hasta detenerse en el nacimiento de sus nalgas.

Odette abandonó sus labios y empezó a descender por su pecho. Con tortuoso esmero, conquistó su vientre, repartiendo húmedos besos y suaves mordiscos. Se arrodilló en el suelo hasta que sus labios quedaron a la altura de su miembro erecto.

El placer que sintió Elán en el momento en que los labios de Odette rodearon su virilidad, fue indescriptible. Sin poder evitarlo, rugió. Ella respondió con un gemido. Fascinado a causa de aquel deleite jamás experimentado, Elán empezó a mover las caderas, acompasando sus movimientos a los besos de Odette. No podía detenerse. El deseo dominaba su cuerpo, su alma y su corazón.

—¡Odette, para! —clamó él, justo en el instante en que estaba a punto de estallar en éxtasis.

Ella obedeció. Y todavía de rodillas, alzó la vista y lo miró.

—¿No te gusta?

Él la miró con una mezcla de deseo e incomprensión.

—Sí.

—Entonces, ¿por qué quieres que me detenga?

Porque soy incapaz de dominar mi deseo, y tengo miedo de hacerte daño.

—Quiero llevarte a un sitio especial —respondió, de pronto.

Antes de que ella pudiera objetar nada, la alzó en brazos y la acalló con un beso.

Cuando Odette abrió los ojos, quedó muda de asombro.

De pronto, estaban sobre un acantilado, en lo alto de la montaña. Los copos de nieve descendían lentamente, trazando círculos, como si estuvieran bailando un vals. A lo lejos se distinguían las cálidas luces del pueblo. Y más allá, en el mar se reflejaba la luna, como si fuera una hermosa reina mirándose en un espejo de plata. Alzó la vista y junto a la dama pudo distinguir un séquito de estrellas danzarinas, brillando más que nunca. Sus ojos se posaron sobre Elán. Su piel irradiaba calor y resplandecía como si fuera de oro blanco. El viento ondeaba su larga y negra cabellera, donde algunos copos de nieve se posaban para después transformarse en vapor de agua. Sus ojos profundos, insondables, la miraban con devoción.

—¿Cómo sabías que...? —musitó, en el momento en que se le escapaba una lágrima que él secó con un beso. Siempre había deseado subir a la montaña para poder ver el mundo desde arriba. Elán acababa de hacer realidad su sueño.

—Cuando estaba aquí solo, miraba al cielo y pensaba en ti. Eres tan hermosa como una noche estrellada.

En el instante en que colocaba a Odette sobre un mullido lecho de hojas, flores de las nieves brotaron a su alrededor como por arte de magia.

Se alejó para observarla.

Tan solo llevaba puestos los pantalones. Lucía el torso desnudo y sus rizos descendían por sus delicados hombros, cubriendo en parte los senos. Sus pezones seguían erectos y eran de color rosa. Al igual que sus labios, que lucían húmedos e inflamados a causa de los besos compartidos. Elán la deseó más que nunca, pero se contuvo. Debía actuar correctamente. No quería hacerle daño.

Odette se sentía morir de deseo. Alzado al borde del acantilado, con el fastuoso firmamento recortando su silueta, Elán se erguía ante ella, desnudo e imponente. Intentó buscar en el arte alguna obra que pudiera comparársele en belleza y perfección, pero le resultó imposible. No podía existir nada parecido. Era único. Sus brillantes ojos, ahora de tonalidad turquesa, parecían reflejar todas las galaxias del universo. Y su piel, ardiente y húmeda a causa del sudor, reflectaba los rayos de luna. Sus músculos temblaban a causa de la tensión y en ellos se dibujaban sombras plateadas. Y su orgulloso miembro, rígido, altivo y palpitante, exigía continuar lo que habían iniciado.

—Nunca he hecho esto —dijo de pronto. Hizo una pausa y se concentró en las palabras adecuadas—. Y quiero hacerlo bien. Enséñame.

Odette sonrió.

—Lo harás bien.

—Enséñame —insistió Elán.

A punto de morirse de vergüenza, pero decidida a ello, Odette se quitó los pantalones. Sorprendentemente no tenía frío. Elán irradiaba tanto calor que incluso a dos metros de distancia la resguardaba, como si se tratara de una hoguera.

Cuando quedó totalmente desnuda, Elán ladeó la cabeza.

—Somos diferentes —apuntó—. Nuestros cuerpos son distintos.

Odette no pudo reprimir una carcajada musical.

—¿Qué he dicho que te hace tanta gracia?

Sin dejar de sonreír, se colocó de rodillas y extendió los brazos hacia él.

—Si no te acercas, no podré enseñarte.

Elán salvó la distancia que los separaba y se arrodilló frente a ella.

—Se empieza con un beso —Y lo besó, mientras con los dedos apartaba algunos mechones rebeldes de su frente—. Siguen las caricias —Empezó a deslizar los dedos por su espalda.

Al sentir las suaves manos de Odette conquistando cada centímetro de su piel, empezó a temblar. Por donde ella tocaba, su piel ardía.

—Cúbreme, Elán. Cúbreme con tu cuerpo.

La colocó cuidadosamente de espaldas, sobre el lecho de flores, y se alzó con potestad. Luego se inclinó sobre ella y con estudiada suavidad besó su cuello, sus senos, su vientre. Era frágil, delicada, pura. Debía ser cuidadoso.

Odette recibió las caricias con un placentero susurro y abrió las piernas para que el miembro de Elán rozara su entrepierna.

Al sentir su húmedo sexo, casi enloquece de pasión. Pero temeroso de perder el control, se detuvo.

—¿Y ahora qué? —jadeó.

Ella lo miró con los ojos brillantes de pasión mientras tomaba su miembro con la mano.

—Déjate guiar —susurró en un hilo de voz—, pero cuando entres, hazlo despacio, por favor —Su voz sonó vacilante.

—¿Y si te hago daño?

—No te preocupes.

Elán asintió poco convencido. Los ojos de Odette, proyectaban una mezcla de deseo y recelo a partes iguales.

—Entra dentro de mí, despacio…

El pulso de ella se aceleró y Elán empezó a respirar con frenesí. En aquel instante comprendió el motivo de su temor y se preguntó si hacerlo era una buena idea, porque su miembro era formidable y la cavidad de Odette muy estrecha. Pero lo intentó de la forma más delicada que supo.

Mientras iba enterrándose en su húmeda cavidad, notó como Odette se tensaba.

—¿Estás segura?

Ella asintió como respuesta, pero sus ojos reflejaban dolor y dudas. Inquieto, se quedó inmóvil. Apartó un mechón rebelde de su hombro. Besó su frente. Rozó sus mejillas con los pulgares. Acarició la punta de su nariz con los labios. Y cuando la notó más relajada, reanudó su dulce conquista. Gimió al sentir su cálido y angosto abrazo. El placer físico que estaba descubriendo con el acto era intenso, pero saber que su alma se iba colmando de amor por momentos, le resultó glorioso. Invadido por el entusiasmo, se armó de voluntad para no envestirla con fuerza. Pero lentamente, se hundió hasta lo más profundo.

Un sutil lamento le hizo volver en sí. Odette tenía el rostro enterrado en su pecho. Su delicado cuerpo temblaba como una hoja. Pero no se quejaba, al contrario, intentaba disimular el dolor que sentía. Porque no quería preocuparle. La culpa casi le hizo rehusar, pero se le ocurrió una idea. Se concentró para transmitirle a Odette todo el placer que él mismo estaba experimentando. Y surtió efecto, porque ella, relajada, respondió con un suave gemido de complacencia.

—¿Te sientes bien? —preguntó Elán al mismo tiempo que, tomando su rostro, guiaba su verde mirada hacia él.

Con los ojos empañados, ella asintió.

—Muy bien… Lo haces muy bien…

Elán retrocedió para invadirla de nuevo y cuando no pudo avanzar más, volvió a retroceder. Una y otra vez, en un baile lento y cadencioso, sin duda el baile más sensual y antiguo bajo las estrellas.

Odette respondió moviendo sus caderas, uniéndose al baile con timidez, luego con arrebato. En un momento dado brotó de sus labios un suave grito que Elán acalló con un beso. Sus labios respondieron con urgencia.

Mientras las lenguas bailaban una erótica danza, y los cuerpos se fundían en uno solo, Elán empezó a moverse a cada punto más rápido a la vez que el placer iba creciendo.

Odette respondió a sus acometidas con entusiasmo. Elán era fuerte y vigoroso y a la vez tierno y delicado. Una desconocida e increíble sensación se inició en su pecho, recorrió su espina dorsal y culminó en su feminidad. Al llegar al clímax Odette se aferró a Elán con fuerza y lo abrazó con las piernas para impedir que se apartara, que retrocediera. En ese mismo instante, lo miró a los ojos, se apretó a él, y gritó.

Elán sintió el orgasmo de Odette en el mismo instante en que su cuerpo se convulsionaba en intermitentes oleadas de placer. Mientras tanto, no apartó los ojos de la verde y arrebatada mirada de su amada. Instantes después, lágrimas de felicidad surcaron su rostro y gotearon por la barbilla. Ella se las enjugó con los labios.

—Te amo —susurró dulcemente.

Elán abrió la boca para responder, pero no brotaron las palabras, sino los besos. Besos dulces, tiernos y sosegados. Y también caricias, enredadas en un abrazo de pasión. Piel contra piel. Dos corazones latiendo al unísono.

Muy avanzada la madrugada, Elán despertó junto a Odette. Cuando se atrevió a dejar de mirarla, volteó el rostro y descubrió las estrellas, que a través del ventanal de su habitación, apuraban las últimas horas de la noche danzando en un alegre tintineo, antes de que el alba las ocultara con su rosada claridad. Aquella noche habían sido sus aliadas.

—Gracias…

Odette, medio dormida, sonrió.

—¿Por qué me das las gracias, Elán? —susurró.

—Por existir.

Cuando ella volvió a dormirse, Elán descubrió parpadeando sobre la mesita de noche una pequeña llama. Era la lucerna que le regaló el día de su primer beso. Sintiendo como su cuerpo se estremecía de felicidad, suspiró y se acurrucó más contra su amada. Su corazón, al igual que aquella pequeña llama, danzaba de alegría y pasión.

Diecisiete

Neófelis resopló, hundió los dedos en el pelo y dio tres vueltas a la manzana antes de entrar en comisaría.

A pesar de ser un poderoso elemental, temía la reacción de Gabriel, que por muy liberal que fuese, era un viejo estelar que estaba a punto de pillarse un cabreo del carajo cuando le contara lo que acababa de suceder entre ese par de acaramelados tortolitos.

Dio otra vuelta a la manzana, hirviendo de nervios. ¡Mierda! ¡Había sido un blando! Se había dejado embaucar y de nuevo Elán había delatado su posición. A este paso acabaría con su cabeza de pantera colgada en la pared de algún ricachón corrupto a modo de trofeo.

Sentado tras el mostrador de la recepción, Gabriel se dedicaba a navegar por internet. Generalmente no había demasiado movimiento en el pueblo las noches de domingo y tan solo tres policías estaban de servicio en aquel momento. Dos de patrulla y él en la oficina. A decir verdad, no le disgustaba. En pleno diciembre era un incordio merodear a la intemperie soportando las típicas heladas de montaña. Y cuando terminaba el papeleo del día, se entretenía chateando hasta que finalizara el turno. Se hallaba en mitad de una interesante conversación cuando escuchó el sutil tintineo de la puerta al abrirse. Cuando vio entrar al hombre alto y de rasgos orientales dejó lo que estaba haciendo. Así mismo, no se sorprendió por el aspecto del elemental, que no solía adoptar forma humana a no ser que hubiera sucedido algo de importante gravedad. Un breve sentimiento de inquietud le cruzó el pecho, pero no descubrió su malestar.

—¿En qué puedo ayudarte? —expresó impertérrito.

Neófelis estudió su rostro. Era mejor hablar sin rodeos y ser el mismo toca pelotas de siempre, para quitarle hierro al asunto, claro. Así que arqueó una ceja, sonrió de medio lado y habló sin contemplaciones.

—Tenemos más trabajo que el fontanero del Titanic —El mentón de Gabriel tembló ligeramente en el momento que se levantaba de la silla. Para Neófelis, la ironía significaba de gravedad—. Será mejor que te sientes, no te vayas a caer.

Gabriel le clavó su mirada y entrecerró los ojos. Pero obedeció y se sentó de nuevo en la silla, impaciente.

—Los chicos han llegado demasiado lejos —empezó a explicar el elemental, esta vez sin rastro de ironía en la voz— Ya están vinculados y debemos intervenir. Porque, si los tuyos descubren lo que ha sucedido esta noche, nuestra Odette corre un grave peligro. Pero eso no es todo —Gabriel todavía intentaba asimilar esas palabras cuando el elemental disparó el tiro de gracia—. Rafael está detrás de todo este asunto.

En breve amanecería, iban con el tiempo justo y Elsa ya empezaba a cansarse de subir tantos escalones. La casa de Odette estaba en la zona antigua del pueblo, era la más alta y aislada de la ladera y no se podía acceder a ella en coche. Había sugerido a Rafael tantear a la joven en su puesto de trabajo, pero él se había negado. A decir verdad, ya estaba empezando a mosquearse. Hacía semanas que albergaba ciertas dudas acerca de aquella absurda misión, e infinidad de preguntas sin respuesta se agolpaban en su mente. Pero estaba atada de pies y manos, debía obedecer ciegamente las órdenes de sus superiores. Sin embargo, desconfiaba de Rafael. Éste actuaba de forma extraña con respecto a Elán y parecía tomarse el asunto como algo personal, hecho que le daba muy mala espina. Ese hombre era tan… insolentemente atractivo… Sus ojos se posaron sobre su trasero y de inmediato negó con la cabeza. Estaba actuando de forma muy poco profesional.

—Oye, no sé si esto es buena idea. Odette es una buena chica. —dijo, a la vez que aprovechaba para tomar aire a mitad de camino.

Rafael resopló. Sabía que Elsa albergaba dudas y lo último que necesitaba en aquellos momentos era perder a su única aliada.

—Odette no sufrirá ningún contratiempo —Se dio la vuelta a punto de perder la paciencia—. Tú solo encárgate de distraerla y el resto déjamelo a mí. No es mucho pedir.

Elsa se plantó cruzándose de brazos. Odette podría resultar herida.

180

—No es correcto que la utilices como señuelo —debatió—, y no es necesario que me hables en ese tono.

—Tu opinión me trae sin cuidado —Rafael se dio la vuelta para continuar la ascensión. Elsa se quedó en el sitio, indignada. Puso los brazos en jarra y resopló ruidosamente.

—Obedeceré porque estás al mando de esta misión, pero te exijo una disculpa. Aunque en determinados contextos me resulte atractiva la dominación, no soy amiga del totalitarismo.

Rafael atónito, dejó caer la mandíbula. ¿Por qué tenía que tolerar que una simple mortal le exigiera nada? En sus eones de existencia, nadie había osado llevarle la contraria ni cuestionar sus planes. Claro que Elsa no era una humana normal… Elsa era…

Su miembro se envaró.

¡Maldita fuera! ¿Por qué deseaba tanto a esa mujer?

—Está bien —capituló, dándose la vuelta y suavizando su expresión—. No volveré a faltarte al respeto, pero debes confiar en mí.

Elsa, que continuaba cruzada de brazos, lo miró impertérrita. Pero con un especial brillo en la mirada.

—¿Y ahora, qué? —exclamó Rafael, sin comprender el motivo de tanta indignación—. He cedido, ¿qué más quieres? Al final será cierto eso de que las mujeres sois complicadas.

—Has dicho "debes" confiar en mí —insistió Elsa—, y quien me "debe "una disculpa eres tú.

Rafael perdió la paciencia. La radiografió con sus glaciares ojos y se acercó a ella. Cuando estuvo a su altura la tomó por la cintura, y cuando su boca estuvo a tan solo dos centímetros de la suya, respondió con voz aterciopelada:

—Olvídalo, morena, y entérate bien. Cuando todo esto acabe, averiguarás el verdadero significado del totalitarismo.

La agarró del pelo, echó su cabeza hacia atrás y mordisqueó el lóbulo de su oreja.

Las rodillas de Elsa flaquearon, y cuando sintió los apasionados labios de Rafael pegados a los suyos, y su descarada lengua invadiendo su boca, olvidó el motivo de la discordia.

Elán no quería abrir los ojos. Estrechó a Odette entre sus brazos y sonrió. Nunca estaría suficientemente cerca de ella. Se había vuelto adicto al calor de su piel. Hundió el rostro en su melena y aspiró su aroma. Olía a canela. La besó en el nacimiento del cuello y ascendió hasta la nuca.

Adormecida, Odette suspiró al sentir los labios de Elán sobre su piel. Profirió un sutil ronroneo y se dio la vuelta para acurrucarse en su pecho. Todavía con los ojos cerrados, dibujó el contorno de sus pectorales con los dedos. Escuchó como empezaba a respirar con fuerza y sintió como la apretaba más contra él. Un beso ambicioso la hizo estremecer. Mientras se regalaban caricias el uno a otro, un sonido los interrumpió. Las tripas de Elán acababan de rugir. Él se puso colorado y ella sonrió.

—Oh, lo siento mi amor —se disculpó—, ayer nos olvidamos de cenar. Estarás muerto de hambre y yo necesito comer algo antes de tomar mis veinte pastillas.

Elán arrugó el entrecejo y su mano dejó de acariciar los sedosos rizos de Odette.

—¿Veinte? —preguntó con un nudo en el estómago—, ¿por qué tantas?

Odette soltó una risa encantadora, y con muchísima fuerza de voluntad se deshizo del abrazo. Elán protestó, pero la dejó ir.

—Estaba exagerando —lo tranquilizó, mientras se deslizaba de la cama—. No son veinte, son sólo doce.

Elán la observó mientras se vestía con la bata. Su grácil figura se recortaba frente al enorme ventanal, desde el cual se veía una luminiscencia rosada que revelaba el nacimiento del alba y dibujaba en sus cabellos suaves destellos caobas.

—Siguen siendo muchas. ¿Por qué tantas?

Mientras bajaba las escaleras, Odette respondió.

—Porque las estadísticas indican que menos del setenta por ciento de las personas que han sufrido un infarto sobreviven al año si no reciben medicación.

Tras recordar la conversación que mantuvo con el gato el día de la feria, Elán se quedó helado. No podía asimilar la idea de perderla. Inquieto, saltó de la cama y fue tras ella.

—Hay huevos revueltos —informó Odette en voz alta desde la cocina, sin saber que Elán la había seguido—, ¿te apetece desayunar?

Él no respondió sino que la observó unos minutos rebuscando en la nevera. Tras la bata se intuían sus caderas, sugerentes. No era posible que estuviera condenada. Algo tan hermoso no podía perecer.

Sin pronunciar palabra la abrazó por la espalda. Hundió el rostro en el hueco que había entre su cuello y su hombro y tembló. No soportaba la idea de perderla.

—¿Qué te pasa? —Odette cerró los ojos y se dejó abrazar. Podía sentir la preocupación de Elán.

Él no contestó a su pregunta con palabras, sino estrechándola con fuerza. Minutos después, al ver que seguía sin decir nada y no la soltaba, acarició sus brazos. Luego se dio la vuelta y tras acunar su rostro entre las manos, lo miró a los ojos. Reconoció la causa de su inquietud y se arrepintió de haber sacado a relucir el asunto de su enfermedad.

—No te preocupes, no me va a pasar nada malo.

Sonrió con dulzura, se puso de puntillas y le regaló un suave beso en la barbilla.

—Ya lo sé. No voy a permitirlo.

Odette lo miró con ternura y ejerciendo una suave presión alcanzó sus labios. Elán respondió al beso con delicadeza. Deseó hacerle el amor allí mismo, pero Odette se separó, y esbozando una sonrisa le apartó un lacio mechón del rostro.

—Anda, sube y ponte algo de ropa, que te vas a resfriar. Mientras tanto calentaré los huevos en el microondas y después desayunaremos juntos, ¿vale?

Elán asintió, no sin antes robarle otro beso.

Mientras subía las escaleras, pensó que a pesar de su fragilidad, Odette irradiaba una inmensa fuerza vital. Lograría sanar su dolencia.

Se estaba enfundando los vaqueros cuando escuchó la campana de la puerta. Suspiró ruidosamente al suponer que se trataba de Gabriel. La intimidad que hasta ahora habían disfrutado acababa de esfumarse.

Nerviosa, Elsa miró hacia Rafael, que permanecía oculto al otro lado de la calle. Volvió la vista hacia el portal, infló los pulmones y cerró los ojos. Luego suspiró mientras rezaba para que fuera Odette y no Elán quien la recibiera.

Y por fortuna así fue. Bajo el marco de la puerta apareció la joven enfundada en una bata de seda. En un principio, Odette pareció sorprenderse, lógico, eran las seis de la mañana, pero poco después sus labios dibujaron una amable sonrisa.

—¡Qué sorpresa!, ¿qué te trae por aquí? —preguntó, a la vez que se sujetaba la bata con la mano izquierda para que el fuerte aire que se había levantado no la agitara.

Elsa sonrió, nerviosa.

—Disculpa que te moleste a estas horas, pero necesito que me acompañes al museo. Ha surgido un contratiempo —mintió.

Odette cambió su expresión.

—¿Le ha pasado algo a María?

Elsa abrió los ojos de par en par. ¡Por todos los Santos, mentir se le daba fatal!

—Oh, no —miró a su alrededor, inquieta—, quiero decir, sí. Pero no es nada grave.

Confusa y algo preocupada por el extraño comportamiento de Elsa, Odette se asomó y miró hacia fuera. El suelo estaba cubierto por un fino manto blanco y soplaba un viento de espanto. Volvió la vista hacia su compañera y sintió un atisbo de alerta.

—Está bien —cedió—, pero dame diez minutos. Debo tomar mis medicinas y vestirme. Mientras tanto, ¿quieres pasar? Te prepararé un té.

Elsa escuchó la voz de Rafael en la mente.

—¡Hazla salir!

—¡No! —respondió mientras buscaba a Elán tras la puerta entreabierta—. ¡Necesito que salgas ahora mismo, no tenemos tiempo!

En ese mismo instante, los temores de Odette se materializaron, porque de entre las sombras apareció un hombre alto, de mirada eléctrica y penetrante. Sus ojos azules se asemejaban a los de Elán, pero a diferencia de los de su amado, éstos no tenían el color de un cielo estival, sino el del hielo de un iceberg. Su rostro era tan hermoso que resultaba aterrador. No era tan corpulento como Elán, pero sus fibrosos músculos y la forma de ondular la cintura al caminar hacia ella, le recordaron a un lobo acechando a su presa.

Alertada, se protegió tras la puerta. Pero con la rapidez de un guepardo, el hombre la asió del brazo y la arrastró hacia la calle. Tras la sorpresa inicial intentó resistirse, pero no logró su objetivo. Miró a Elsa buscando una respuesta y la obtuvo. La joven tenía impresa en el rostro la culpabilidad. Luego miró al hombre y frunció el ceño.

—¿Quién es usted? —dijo forcejeando— ¡Haga el favor de soltarme!

Sin pronunciar palabra, el receptor de aquella orden la inmovilizó. Odette sintió pánico y tomó aire, pero el grito quedó mudo al sentir una fría mano sobre su boca.

Elán quedó paralizado al percibir una fuerte sacudida de terror. Turbado, parpadeó varias veces y los dedos empezaron a temblarle mientras se subía la cremallera de los vaqueros.

—¿¡Odette!? —gritó, asomándose por la escalera.

No obtuvo respuesta.

Empezó a caminar hacia el pasillo, intentando averiguar el motivo de su temor. Fue entonces cuando una segunda conmoción casi lo dejó sin pulso.

Y reconoció al causante.

Con el corazón desbocado, bajó las escaleras de dos en dos. Cuando llegó al piso de abajo, tras esquivar la mesa del salón de un salto, se asomó a la cocina y vio que estaba vacía. La ansiedad recorrió su espina dorsal al recordar que minutos atrás había sonado la campana de la entrada. Volteó el rostro lentamente, deseando encontrar la hermosa sonrisa que tanto lo aplacaba. Pero se olvidó de respirar al ver que el viento hacía golpear la puerta de la calle de forma rítmica y desquiciante.

Echó a correr hacia la salida. Una vez fuera, sintió la fría nieve en la planta de los pies. No le importó. Barrió la calle con los ojos inundados de preocupación. No vio a nadie. El albor del alba no era suficiente, por lo que las sutiles luces de las farolas proyectaban oscuras sombras en las esquinas de los muros de las demás viviendas.

—¡Odette! —La ausencia de respuesta le heló la sangre.

Enfocó sus sentidos y percibió de forma muy sutil la inquietante y conocida presencia. El odio intentó asentarse en él, pero Elán lo dominó. Proyectó su mirada calle arriba y el terror cobró forma. Acababa de captar el rastro de Odette. Rafael la arrastraba montaña arriba.

Emprendió una desesperada carrera mientras el frío viento invernal cortaba su rostro bañado en lágrimas de preocupación. No podía pensar en otra cosa. Tenía que recuperar a Odette.

Cuando la calle se tornó un camino pedregoso y las casas dieron paso a la arboleda, notó como todos sus músculos perdían fuerza. Reconoció la sensación y supo lo que vendría a continuación: Su mente se desvanecería.

Horrorizado, intentó gritar. Pero de su garganta no brotó sonido alguno. Rafael estaba anulando sus sentidos. Su percepción y su mente estaban a punto de sumirse en la más absoluta oscuridad. Cayó al suelo de rodillas, las palmas de sus manos se hundieron en la nieve.

Luchó con todas sus fuerzas y se arrastró. ¡No quería perder a Odette! Intentó gritar su nombre pero fue en vano. Más lágrimas, esta vez de impotencia y desesperación, se fundieron en la nieve. Cayó al suelo y sintió el hielo lacerando la piel de su espalda. Sin poder mover un solo músculo, observó con impotencia los ligeros copos de nieve cayendo sobre él, fundiéndose sobre su pecho, que subía y bajaba con cada bocanada de aire. Se obstinó a cerrar los ojos y empezó a respirar con dificultad. Finalmente, sus párpados sucumbieron y lo último que pudo ver fue el plomizo firmamento. Si hubiera podido gritar, el universo entero se habría estremecido.

Acababan de llegar a casa de Odette, cuando Gabriel y Neófelis escucharon sus gritos de desesperación.

—¡Odette! —bramó el elemental, echando a correr calle arriba. A duras penas podía controlar la ira que crecía en su interior.

Odette gritaba, lloraba y pataleaba histérica, mientras Elsa intentaba retenerla con relativo éxito. Mientras tanto, Rafael, con Elán en su poder, intentaba tele-transportarse.

—¡Nooooo! —gritó la joven al ver que el cuerpo inerte de su amado desaparecía por momentos—. ¡Suéltalo! ¡Suelta a Elán! ¡Eláaaaaaaan! ¡Eláaaaaaaaaan!

Una punzada de culpabilidad recorrió el pecho de Elsa al comprender el sufrimiento que estaban provocando. Pero escuchó en su cabeza la voz de Rafael y dudó.

—¡Haz que se calle! ¡No puedo concentrarme!

Indignada, le dedicó una mirada de reproche. Después se dirigió a la joven.

—Tranquilízate —la abrazó por la espalda mientras daba patadas al aire—, nadie va a hacerle daño.

—¡Socorro! —gritó Odette desoyendo a Elsa—. ¿Qué le estáis haciendo? ¡Soltadle!

Cuando Gabriel y Neófelis vieron lo que estaba sucediendo, echaron a correr hacia Rafael. Pero el estelar tuvo que detenerse. Neófelis acababa de perder el control y se había transformado en pantera. Cuando los elementales adoptaban su verdadera forma, ejercían una influencia negativa sobre los estelares, debilitándolos.

Sin embargo, Rafael se encontraba a una distancia prudencial y al fin pudo tele-transportarse, llevándose consigo al híbrido.

Cuando Odette vio como el cuerpo inerte de Elán desaparecía en la bruma, quedó paralizada. Lágrimas de pánico brotaron de sus ojos y dejó de ver con claridad. ¡Había sido incapaz de socorrerlo! Temió no volver a verle y su corazón empezó a latir desbocado a causa de la ansiedad. ¡Le faltaba el aire! Se llevó las manos al pecho. Sus rodillas flaquearon e intentó gritar, pero sólo pudo gemir.

Neófelis, que podía escuchar el corazón de Odette latiendo desesperado, se encolerizó. Fijó su mirada en la mujer que seguía reteniéndola y arañó el suelo con las garras, colocándose en posición de ataque.

—¡Detente! —gritó Gabriel, mareado a causa de la fuerza que proyectaba el elemental.

Pero el gran felino desoyó su orden y, justo en el instante en que despegaba las patas traseras del suelo en un impresionante salto, hizo acopio de fuerzas y se lanzó para interceptar el ataque. Los dos rodaron montaña abajo.

—¡Neo, entra en razón! —gritó Gabriel— ¡Odette podría resultar herida!

Cuando el elemental volvió a su forma humana, el estelar devolvió hasta el alma.

Temiendo haber perdido el juicio, Odette paseaba su aterrada mirada de un lado a otro. Lo que acababa de ver carecía de toda lógica. ¿Quién era el hombre que se había llevado a Elán? ¿Por qué Elsa lo había permitido? ¿Cómo era posible que una pantera apareciera de la nada y se transformara en humano? ¿Y cómo se había enfrentado Gabriel a semejante animal resultando ileso? Se deshizo de Elsa y a trompicones empezó a caminar cuesta arriba, en la dirección que había visto a Elán por última vez. Había perdido las zapatillas y sus pies descalzos se hundían en la nieve. Su bata estaba desgarrada y sentía el frío lacerando su piel. No pudo llegar muy lejos. Exhausta, cayó de rodillas sobre la nieve y rompió a llorar. El viento agitó su melena y sus lágrimas se fundieron en la nieve.

—Elán… —sollozó.

Una fuerte sacudida la golpeó. Ahogó un grito y se desplomó.

Gabriel corrió hacia ella muerto de preocupación. Neófelis hizo lo propio y llegó instantes después.

—¡Por el amor de tu estúpido jefe, dime que mi humana está bien! —bramó el elemental, mientras se agarraba el pelo con los dedos.

187

—Cálmate Neo, y llama a una ambulancia.

Mientras Gabriel acunaba el rostro de Odette, vio que sus labios se habían tornado violetas y su piel empezaba a adquirir un tono preocupante. Escuchó su corazón latiendo con debilidad y presintió lo peor. Preso de cólera, miró a Elsa.

—Y tú —rugió—, trae unas mantas.

La policía asintió con un leve movimiento de cabeza y se apresuró a cumplir la orden de Gabriel. Pero antes de dar un paso escuchó de nuevo su voz.

—¡Aguarda!

Elsa tragó saliva ruidosamente y se dio la vuelta muy despacio. Cuando se atrevió a mirar a Gabriel, descubrió en sus ojos el brillo mismo de la amenaza. Una amenaza de muerte si la joven no superaba el trance.

—Solo te dejo marchar con vida porque has sido engañada —dijo, atravesándola con su electrizante mirada—, pero que te quede bien clara una cosa —Elsa, sintió como se le erizaba el vello de la nuca. Nunca había visto a Gabriel en ese estado. En aquellos momentos tenía la apariencia de un Titán—. Si alguno de vosotros vuelve a acercarse a Odette, seréis testigos de mi ira. Encárgate de que Rafael reciba este mensaje, o lo lamentarás.

Minutos después, mientras caminaba hacia el pueblo, la mente de Elsa comenzó a visualizar situaciones que creía olvidadas: Un extraño remolque. Rafael a punto de perder la vida a manos de Elán. El frío hierro del gatillo. El estallido de un disparo. El olor metálico de la sangre.

Y recordó.

Dieciocho

Podía sentir la tibieza de su propia sangre descendiendo por la frente. Sus nudillos estaban destrozados. Pero no le importaba. Porque cada vez que se lanzaba contra la diáfana barrera de su nueva prisión, el dolor se transformaba en ira. Solo le quedaban dos opciones, salir de ahí o caer muerto.

—¡Odette!

Elán gritaba su nombre, una y otra vez, a pesar de tener la certeza de que no era escuchado.

—¡Odette!

Ya no le importaba su libertad, pero sabía que si no escapaba, ella moriría.

—¡Odeeeeeeeette!

Elsa, testigo de aquella macabra escena, temblaba cada vez que Elán se golpeaba contra el poderoso cristal irrompible que lo mantenía preso. La situación era insostenible, inhumana. ¡Insoportable!

—Por favor, haz que pare —suplicó—. ¿No ves que se va a matar?

Rafael tenía la mirada ausente. Cada vez que sentía los golpes del híbrido contra el cristal, movía el párpado izquierdo.

—¡Rafael, por favor!

Desoyendo a Elsa, empezó a caminar en círculos para contrarrestar los nervios. El asunto se le había escapado de las manos. Se detuvo y cerró los puños con fuerza. El príncipe de Orión lo había descubierto. Pero, ¿por qué diablos no delató a Elán al consejo estelar en cuanto tuvo oportunidad? Era inverosímil que no hubiera detectado su presencia, teniendo en cuenta la relación tan próxima que parecía tener con esa humana. Resopló y volvió a caminar en círculos. A estas alturas ya no podían sorprenderle los extraños actos de Gabriel. De todos era conocida su debilidad hacia la raza humana, en especial al género femenino. A pesar de ello, Gabriel era racional, por lo tanto, se traía algo entre manos. ¡Maldito fuera! ¡Y él que había creído que Laura era el mayor de sus problemas!

—¡Rafael! —chilló Elsa, al ver que Elán se derrumbaba exhausto para después volver a la carga— ¡Haz que se detenga! ¡Se va a matar!

El estelar perdió los nervios. Salvó la distancia que los separaba y la agarró por el cuello de la cazadora. La alzó medio metro del suelo y la estampó contra la pared.

—¡Que se mate! —bramó— ¿Es que no lo entiendes? ¡Me importa un carajo! —La soltó de forma brusca, provocando que perdiera el equilibrio y cayera al suelo.

Mientras Rafael se alejaba hacia la salida de la cueva, Elsa se levantó del suelo temblando. Tras colocarse la cazadora lo miró sintiéndose a cada punto más decepcionada.

—Esta misión no tiene nada que ver con la policía ¿verdad? —gritó, mientras la rabia iba en aumento— ¡Es todo obra tuya! ¡Me has utilizado!

Rafael se detuvo. Dio media vuelta y en sus ojos Elsa pudo ver reflejada la culpabilidad. Pero solo duró un suspiro porque, al punto, su mirada se transformó en la más absoluta crueldad. Caminó hacia ella hasta que sus labios quedaron a medio centímetro de distancia. Fue entonces cuando Elsa conoció el terror en estado puro. Aun así, soportó estoicamente la fiereza de su expresión.

—Estoy harto de todo esto —siseó— ¡Harto de Elán! ¡Y harto de ti!

Elsa sintió como las piernas se le volvían como de mantequilla. Pero alzó el mentón.

—Confié en ti, Rafael. Te seguí ciegamente hasta aquí, a pesar de mis crecientes dudas. ¡Incluso llegué a admirarte! Pero cuando el que manda pierde la vergüenza, los que obedecen pierden el respeto. No quiero volver a verte. ¡Jamás!

La mirada del estelar se volvió puro fuego.

—Que así sea —sentenció con voz gélida—. Al fin y al cabo, solo eres una estúpida humana —La última palabra la escupió con absoluto desprecio.

Y desapareció en mitad de la bruma, dejando a Elsa con el alma apuñalada.

Minutos después, sus rodillas se doblaron. Apoyó la espalda en la pared de roca y se deslizó hasta acabar sentada en el suelo. Una lágrima surcó su mejilla y goteó por la barbilla.

—Juro por Dios que esta es la primera y la última lágrima que derramo por ti, Rafael —dijo para sí misma.

Luego miró a Elán y empezó a idear la forma de sacarlo de ahí.

Sabía que la joven lo observaba, pero le daba igual. Estaba agotado. No había salida. Rafael se había esforzado para que jamás volviera a ver la luz del sol. Nunca volvería a sentir el viento acariciándole el rostro. No volvería a ver el firmamento salpicado de estrellas, ni los preciosos ojos verdes de su querida Odette.

Sollozó al recordar sus labios, rojos y suaves, sus rizos oscuros que olían a canela, el cálido tacto de su piel. Añoraba el suave murmullo de su respiración, sus caricias, su dulce voz, los rítmicos y sosegados latidos de su corazón…

Las lágrimas se deslizaron por sus mejillas y se mezclaron con su propia sangre. Rompió a llorar, protegiéndose la cabeza con los brazos, intentando inútilmente salvaguardar su intimidad. Lo había perdido todo. Su libertad, su dignidad, su humanidad… Y a su amada Odette.

Gabriel tenía la mirada perdida en aquel largo pasillo gris. Las enfermeras caminaban de un lado a otro como autómatas, entrando y saliendo de las habitaciones donde atendían a los enfermos. Una pareja de médicos conversaba al fondo, y familiares de los pacientes aguardaban en las salas de espera, mirando la televisión o leyendo alguna revista.

Sintió ganas de llorar, pero se contuvo. Su pequeña se estaba muriendo y todo por culpa suya. Desde el primer momento supo que Elán vendría cargado de problemas y permitió que se quedara con Odette. No delató su presencia al consejo estelar por puro romanticismo. Los dos jóvenes se amaban. Y ella merecía disfrutar de ese sentimiento. ¿Cómo negárselo, sabiendo que tarde o temprano su vida se apagaría?

De nuevo, las lágrimas amenazaron con derramarse, pero el estridente sonido de su teléfono móvil lo despejó. Una enfermera que pasaba por su lado lo miró con reproche, señalándole con los ojos el cartel que prohibía hablar por teléfono en el interior de la UCI. Gabriel se sacó el móvil del bolsillo y colgó.

Se asomó a la habitación 107. Odette yacía entubada e inyectada en suero, junto al ventanal. Se le encogió el alma. Sus cabellos, desparramados por la almohada, resaltaban su pálido rostro. No quería dejarla sola, pero debía llamar a Jacques cuanto antes si no quería velar por dos afectados de infarto el mismo día. Tras abandonar el ascensor y salir al jardín del hospital, le llamó.

—¿Por qué diablos no has respondido a ninguna de mis llamadas? ¿¡Cómo está mi hija!?

Gabriel cerró los ojos y tomó aire. Aunque estaba demasiado inquieto para soportar las exigencias de nadie, no podía reprocharle nada a Jacques. Era su padre, o al menos quien la había criado desde que nació.

—Lo siento, Jacques.

—¿Quieres decirme de una maldita vez cuál es su estado? —exigió, todavía más alterado.

Gabriel sintió deseos de colgar. No soportaba demasiado bien la presión. Pero se contuvo y habló con calma.

—Su estado es crítico. Los médicos no saben si saldrá de esta.

Se produjo un leve silencio y de nuevo el hombre habló, esta vez con un hilo de voz.

—Acabo de desembarcar, llegaré en veinte minutos. No la dejes sola.

Gabriel suspiró.

—Claro que no.

Jacques Deveraux colgó el teléfono sin despedirse. Gabriel se sentó en un banco y se concentró en el sonido que producían los copos de nieve al posarse sobre su cazadora de piel. Pasados unos diez minutos, decidió entrar en el recinto, pero Neófelis, en su forma humana, se interpuso en su camino. Estaba rabioso.

—¿Por qué no puedes hacer nada por Odette? ¡Eres un jodido príncipe de las estrellas!

Gabriel se topó de lleno con sus ojos, que ahora fulguraban como dos brasas candentes, mirándolo con rencor.

—Será mejor que no entres en ese terreno, Neo, porque te aseguro que no estoy de humor para soportar tu insolencia.

—Me importa una mierda tu jodido humor. Puedes salvarla con un simple aliento de vida y no lo haces porque no te da la gana. Como la vez anterior, que tampoco hiciste nada por su madre. ¡Eres un cabrón!

Gabriel agarró a Neo por el cuello de la camisa.

—Su madre no es asunto tuyo —Lo soltó de forma brusca y se alejó unos metros para después darse la vuelta y señalarle con un dedo acusador—. Y en cuanto a culpas, te recuerdo que sabías de la traición de Rafael y me lo ocultaste.

El rostro del elemental no cambió de expresión.

—No cambies de tema y responde: ¿Por qué no la ayudas?

Gabriel se dio la vuelta dispuesto a meterse en el hospital. Ya estaba harto de escuchar reproches. Pero cuando oyó de nuevo la voz de Neófelis en su mente y las palabras cargadas de resentimiento que vinieron a continuación, quedó paralizado.

—*Jamás la quisiste y por eso la dejas morir. La abandonaste, Gabriel. A ella y a su madre. ¿Acaso no eran suficientemente buenas para ti? Los elementales no hacemos distinciones, vosotros sí. Os creéis superiores, los amos del universo, pero no sois más que basura espacial.*

Gabriel se dio la vuelta y miró a Neófelis con el rostro bañado en lágrimas.

—Fue Helena la que me abandonó tras quedarse embarazada. Ella estaba casada con Jaques y decidió que él sería mejor padre que yo. Cuando la niña tenía dos años murió en un accidente de tráfico. Me enteré tres días después. Los estelares podemos sanar a los humanos, pero no podemos resucitar a los muertos. Y yo no puedo hacer nada por Odette porque es mi hija. Los híbridos mueren a los pocos días de nacer. Sus corazones son débiles. Es un milagro que haya vivido hasta este momento.

A Neófelis no le convenció la explicación.

—¿Y qué pasa con Elán? ¡También es un híbrido!

—A estas alturas ya deberías saber que el caso de Elán es distinto. Su madre era descendiente directa de la Diosa Asera. No es un híbrido de humano y estelar. ¡Elán es un Dios!

Neófelis sintió un atisbo de esperanza.

—Él me aseguró que sanaría su corazón. Están vinculados, todo lo que él siente se lo transmite a ella. Si él sufre, ella también. Y si muere, ella morirá.

—Te acabo de decir que Elán es un Dios. No puede morir.

—Entonces, todavía hay esperanza para Odette. Debemos encontrar a Elán.

—Yo sé dónde está —Los dos se dieron la vuelta y vieron a una

193

joven rubia enfundada en un entallado abrigo blanco.

—¿Y quién cojones eres tú? —inquirió Neófelis alzando una sola ceja y mirándola de arriba abajo. Era la mujer más hermosa que había visto jamás.

—Es la princesa de Géminis. La hermana de Rafael —intervino Gabriel, con el corazón en vilo.

—Mi nombre es Laura—informó ella a un boquiabierto Neófelis, a la vez que se acercaba a ellos con paso firme—. Y os propongo un trato a los dos. Me entregaréis a Elán y yo no informaré al consejo que Odette es tu hija, Gabriel.

Gabriel sabía que tenía que ceder. El consejo no debía saber de la existencia de Odette bajo ningún concepto. Abrió la boca para responder pero Neófelis se adelantó.

—De acuerdo, muñeca. Pero hay varias condiciones que debemos negociar.

Elsa acababa de tomar una decisión. Sacó el móvil de su bolsillo y buscó el número de Gabriel. Al ver que no había cobertura, puso los ojos en blanco y decidió salir a tomar el aire. Necesitaba pensar de qué forma iba a liberar a Elán antes de que volviera Rafael. No iba a ser cómplice de un secuestro.

Se encontraban en una cueva, sobre un cortado de unos setecientos metros sobre el mar, que en aquel momento bramaba enfurecido. Las olas, de unos seis metros de altura, se estrellaban contra la blanca pared de roca caliza. La espuma que provocaban, cambiaba de forma al aunarse en el retroceso con el azul violáceo del agua. La luz del amanecer besaba las piedras sumergidas y proyectaba sobre ellas pinceladas rojizas y anaranjadas. Se estremeció cuando el viento frío del Norte azotó su melena, liberando mechones más cortos de su alta cola de caballo. Suspiró y sacó del bolsillo el paquete de cigarrillos para poner en orden sus pensamientos.

La única forma de salir de allí era escalando, o de la forma en que habían llegado; tele-transportándose. Descartó la primera opción por razones obvias, pero tras sopesar la segunda, se mordió el labio inferior. ¿Sabría Elán tele-transportarse? ¡Oh Dios, todavía era incapaz de asimilar todo lo que había visto esos días!

Tiró el cigarro al suelo, lo apagó con la suela de su bota y se adentró en la cueva. Sus ojos tardaron unos instantes en acostumbrarse a la oscuridad, así que sacó de nuevo el móvil y proyectó luz hacia el prisionero. Lo halló al fondo, de espaldas contra la pared. Hacía varias horas que había dejado de luchar y aunque intentaba mantenerse despierto, se le veía agotado. Se acercó al cristal y lo golpeó varias veces. Elán se negó a mirarla y ocultó su rostro entre los brazos. Elsa volvió a realizar el gesto.

—¡Elán! ¿Puedes oírme?

Cuando vio que la joven deseaba hablar con él, se acercó y colocó las manos extendidas sobre el vidrio.

Elsa vio que movía los labios, pero no pudo oír nada. Su mirada era de desesperación.

—El cristal es a prueba de balas y está insonorizado. Intenta vocalizar más despacio para que te pueda entender.

Elán comprendió. Se concentró y después la miró con intensidad.

—¿Puedes escuchar mi voz en tu cabeza?

Ella asintió, apabullada. Nunca se acostumbraría a que la hablaran con el pensamiento. Elán, en cambio, parecía esperanzado.

—*Inténtalo tú también* —suplicó—. *Puedo visualizar lo que sientes, pero necesito que formes palabras en tu mente para que podamos mantener una conversación.*

Elsa intentó ordenar sus pensamientos. Lo primero que se le ocurrió fue pedir perdón por haberle disparado. Frunció el ceño e intentó hallar las palabras correctas, pero no le dio tiempo porque volvió a escuchar la voz de Elán en su cabeza.

—*No te guardo rencor por eso. Sé que lo hiciste para protegerle. Yo iba a matarle y tú le amas.*

Elsa se estremeció, pero de inmediato torció el gesto. Sí, por desgracia amaba a ese imbécil.

—*Entonces sabrás como me siento.*

Ella lo miró sin comprender.

—*Necesito ver a Odette, yo también la amo.*

Abrió los ojos sorprendida. ¿Elán y Odette tenían una relación? ¿Por qué siempre era la última en enterarse de todo?

—*Ayúdame, Elsa. Estoy preocupado, no puedo sentirla* —Los ojos de Elán reflejaban su desesperación—. *¿Puedes proyectar en tu mente lo que pasó para que pueda saber si está bien?*

Elsa se mordió el labio inferior. Estaba muy arrepentida por lo sucedido. Pero lo intentó. Visualizó el momento de su captura y se lo transmitió a Elán. Poco después, se dio cuenta de su error.

—¡Sácame de aquí! —suplicó a gritos, mientras lágrimas de pánico se deslizaban por sus mejillas—. ¡Por favor, déjame salir! ¡Debo ir con ella!

—*Tranquilízate, te ayudaré. Te sacaré de aquí, pero tienes que calmarte.*

Intentaba apaciguarlo, pero él era incapaz de calmarse. A cada instante estaba más nervioso.

—¡Por favor! ¡Necesito verla! ¡Por favor, se morirá!

De nuevo empezó a golpear el cristal. Estaba desesperado. Elsa se puso nerviosa.

—¡Detente! ¡Te harás daño!

Pero los gritos de Elsa enmudecieron ante un aterrador chasquido que provocó la piedra al convulsionarse. Enormes guijarros empezaron a desprenderse del techo de la cueva. Se vio obligada a alzar los brazos para protegerse la cabeza y no le quedó más remedio que agacharse. Con las rodillas sobre la roca y la espalda apoyada en la pared, sintió como el suelo se movía como una atracción de feria. Todo empezó a dar vueltas a su alrededor y sintió que se mareaba. Cuando comprendió lo que sin querer había provocado, palideció. ¡Elán se había descontrolado y ahora era impredecible!

Un escalofrío recorrió el pecho de Gabriel al observar unas suaves ondas vibrando en el interior del vaso. Alzó la vista hacia Odette y la notó inquieta. Colocó el café sobre la mesilla, y se apresuró a acercarse a la cama. Posó el dorso de la mano en su frente y vio que estaba caliente. Sus párpados se movían con rapidez, como si estuviera teniendo una pesadilla. Alarmado, desvió la vista hacia el monitor cardio-respiratorio, que empezó a pitar cada vez más rápido.

Jacques, que desde hacía media hora dormitaba en otro sillón, se despertó y lo miró alterado.

—¿Qué sucede?

Odette se convulsionó antes de que Gabriel pudiera responder.

—¡Ve a buscar a un médico! —gritó, aterrorizado—. ¡Rápido!

Mientras Jacques salía corriendo de la habitación en busca de ayuda, Gabriel hizo lo que jamás se le habría ocurrido: Rezó.

Rafael agarró a Elsa por el hombro y la apartó a un lado. Al verlo, Elán gritó furioso y empezó a golpear el cristal, que ya había empezado a resquebrajarse a causa del movimiento sísmico que él mismo había provocado.

—¿Qué Diablos crees que estás haciendo, insensata? —gritó Rafael dirigiéndose a Elsa. Sus ojos relampagueaban de ira y frustración—. ¡Te dije que no hablaras con él! ¡Mira lo que has provocado!

Elsa se levantó del suelo muy despacio, sosteniéndole la mirada. Cuando estuvo en pie, se sacudió el polvo con dignidad.

—Tú ya no me das órdenes.

Rafael, que ya había empezado a arrepentirse por haber sido tan brusco con ella, encolerizó. Pero antes de responder, miró nervioso a Elán, que estaba a punto de romper el cristal.

—¡Acabas de firmar tu sentencia de muerte! —masculló.

—¿Con que esas tenemos? —Elsa desenfundó su pistola y apuntó a Rafael.

—Tienes el cerebro de un mosquito si crees que con eso vas a reducirme.

El desprecio de Rafael la enfureció.

—¡Maldito hijo de puta!

Y disparó tres veces.

No le hirió a él, porque en el último momento apuntó al cristal, que se partió en mil pedazos. Cuando Elán se vio libre de cargar contra su mayor enemigo, escuchó en su mente la voz de un recién llegado y se detuvo.

—*Intuía vuestra incompetencia, pero jamás hubiera imaginado que sobrepasara la gilipollez.*

Los tres quedaron atónitos ante la silueta de una enorme pantera negra que se dibujaba a contraluz en la entrada de la cueva. Se acercaba amenazante, con sinuoso andar. Elán reconoció a Neófelis y a punto estuvo de sonreír. Por el contrario, Elsa ahogó un grito y Rafael se llevó las manos a la boca. Empezaba a sentir náuseas.

—¿Qué haces tú aquí? —inquirió el estelar con la voz entrecortada.

La pantera se sentó sobre sus patas traseras y movió el rabo evidenciando su indiferencia. Disfrutaba de la reacción que provocaba en los estelares.

—*Liberar a Elán para restablecer el orden del universo* —Luego se dirigió a Elsa, que con manos temblorosas seguía sosteniendo la pistola en alto—. *Y tú guapa, haz el favor de guardar ese juguete si no quieres hacerte daño.*

Asombrada hasta límites insospechados, Elsa bajó el arma. ¿Los animales también tenían telepatía? ¡Que le pegaran un tiro si no se estaba volviendo majareta!

—*Nos encontramos en territorio de elementales, aquí los chismes corren como la pólvora y, para variar, Elán acaba de armar tal escándalo que hasta los buscadores lo han detectado. ¿Queréis seguir haciendo el imbécil o vais a escucharme de una jodida vez?*

Diecinueve

Odette abrió los ojos e intentó sonreír, pero la sonda naso-gástrica se lo impidió.

Elán estaba junto a ella, arrodillado en el suelo, con los brazos y el torso apoyados en la cama y profundamente dormido. Como pudo, Odette acercó la mano a su melena. Con infinita ternura, enterró los dedos en sus cabellos, suaves y brillantes, que se desparramaban sobre la anodina sábana verde de su cama de hospital.

Al sentir la suave caricia, Elán alzó el rostro. Sus ojos azules brillaban a causa de las lágrimas contenidas. Expresaban alivio, pero también un hondo pesar.

—Odette —Apenas le salió la voz—, ¿cómo estás?

Al ver que Odette al fin había despertado, Gabriel expulsó un hondo suspiro. Después le dedicó a Jacques una elocuente mirada y juntos abandonaron la estancia, dejándolos solos.

Finalmente, Odette pudo sonreír con relativo éxito. Miró a Elán con devoción mientras secaba sus lágrimas con los dedos y, luego, con el dorso de la mano le acarició el mentón, que temblaba ligeramente.

—No llores —susurró en un hilo de voz, mientras acariciaba un mechón de su lacio cabello, que separado del resto caía solitario por su frente. Podía sentir su tristeza y su preocupación—. Volvemos a estar juntos y esta vez nadie nos separará.

Otra lágrima cruzó la mejilla de Elán. Deseó decirle que estaba en lo cierto, que jamás se apartaría de su lado. Y se sintió tentado a no cumplir la palabra dada.

Pero había hecho un trato con la princesa de Géminis. Le había dado a Odette aliento de vida, y a cambio había obtenido su libertad. Sí, al fin Elán era libre. Pero, ¿a qué precio?

Cerró los ojos y acarició sus delicadas manos.

Debía abandonarla. Era un destructor, habiendo sido creado para ese único fin. Pero él no cumpliría esa misión. Los estelares, su pueblo, estaban equivocados. Jamás destruiría el mundo que tanto amaba Odette.

Otra lágrima surcó su mejilla.

Sufriría su falta hasta el resto de la eternidad. Pero estaba dispuesto a soportar el dolor. Pues la alternativa era peor. La princesa de Géminis había amenazado con delatarla al consejo.

El dolor casi no le permitió respirar. Y a sabiendas que estaba alargando su sufrimiento, la besó.

Cuando sus labios se separaron, Odette lo miró intranquila.

—Elán, ¿qué está pasando? —Podía sentir su dolor de forma tan intensa, que sus ojos también se inundaron de lágrimas.

—Debo irme, Odette —respondió, con voz entrecortada.

—¿Irte, a dónde?

Él volvió a acariciar su rostro, besó su frente, sus párpados, sus labios y se separó de ella.

—Te amo.

Salió de la habitación muy despacio, temblando y con el corazón destrozado.

Pero sin darse la vuelta.

Una vez en el pasillo, se le partió el alma. Empezó a caminar rápido para salir cuanto antes de aquel triste lugar. Sintió la acuciante necesidad de echar a correr, pero mantuvo el paso. Se cruzó con varias enfermeras, que percibieron su malestar. Una de ellas se detuvo para preguntarle si se encontraba bien, pero él la ignoró. Cuando al fin llegó a los jardines del hospital, echó a correr todo lo rápido que sus piernas le permitieron y acabó en el arcén de una carretera. Las luces de los coches le cegaron la vista. No le importaba su destino y no expresaba el dolor que sentía porque, de ser así, habría arrasado con todo a su alrededor. Finalmente, exhausto y agotado, cayó de rodillas junto a un puente. Y lloró como jamás lo había hecho. El cielo se encapotó, e instantes después las gotas de lluvia cayeron, acariciando su piel. Truenos y estallidos eléctricos en el cielo acompasaron sus lamentos. Y al fin pudo gritar. Su voz se mezcló entre el bramido de los truenos. Y sus lágrimas se perdieron en la lluvia.

—¡Elán! —gritó Odette, mientras se quitaba la aguja que le atravesaba la vena. Se destapó e intentó levantarse de la cama para ir tras él, pero le fallaron las fuerzas.

Gabriel se asomó por la puerta y corrió a su lado.

—Cariño, intenta dormir —dijo, mientras la arropaba.

Confiada, se dejó hacer unos instantes y lo miró confundida. Pero al sospechar que le ocultaba algo importante, se puso más nerviosa.

—No quiero —Intentó levantarse de nuevo—. ¿Dónde está Elán? ¿A dónde ha ido?

—No lo sé, cariño. Pero ahora tienes que descansar.

—¡No! —gritó— ¿Qué ha pasado? ¡Quiero que vuelva! ¡Le necesito!

Gabriel sintió lástima. Pero no tuvo más remedio que actuar.

La abrazó, reteniéndola en la cama. Odette empezó a llorar mientras forcejeaba sin éxito. No tardó en rendirse, estaba agotada. Cuando dejó de moverse, Gabriel le acarició el pelo y la miró con el rostro desencajado por lo que iba a hacer a continuación.

—Olvídalo, cariño. Olvida a Elán. Ya no existe.

La mente de Odette luchó por conservar su recuerdo. Sin embargo, sus ojos verdes no tardaron ni medio segundo en proyectar una mirada perdida. De pronto se sintió cansada y con ganas de dormir. Cuando cerró los ojos, todos los recuerdos relacionados con Elán huyeron acompañados de unas gruesas lágrimas, que acariciaron sus pómulos y se perdieron en la almohada.

Veinte

Tras arrebujarse en el sillón, Odette se arropó con la manta sin comprender el motivo de su apatía. En las manos acunaba con devoción una pequeña lucerna romana. Suspiró, y con extrema delicadeza la estrechó contra el pecho mientras observaba las llamas de la chimenea, que parecían bailar sobre las brasas de color rubí.

Ese pequeño objeto era lo único que le daba consuelo. En otro tiempo había sentido entusiasmo por la vida, pero por alguna extraña razón, ahora solo deseaba dormir para aliviar una angustia que, día tras día, le iba engullendo el alma.

Cada mañana despertaba con lágrimas en los ojos y se pasaba el resto de la jornada intentando averiguar, sin éxito, quien la abrazaba en sueños por las noches. Pero por mucho que lo intentara, por mucho esfuerzo que dedicara a ello, no había forma. Y al final la desolación la sumía en un profundo y oscuro laberinto de tristeza del cual era incapaz de hallar la salida.

Suspiró frustrada mientras acariciaba con los pulgares el contorno de la cenefa que adornaba la lucerna. Hastiada de observar el fuego, volvió sus ojos hacia la ventana y siguió con sus pupilas la caída de los diminutos copos de nieve que se posaban suavemente sobre la repisa de piedra. Alzó la vista y miró hacia la montaña, en ese momento oculta en la oscuridad de la noche. Sabía que estaba allí, aunque no pudiera verla. Tiempo atrás había deseado ascenderla. Volvió a suspirar. Ahora ya no le apetecía.

Un suave golpeteo la sacó de su ensimismamiento. Era Bruma, moviendo el rabo junto a la entrada. La perra había crecido dos palmos desde que llegó a casa, y entre su blanco pelaje destacaban unos ojos oscuros e inteligentes. No recordaba de qué forma había aparecido en su vida, pero cada vez que la miraba, parecía sugerirle la respuesta. En aquellos momentos, y como cada noche, vigilaba ensimismada la puerta, como si estuviera esperando a alguien. Pero, ¿a quién? A Odette le intrigaba su comportamiento, e intuía que el motivo de semejante apatía era el mismo que el suyo. Pero por mucho que intentaba visualizarlo, éste no cobraba forma.

De pronto, Bruma alzó las orejas al escuchar el suave traqueteo de unas llaves hundiéndose en la cerradura. Pero cuando la puerta se abrió, las bajó de nuevo y miró hacia ninguna parte. Solo eran Gabriel y Neo.

Neo era un hombre esbelto, de rasgos orientales y sonrisa felina. Sus ojos verdes le eran familiares. Pasados unos segundos, dejó de prestarle atención y volvió la vista hacia la ventana. Esos dos no la dejaban ni a sol ni a sombra. Y cuando el policía trabajaba, el otro, que parecía no tener ni oficio ni beneficio, se quedaba en casa para acompañarla. Estaba más que harta, pero su padre había insistido en ello hasta el punto de amenazarla con hacerla regresar a Francia, así que no le quedó más remedio que aceptar sin rechistar. No tenía ganas de discutir, ni tampoco quería perder su independencia.

—Buenas noches, preciosa —saludó el rubio policía tras depositar las llaves sobre la mesilla del salón—. He traído el trivial. ¿Te apetece jugar?

Esperanzado, Gabriel le mostró el juego de mesa.

Odette se limitó a volver la mirada hacia las llamas y siguió acariciando con los dedos la suave cerámica de la lucerna, intentando encontrar algo que le hiciera comprender el motivo de su desidia.

Neófelis le dedicó a Gabriel una mirada significativa que éste ignoró. El elemental no estaba de acuerdo en mantener a Odette en la inopia, pero nada se podía hacer cuando el estelar se ponía testarudo.

—Cariño, anímate —dijo Gabriel con voz dulce, mientras se arrodillaba frente a ella y le apartaba un suave rizo de la frente— ¿Te apetece algo de cenar?

Odette se encogió, y abrazándose las rodillas con los brazos escondió la cabeza en la manta, dando a entender que no tenía hambre, ni le apetecía jugar, y mucho menos hablar con nadie de absolutamente nada.

Gabriel frunció el ceño, preocupado, y de nuevo insistió.

—¿Te preparo entonces una infusión de arándanos?

Solo le dedicó un gesto de negación como respuesta.

Neo lo intentó a su manera.

—Deberías tener en cuenta las propiedades del arándano —intervino el elemental con fingida inocencia—. Entre muchas otras cosas, impiden que el colesterol obstruya las arterias y relaja los vasos sanguíneos mejorando la circulación. En consecuencia, llega más sangre al órgano reproductor y los orgasmos acaban siendo increíblemente placen…

La mirada amenazante que le dedicó Gabriel lo obligó a cerrar el pico. El comentario había estado cargado de doble intención. Por un lado, escandalizar al elemental, y por el otro, intentar que en los labios de Odette se dibujara una sonrisa. Logró lo primero. En cuanto a lo segundo, ni de lejos. Pero al menos había captado su atención, porque ahora ella lo miraba arqueando una sola ceja, gesto casi exacto al que solía hacer su padre estelar cuando alguien contaba un chiste malo.

—Echo de menos a ese felpudo gordo y holgazán —masculló Gabriel— ¿Dónde andará?

Neófelis esbozó una sonrisa al ver como los ojos de Odette se iluminaban.

—Si te gustan tanto los gatos, ¿por qué no te vas a ver "la pantera rosa" y dejas a la chica en paz?

Gabriel cogió al elemental del brazo y lo arrastró hasta la cocina.

—¡Te estás pasando! —protestó Gabriel.

Neófelis frunció el ceño. Tampoco estaba de humor para bromas y lo señaló con un dedo acusador.

—¿Sabes que por tu culpa me estoy volviendo loco desde que los engranajes de sus neuronas intentan averiguar qué puñetas es lo que le estamos ocultando?

Gabriel hizo como que no le había escuchado y accionó la kettle. Odette se tomaría la maldita infusión de arándanos, quisiera o no. Mientras tanto, Neófelis seguía dando la tabarra.

—Laura te echó un farol. No te acusaría ante el consejo ni aunque Elán la mandara a freír espárragos.

El estelar lo miró, hastiado.

—¿Es que no te cansas de ser insoportable? Las cosas se quedan como están y punto —sentenció mientras depositaba una taza sobre la encimera—. Y haz el favor de convertirte en bola de pelo, a ver si así logras arrancarle una sonrisa y de paso te pierdo de vista.

El mar rugía en tempestad y envestía con bravura, como si ansiara derrumbar el gigantesco muro de piedra caliza que, alzándose hacia el cielo, osaba contener su desquiciada furia. Y aunque pareciera imposible, Elán sabía que, pacientemente y con cada embate, el inmenso océano lograría su objetivo con la erosión. Y sintió envidia. Esa noche el mar estaba en pie de guerra y seguiría luchando incansable contra cualquiera que osara humillarlo, mientras que a él se le negaba ese derecho.

Se asomó al borde del acantilado y sintió el viento golpeándole el rostro. Su larga melena le cubrió la cara y se la apartó en un resignado gesto. Miró al cielo y comprobó con desilusión como las luces del firmamento continuaban escondidas tras las nubes. Envuelto en frío y tristeza recordó como hacía pocas horas el último rayo solar había sido tragado por el lejano horizonte.

Cumpliendo su palabra, había regresado al cautiverio por voluntad propia. Pero esta vez no era Rafael su carcelero, sino una joven rubia que se hacía llamar Laura. No lo mantenía encerrado, era libre de ir a donde quisiera. Aun así se sentía más solo que nunca. Porque lo único que no podía tener era lo que más quería.

Cerró los ojos y pensó en Odette. ¿Cómo estaría? ¿Lo echaría de menos? Recordó con tristeza la hermosa lucerna que él le había regalado la noche en que se dieron el primer beso y admiró que una llama tan frágil y delicada hubiera sido capaz de proporcionar tanto calor a su frío y solitario corazón. Ella era su luz.

Una lágrima que no se molestó en retirar cruzó su mejilla hasta secarse con el viento. Su lejanía lo estaba matando de forma lenta y dolorosa, siendo las lágrimas su única vía de escape. Comprendió que había permanecido confuso toda la vida. La peor prisión no era el encierro, sino la falta del ser amado. Su rebelde corazón, otrora rebosante de esperanza y en constante pie de guerra, estaba ahora cansado y profundamente dolorido. No hallaba la forma de reponerse, pero al menos le consolaba el saber que había hecho algo bueno. Le había dado a Odette la oportunidad de seguir con vida.

Profundamente entristecido, reconoció que Rafael había tenido razón todo el tiempo. Él era un peligro para el mundo.

De pronto, el corazón le martilleó en el pecho sin piedad, dejándolo confundido. Estaba sintiendo algo muy extraño. Abrió los ojos y pudo ver como una extraña luz anaranjada descendía del cielo y se posaba sobre el horizonte, justo sobre el mismo lugar donde el mar se había bebido al sol. Extrañado, arrugó el entrecejo. Jamás había visto una estrella semejante. Y desde luego, tampoco era un avión. Se levantó del suelo con cautela y se acercó todavía más al acantilado. Aquella cosa lo estaba reclamando.

—Ellos te buscan —dijo una voz dulce como la brisa—. ¿Estás seguro de que quieres permanecer oculto?

Elán miró a Laura. Después asintió con la cabeza y retrocedió. Tras adentrarse en la oscura caverna seguido por la estelar, se sentó en el suelo y apoyado contra la pared de roca acostumbró de nuevo la vista a la oscuridad.

Ella se sentó junto a él. Pasado un rato, rompió el silencio.

—Podrías haber escogido un lugar más cómodo.

Elán suspiró.

—Ya estoy acostumbrado. Y me gusta este sitio.

Tras otro incómodo silencio, Laura volvió a hablar.

—Entiendo que actúes con cautela. Has estado mucho tiempo alejado de nosotros. Pero dadas las circunstancias, no es necesario que vivas como un mendigo. Si te gusta la tranquilidad, podrías pasar algún tiempo en una cabaña de montaña, o en la playa. Así podrías distraerte mientras te decides.

Elán se preguntó el motivo de tanta amabilidad. No obstante, sopesó la posibilidad. Tal vez de esa forma pudiera tener algún contacto con el mundo exterior a través de internet o la televisión. Pero ahora no estaba de humor para tomar ninguna decisión y decidió cambiar de tema.

—¿Por qué soy tan importante para vosotros?

Laura frunció el ceño. Esa pregunta escondía algo más que simple curiosidad.

—Quien busca la verdad, merece el castigo de encontrarla —advirtió.

Dando por finalizada la conversación, Elán resopló antes de echarse de espaldas sobre la fría roca.

—No te pongas así.

Elán la miró y arqueó las cejas. Ella frunció el entrecejo.

—Hace más de seis mil años, la humanidad no era como la conocemos en la actualidad —empezó a decir—. Los hombres empezaban a despertar de su inocencia, y cuando se dieron cuenta de que eran capaces de dominar la Tierra, nuestro monarca se sintió amenazado y finalmente tomó a tu progenitora para concebirte. Tú; su vástago, serías el que arrebataría el conocimiento adquirido y arrasarías la raza humana para después crear una nueva estirpe, más pura, más perfecta.

Elán se estremeció. Neófelis le había explicado algo parecido sobre su destino, pero todavía le costaba asimilarlo.

—Yo no quiero hacer daño a nadie —refutó, ligeramente molesto— ya he tomado mi decisión. Deberíais respetarla.

—No puedes dominarlo. Es algo que está escrito en tu genética.

Elán, indignado, se incorporó.

—¡No voy a ser vuestro asesino!

Laura se sintió culpable.

—Puede que tengas razón —admitió—, puede que seas capaz de dominar tu temperamento. Pero intuyo que ese no es el motivo por el cual estás aquí, solo y aislado de todos. ¿Me equivoco?

Elán se llevó las manos a la cabeza, resopló y se apartó el pelo de la frente.

—Primero Rafael, y ahora tú. ¿Por qué no me dejáis a mí elegir mi propio destino?

—Porque así está escrito.

—Lo único que está escrito es que amo a Odette.

Laura pareció entristecerse.

—Uno de tus poderes es el de transferir tus sentimientos a los demás. Por ese motivo, ella siente lo mismo que tú, porque está ligada a ti de forma física y emocional. Pero eso no es lo más inquietante —Al ver que Elán se estremecía, Laura hizo una breve pausa. Luego continuó—. Posees tres sangres; humana, estelar y divina. Descendiente directo de Asera, tienes el poder del cielo y de la tierra. De forma mística y terrenal, proyectas tus sentimientos y emociones, materializándolos.

Elán apretó los labios. Eso ya lo había descubierto por sí solo, pero Laura le estaba creando más dudas.

—¿Quién es Asera?

Ella suspiró al recordar aquella noche, seis mil años atrás, en la que Rafael robó a Elán de los brazos de su madre.

—Astoret para los cananeos, Athirat para los babilonios, más conocida como Isthar, la madre de todos los Dioses.

Elán prestó atención, todavía sin creer lo que estaba escuchando.

¿Había tenido una madre?

—Todo el mundo tiene una madre —añadió Laura tras leerle el pensamiento—, y la tuya fue una joven de negros cabellos y mirada perspicaz. La más hermosa, valiente y sabia de las hijas de un importante patriarca nómada, descendiente directa por vía materna de la mismísima Diosa Asera. Ella, que era extremadamente inteligente e intuitiva, sospechó que el niño que portaba en sus entrañas era importante. Pudo sentir tu divinidad durante la gestación y también vivió temerosa, presagiando en sus visiones tu destino. Tres días después de tu nacimiento, escuchó una inquietante conversación mientras te amamantaba. Tu abuelo acababa de recibir la extraña visita de un hombre de cabellos negros como la noche y ojos del color de un cielo en tempestad. Durante esa conversación, acordó con el que suponía el emisario de la tribu que moraba en las estrellas, la cesión de su nieto a cambio de poder y riquezas. Esa noche sin luna, tu madre comprobó que sus sospechas no habían sido infundadas, pues quien pretendía arrebatarle a su pequeño era un estelar, al que por aquel entonces, los hombres conocían como "Enviado de las Estrellas". Y así fue. Rafael había descendido de los cielos con la única misión de devolverte al lugar a donde realmente perteneces, aunque en realidad tenía otros planes. Pero tu madre no iba a permitir que te separaran de su lado y esa misma noche aguardó a que todos durmieran, salió de la jaima, desató un camello y emprendió una desesperada huida a través de la vasta sabana. Sospechó que no llegaría muy lejos, pero te amaba y lo intentó.

Absolutamente inquieto por el relato y al ver que Laura callaba, preguntó:

—¿Y qué sucedió después?

En el rostro de la estelar se dibujó la más absoluta consternación.

—Fue Rafael quien te apartó de su lado.

Elán se tensó y sintió la rabia navegando por sus venas.

—¿La mató? —preguntó, nervioso.

—Ella no sufrió daño alguno, solo le borró la memoria y después regresó al poblado. Tuvo una larga vida y alumbró más hijos.

—¿Y ahora dónde está Rafael?

A Laura se le encogió el corazón.

—Se está decidiendo el castigo que merece —respondió en un susurro, conteniendo las lágrimas.

Elán sintió la pena de Laura. Su corazón estaba roto de dolor. ¿Qué relación habría entre ellos dos?

—Él es mi hermano.

Elán comprendió, y sin poder evitarlo soltó una carcajada cargada de dolor.

—Y ahora tú has perdido a Rafael y yo a Odette.

—Se debe cumplir lo que está escrito —defendió Laura con vehemencia—. No se puede...

—Lo que se cumplirá será mi palabra —la interrumpió Elán, poniéndose en pie—. Velaré por Odette, aunque no pueda tenerla. Y como se os ocurra acercaros a ella, como algún estelar le roce uno solo de sus rizos, lo que destruiré será vuestra raza.

Laura suspiró y negó con la cabeza.

—Odette ya está junto a un estelar; Gabriel.

—¿Gabriel es un estelar? —Laura asintió y el rostro de Elán se transformó en rabia y preocupación.

—El príncipe de Orión jamás le hará daño. Él la ama.

De pronto, una extraña sacudida asoló el vientre de Elán. Eran los celos. Unos celos que intentó dominar soltando despacio todo el aire que guardaba en los pulmones.

—No la ama de la misma forma en que tú lo haces —se apuró a decir Laura—. Él es su padre.

Elán pasó de la ira al asombro en cuestión de segundos, y luego lo entendió todo.

—Por eso la protege, por eso siempre está a su lado. Pero, ¿cómo...?

Al recordar las andanzas de Gabriel, Laura resopló ruidosamente.

—Gabriel es tan temible y poderoso como insensato, además de frívolo y tarambana. Por ese motivo fue desterrado. Pero no creas que la exclusión social le afectó lo más mínimo, al contrario. En la Tierra vive como le viene en gana, integrado en la sociedad humana, e ignorando cualquier tipo de responsabilidad. Su debilidad son las mujeres. Y Odette es la consecuencia de uno de sus múltiples devaneos —Elán miró perplejo a Laura, que siguió hablando con expresión hastiada. Como si esta historia le despuntara el ánimo—. Hace más de dos décadas se enamoró de una mujer que, por desgracia, falleció, dejando a una niña pequeña; su hija, que fue criada por el esposo de esa mujer. Gabriel logró convencer al bueno de Jacques para que guardara silencio en favor de la pequeña. Porque si los estelares descubren que es híbrida, la eliminarán.

Elán se estremeció.

—Ese es el motivo por el cual estoy aquí, ¿verdad?

—Sí, ese es el motivo. No nos está permitido engendrar híbridos.

—¿Por qué soy distinto a ella, si también soy un híbrido?

Laura no pudo evitar sonreír.

—Tú eres un Dios, Elán. El Dios más poderoso que ha pisado jamás la Tierra.

—¡Al diablo con eso! —gritó—, si soy un Dios, no dejaré que muera.

—Su caso es distinto. Los humanos han perdido la pureza que ostentaron en sus inicios, por lo tanto, Odette es un ser defectuoso que la naturaleza se encargará de eliminar por sí misma. Está enferma del corazón y morirá tarde o temprano.

El pecho de Elán sufrió otra sacudida y empezó a ver borroso a causa de las lágrimas.

—Ella no es defectuosa —rugió, mientras intentaba contener el llanto—. Odette es buena, dulce, perfecta. Y no va a morir porque no es justo.

Laura percibió su dolor. Y en aquel momento se sintió sucia. Una tirana que estaba condenando a Elán a una vida de sufrimiento para hacer cumplir un decreto estelar. Una desalmada, que intentaba destruir los sueños de un Dios que, aunque estaba destinado a destruir, había escogido amar.

Antes de hablar de nuevo, pensó en lo que una vez dijo su gran amigo, Platón:

"La justicia no es otra cosa que la conveniencia del más fuerte"

—Está bien, Elán —dijo, frunciendo el ceño, convencida—, haz que así sea.

Veintiuno

Medio año después.

La tibia luz de la mañana atravesó las cortinas azules y tiñó de ese mismo color la habitación de Odette, tornándola más fría que su desolado corazón. Abrió los ojos, y sin moverse esperó a que sonara el despertador. Ese era el día de su vuelta al trabajo tras seis aburridos meses de baja laboral, y, sin embargo, lo único que deseaba era seguir durmiendo. Como cada noche, había soñado con ese hombre, pero era incapaz de visualizar su rostro y eso la desesperaba. Cerró los ojos de nuevo e intentó recordar, pero el timbre del despertador la llenó de ansiedad y no tuvo más remedio que levantarse. Con tedio, apartó el edredón y se enfundó las zapatillas. Al levantarse, se enredó con la mosquitera y enfurruñada la apartó. Sin molestarse en hacer la cama, cruzó la habitación y por inercia abrió la ventana. Miró hacia la montaña y suspiró. Hacía un día precioso, pero el canto de los pájaros le resultó estridente, así que hizo una mueca y volvió a cerrarla. Se enfundó el batín y bajó las escaleras para enfrentarse al desayuno.

Como cada mañana, Gabriel ya había preparado el desayuno y sobre la mesa había café con leche, tostadas, queso, mantequilla, y toda clase de bollería.

—¿Ya te has levantado? —Su voz se confundió con la del exprimidor eléctrico.

Odette no respondió. Agradecía su dedicación, pero de un tiempo a esta parte su conversación se había reducido a monosílabos y no le apetecía perder la costumbre. Además, la respuesta era evidente.

Entró en la cocina, dejó el pastillero sobre la mesa y le dedicó una mueca que no llegó a transformarse en sonrisa. Luego sacó de la despensa un pequeño saco de pienso para gatos y echó tres puñados en un cuenco de metal. Mientras lo colocaba en el suelo, Pelito se restregó en sus pantorrillas, ronroneando. Una elegante forma de exigir el desayuno, pensó Odette.

—¿Y Neo? —preguntó sin saber por qué.

Pelito emitió un suave gorjeo y Gabriel carraspeó.

—Trabajando —respondió mirando al gato, que olisqueaba la comida con evidente desacuerdo. Sabía que a Neófelis no le gustaba el pienso, pero, ¡qué puñetas!, estaba demasiado malcriado.

Odette se sentó a la mesa y empezó a juguetear con uno de los cruasanes que Gabriel había colocado con mimo sobre una bandeja. Había adelgazado desde que salió del hospital y sabía que tenía que comer más, si no quería soportar otra charla de su mejor amigo. Pero la constante ansiedad que le oprimía el pecho la mantenía desganada.

Ignorando su pésimo estado de ánimo, Gabriel salió de la cocina con un zumo de naranja. Lo colocó sobre la mesa y se sentó a su lado. Lucía una amplia sonrisa y no llevaba puesto el uniforme, sino un chándal azul celeste bajo un floreado delantal.

—Hoy empiezas a trabajar después de tanto tiempo. ¿No estás contenta?

Ella respondió encogiéndose de hombros. La expresión de él se tornó preocupada.

—Cariño, tienes que…

—Oh no, Gabriel. Otro sermón no.

—Pero Odette...

Ella se levantó de la silla.

—¿Sabes qué? Me vuelvo a la cama. ¿Te importaría llamar a María para decirle que sigo indispuesta?

Gabriel dejó caer la mandíbula para replicar, pero justo en ese instante sonó la campana de la entrada y Odette aprovechó para escabullirse. Enfurruñado, la vio subir las escaleras y encerrarse en la habitación de un portazo. El timbre volvió a sonar y mientras iba hacia la entrada, Gabriel se prometió que hallaría la forma de hacerla salir de aquel absurdo estado de autocompasión.

Pero cuando abrió la puerta se quedó sin pulso.

—Hola Gabriel.

Frente a él, y más hermosa que nunca, se encontraba Laura. Llevaba un ajustado chaquetón blanco y unas elegantes botas marrones de montar a caballo. Bajo un gorro de lana del mismo color, sus cabellos rubios lucían sueltos y bailaban con la brisa. Una blanca sonrisa iluminaba el rostro más bello del universo y sus otrora pálidas mejillas, en aquel momento lucían el saludable color del sol.

—¿Qué haces aquí? —Su voz sonó como una flauta desafinada.

Ante la pregunta, los ojos de ella parecieron expresar un fugaz deje de confusión que desapareció de inmediato.

—Todavía no lo sé. Pero si me invitas a entrar, intentaré explicártelo —respondió.

Él la miró severo y ella intentó suavizar el semblante. Percibió que se alegraba de verla, pero permanecía alerta.

—Gabriel, prometo portarme bien —se aventuró a decir con voz dulce, al ver que él dudaba en permitirle el paso.

Sus sinceros ojos azules lo convencieron.

—Espera un momento —Comprobó que Odette seguía en su habitación y la dejó pasar. Tras cerrar la puerta, y una vez que la acompañó al salón, la invitó a sentarse en el sillón.

Laura cruzó sus esbeltas piernas y se acomodó.

—¿Te apetece un café? —invitó Gabriel, cortés. El que su presencia lo incomodara, no significaba que fuera lícito perder las formas.

—Te lo agradezco, pero no he venido a socializar —Laura hizo una pausa, y tras estudiar su reacción, continuó—. He venido a hablarte de Elán.

Gabriel se pasó la mano por el pelo, nervioso.

—¿Y en qué te puedo ayudar?

Laura entrecerró los ojos. Gabriel había blindado sus pensamientos, así que le resultaba imposible dilucidar sus intenciones.

—¿Por qué no informaste al consejo de su aparición?

Gabriel se puso a la defensiva.

—No sé a qué viene esto ahora.

—¿Sabías de la relación que hubo entre él y Odette?

Gabriel se puso nervioso.

—Llegamos a un acuerdo hace seis meses. Así que deja a mi hija en paz —Al punto, se dio cuenta de que su tono de voz había sonado brusco y añadió con suavidad—. Por favor.

Laura dejó caer los párpados, intentando evitar que su mirada delatara sus sentimientos encontrados.

—Elán se niega a cumplir con su destino. Está destrozado y solo piensa en Odette. Él la ama y temo que...

—¿Y qué piensas hacer al respecto? Déjame adivinar: nada. No harás nada, porque cuando alguien hace algo que le avergüenza, suele justificarse diciendo que cumple con su deber.

Laura enrojeció. Gabriel acababa de dar en el clavo.

—Nunca fuiste un buen diplomático, Gabriel. He venido a decirte que...

—Odette es mi hija —interrumpió el estelar, mirándola con intensidad—. Si la denuncias al consejo y descubres a los nuestros su paradero, echarás de menos mi falta de diplomacia, créeme.

Laura cogió al vuelo la amenaza y su rostro se tornó serio.

—Elán piensa igual y casi ha logrado convencerme. Pero sigo albergando dudas. Ni el más poderoso de los dioses puede cambiar su destino.

—Mientes, Laura. Si no, no estarías aquí.

Si Odette no hubiera olvidado el pastillero sobre la mesa de la cocina, no habría escuchado las voces del salón.

Apostada en la escalera y con la espalda pegada a la pared, sentía el corazón a punto de estallar. Se llevó las manos al pecho y empezó a respirar con dificultad.

Mientras escuchaba la conversación de Gabriel con aquella extraña mujer, de voz tan suave que parecía esconder una velada amenaza, las emociones se arremolinaron en su vientre, creándole una tensión insoportable. Pero lo que le provocó ese estado no fue únicamente el descubrir que Gabriel era en realidad su padre. Sino averiguar al fin que el motivo de su infinita tristeza había sido perder a Elán.

Acababa de recordarlo todo.

Cerró los ojos y contuvo las lágrimas que amenazaban con inundar su rostro. Su mente, colapsada, parecía a punto de estallar. Y su pulso, insistente, le masacraba las sienes hasta casi hacerla perder el equilibrio. Sus rodillas no soportaron su propio peso y se deslizó hasta quedar sentada sobre el frío escalón. En aquellos instantes, visualizaba, sentía, y vivía en su propia piel todo el terror que había sentido Elán durante el tiempo que estuvo encerrado. Más de seis mil años. ¡Casi cien siglos!

Oscuridad, tortura, desesperación, soledad, esperanza. Desolación, furia, amor. Ilusión, pasión, desesperanza. Tristeza... Una absoluta e infinita tristeza...

Abrió los ojos y tomó aire. Los volvió a cerrar y su rostro se humedeció de lágrimas saladas. Se tocó los labios con las puntas de los dedos y contuvo un sollozo.

El rugido del mar. La inmensidad del firmamento... Lucha interior, desesperación, soledad... De nuevo, tristeza. Absoluta e infinita tristeza al verse obligado a escoger entre el bienestar de ella y su propia libertad. Pérdida... Un río de desolación...

Odette miró sus dedos húmedos por las lágrimas y recordó unos ojos del color del acero brillante, mirándola con adoración. Unos ojos que pertenecían al rostro amado, que al fin era capaz de visualizar con nitidez. Dueño de una piel brillante y nívea, bañada por la luz de la luna. Bello como un ángel. Fuerte como un titán.

Recuerdos y emociones se arremolinaban en su mente. Y de pronto, como si una inmensa fuerza tirara de ella, sintió una gran determinación. Se levantó, se dirigió hacia la cocina sin hacer ruido, tomó el pastillero y subió las escaleras. Cerró la puerta de su habitación con excesivo cuidado y se acercó a la mesita de noche. Tomó la lucerna entre las manos y sonrió.

El agua salada inundó de nuevo sus párpados. Pero ya no eran lágrimas de tristeza, sino de esperanza y valor. Su corazón reemprendió un latido vigoroso. Había recobrado las fuerzas y sabía exactamente lo que tenía que hacer. Se secó los ojos con el dorso de la mano y sonrió. Abrió el ventanal y salió al patio. Alzó el rostro y frunció el ceño. Subiría esa montaña, y allí, en lo más alto, encendería la llama para que él pudiera ver su resplandor. Sería una luz pequeña, débil e insignificante, pero brillaría tan intensamente que le devolvería el amor de su querido Dios. Y no permitiría que se volviera a apagar jamás.

Un golpeteo sobre el suelo empedrado le hizo voltear el rostro. Era Bruma, que la miraba en silencio. Se acercó y colocó el morro sobre la palma de su mano. Aquellos expresivos ojos negros la miraron fijamente y parecieron hacerle una promesa. La de ayudarla en su nueva misión. Odette dejó escapar otra lágrima y la acarició. De inmediato, escuchó un ronroneo y sintió algo suave y peludo acariciando sus pantorrillas. Bajó la vista y descubrió a Pelito. Se agachó y lo cogió brazos. Y cuando lo miró a los ojos, aquella verde, casi amarilla y brillante mirada, pareció hablarle.

Y comprendió.

Los hijos de la Tierra estaban de su parte.

Veintidós

Laura había cumplido su promesa y ahora Elán debía cumplir la suya. Le demostraría a la estelar que era capaz de controlar su ira.

Ante él se encontraba su mayor enemigo. Buscó la venganza en su corazón, pero se dio de bruces con la compasión. El entonces digno representante del orgullo y la apostura, vestía hoy con harapos, se había dejado crecer el pelo y la barba le cubría medio rostro. Su mirada, otrora rebosante de un brillo cruel y glaciar, en aquellos instantes parecía contener el llanto de toda una vida. Elán supo que de un momento a otro, aquellos ojos húmedos acabarían por descargar un diluvio.

Como si estuviera esperando el golpe de gracia, Rafael le dio la espalda y se dirigió al borde del acantilado, perdiendo su mirada en la línea del horizonte. Por unos instantes Elán pensó en dejarlo sólo con su dolor, pero tenía que ponerse a prueba. Sólo así, Laura lo dejaría marchar junto a Odette.

Se colocó a su lado y lo acompañó con la mirada por el inmenso mar en calma.

—La primera vez que lo vi así, me recordó a Odette. Sus ojos son del color del agua que besa esa playa —Elán señaló una cala redonda, con forma de caracol. De arena blanca y aguas tranquilas y transparentes, como el espejo de una sirena—. Siempre en calma, son capaces de reflejar el pesar de los demás para transformarlo en amor y bondad. Ella fue mi refugio cuando a ti te faltó piedad.

Rafael se estremeció y cerró los ojos con fuerza. Pudo sentir como un escalofrío le recorría la espina dorsal, y en el pecho un vacío tan grande que jamás se podría llenar. Necesitaba descargar toda esa tensión. Pero se mantuvo firme y soportó las palabras de Elán con estoicismo. No tenía derecho a sentirse culpable.

—Los momentos que pasé junto a ella fueron insuperables —continuó—. Jamás imaginé que podría ser tan feliz. La amo, y no sé si podré estar junto a ella. Pero me siento un privilegiado por haber gozado de su calor, aunque fuera solo una vez. Odette ha sido para mí un regalo, y aunque aún no sé si volveré a verla —Su voz se quebró—, lo agradezco.

Rafael tragó saliva. Una vez más, logró contener el llanto. Elsa también fue un regalo que no supo valorar. Ni conservar. Volvió el rostro hacia Elán y lo miró fijamente. Sus pupilas chispearon por primera vez en meses.

—Vuelve con ella —dijo en un susurro.

Elán tardó unos instantes en responder.

—No sé si puedo.

Presa de una gran determinación, Rafael miró de nuevo hacia el horizonte.

—Eres libre. Si la amas, ve con ella y sed felices —Cerró los puños, sabiendo que él no podría volver a ver a Elsa.

—Necesito estar seguro. No quiero dañarla.

Rafael lo miró esta vez con anhelo, desesperación y, de igual forma, con la paz que proporciona el reciente descubrimiento de la verdad.

—¡Me equivoqué! —exclamó— ¡Estuve equivocado todo el tiempo! —Empezó a caminar por el borde del acantilado como un loco que acaba de recuperar la lucidez—. Jamás debí privarte de tu libertad. Pensé que lo hacía por el bien de la humanidad. Pero ahora comprendo que solo el amor podía hacerte cambiar.

Elán lo miró perplejo. Después frunció el ceño, enfadado.

—Siglos de sufrimiento, Rafael. De soledad, de incomprensión. ¿Por qué?

—Intenté evitar que te manipularan y lo que hice fue manipularte yo —continuó Rafael— Ni ellos, creándote para sus propios fines, ni yo, que te retuve a la fuerza, fuimos dueños de la razón. Erramos todos menos tú, que adoptaste como único consejero el amor más puro que pueda existir —El rostro de Rafael dibujó una sonrisa—. Junto a Odette has aprendido a amar. Elán, cumple tu sueño, porque la verdadera libertad está en el interior de uno mismo. Ve y toma tus propias decisiones. Ama a Odette.

Elán lo miró con sorpresa, pero de inmediato su rostro expresó una mezcla de duda y desconfianza.

Rafael sintió su vacilación y tomó aire antes de continuar.

—Sé que no lo merezco, pero te ruego que me perdones.

Elán lo miró con indecisión. Ya no había cabida para el odio en su corazón, pero, ¿estaba preparado para el perdón?

—¿Por qué ahora? —inquirió.

A Rafael se le escapó una sola lágrima.

—Ayer me creí sabio y actué con vanidad. Pero hoy he comprendido que sólo la humildad muestra el camino hacia la razón.

Elán asintió con un suave movimiento de cabeza en el instante en que Rafael desaparecía. Sus ojos, otrora crueles y gélidos como un glaciar se marcharon derretidos en lágrimas.

—*Gracias.*

Tras escuchar su voz en la mente, el corazón de Elán se transformó en un inmenso mar de emoción. Jamás se había sentido tan poderoso, tan lleno de esperanza. Gritó, rio a carcajadas, se abandonó al llanto.

Y perdonó.

Y esta vez el suelo no tembló.

Tras desperezarse, Odette contuvo una carcajada porque, espatarrada sobre una alfombra a los pies de la cama, Bruma disfrutaba de un agradable sueño, pues movía el rabo de forma rítmica a la vez que roncaba panza arriba. Cuando sonó el despertador, la perra dio un brinco y miró con desconcierto a su alrededor. En ese momento Odette no pudo evitar reír. Tras acariciar con el dedo los bigotes de Pelito, que sí disfrutaba del privilegio de dormir sobre el edredón, se incorporó, se calzó las zapatillas y le dedicó a Bruma unas suaves caricias acompañadas de palabras de aliento. Luego abrió la ventana y su sonrisa se extendió. Cerró los ojos unos instantes y su olfato distinguió el aroma de las dulces adelfas del patio, que presagiaban la llegada de la primavera.

Los ladridos de Bruma la obligaron a prestarle atención. Movía el rabo contenta y daba brincos con la correa en la boca.

—Con que quieres salir a dar un paseo.

La perra se sentó sobre las patas traseras y sin perderla de vista movió el rabo con entusiasmo. Había sido Gabriel, quien durante todo este tiempo se había ocupado del animal y ya era hora de cambiar eso.

Bruma era de Elán y con su ayuda lo encontraría.

—Está bien. Hoy iremos a la montaña.

Abrió el armario y escogió varias piezas de ropa deportiva. Tras enfundarse unos *leggins* grises, una camiseta rosa y una sudadera negra con capucha, se calzó unas deportivas blancas, cogió su mochila, en la que introdujo con cuidado la pequeña lucerna de cerámica, y bajó los escalones de dos en dos junto a Bruma, que trotaba alegremente a medio metro de distancia. Al llegar al descansillo casi se chocó con Gabriel, que salía de la cocina con la bandeja del desayuno. Su vecino le dedicó una sonrisa que se tradujo en sorpresa cuando Odette cogió varios cruasanes y los metió en su mochila. Luego, sin mediar palabra, atravesó la cocina, abrió la nevera y cogió una botella de agua.

—¿A dónde vas?

Odette no respondió. Pasó de largo y salió a la calle tras cerrar la puerta de un portazo.

A Gabriel casi se le cae la bandeja al suelo.

—¿Qué demonios…?

Pelito, que la había seguido hasta la cocina, miró al estelar de la forma en que lo hacen los gatos; sintiéndose un pequeño diosecillo.

—*De eso es de lo que se ha librado. De sus demonios.*

El suave aliento de la brisa matutina le acarició el rostro en el instante en que los rayos solares atravesaban sus párpados. Tras desperezarse, se incorporó. Se frotó los ojos, enfocó la vista y quedó deslumbrado ante tanta belleza. El monte estaba cubierto con una inmensa alfombra de lirios rosados. Movido por la curiosidad, descendió del acantilado y se acercó a una de esas flores. La rozó con los dedos y su delicadeza le recordó a Odette. Sintió el deseo de llevársela consigo, pero decidió dejarla donde estaba.

Hacía más de una semana que había tomado la decisión de regresar junto a ella. Pero hasta el momento solo se había atrevido a mirar su casa desde la distancia, sobre su acantilado. Sin embargo, su corazón presentía que ese era el día del ansiado reencuentro.

Hacía ya cuatro horas que el sol había hecho acto de presencia, cuando su amada se dejó ver en el camino, junto a Bruma. Su corazón dio un vuelco al verla y, presa de los nervios, se ocultó tras una alta pared de roca. Entre pinos, encinas y acebuches, la observó avanzar a un ritmo pausado y disciplinado, ayudada por un palo que hacía las veces de bastón. La vio detenerse y mirar hacia la cima con anhelo y Elán supo que lo estaba buscando a él.

Con el corazón desbocado, sintió deseos de correr hacia ella, pero había decidido aguardar. Desde su escondite la observó maravillado. Tenía las mejillas arreboladas a causa del esfuerzo. Sus labios rojos y entreabiertos le recordaron el excitante sabor de su boca. Pero fueron sus redondeadas caderas contoneándose a cada paso, las que provocaron que su corazón emprendiera un concierto de percusión. Respiró profundamente para llenar los pulmones y de ese modo fue capaz de contener sus impulsos. Pero al apoyar la mano derecha sobre una piedra cercana, ésta, que estaba suelta, cayó de forma estrepitosa. Se quedó inmóvil, casi sin pulso. Tomó aire y aguantó la respiración.

Odette dio un respingo y Bruma miró fijamente hacia el lugar donde se había desprendido la roca. Luego echó a correr hacia el borde del camino.

—¡Bruma, ven aquí! —ordenó la joven, temerosa de que hubiera más desprendimientos.

La perra empezó a ladrar moviendo el rabo a la vez que apuntaba con la vista el escondite de Elán. Éste cerró los ojos, como si ese gesto pudiera ocultarlo de la elemental.

—Pero, ¿qué te pasa?

Bruma volvió a ladrar y Odette frunció el ceño. Miró hacia donde apuntaba la perra y tras unos instantes de vacilación, se dio la vuelta y siguió caminando cuesta arriba.

Elán expulsó todo el aire de los pulmones. Le hicieron falta varios minutos para relajarse. Odette no lo había descubierto, sin embargo, pudo ver en su rostro la sutil intuición de saberse observada. Aunque no podría asegurarlo... Se mordió el labio inferior mientras luchaba de nuevo contra el deseo, hasta que en un llano del camino la vio detenerse para observar el paisaje.

—¡Qué maravilla! —exclamó entusiasmada.

Acababan de llegar al segundo mirador, donde la vista era magnífica. Respiró profundamente y sonrió. Luego se sentó sobre un pequeño banco de madera, clavado a cinco metros sobre el enorme gigante de piedra que presidía el valle, y suspiró.

—Bueno Bruma, ya estamos a mitad del camino. Lo estamos haciendo bien, ¿seguimos?

El animal movió el rabo y ladró dos veces. Luego, ante el estupor de la joven, echó a correr cuesta abajo, en dirección al pueblo.

—¡Bruma!

Odette se levantó y dudó en seguirla, pero tras valorar la situación, decidió continuar sola. Bruma llegaría a casa sin problemas. Decidida, se colocó la palma de la mano sobre la frente a modo de visera y entrecerró los ojos. Quedaban unos seiscientos metros para llegar a la cima. Agarró el bastón y empezó a caminar, cuando de pronto sucedió algo increíble. A cada paso que daba, empezaron a brotar lirios rosas. Los verdes tallos salían de la tierra, creciendo a un ritmo vertiginoso, hasta acabar abiertos en flor.

Con una sonrisa en los labios, y acompañada por las flores que presagiaban la llegada de la primavera, Odette siguió su camino hasta que llegó a la cima, donde orgullosa sintió que había cumplido el sueño de ver el mundo desde lo alto, pero esta vez por su propio pie. Estuvo meditando varios minutos, cuando aconteció otro extraño suceso. En cuestión de minutos, el firmamento se oscureció ocultándose el sol entre las nubes. Cuando el astro rey se asomó de nuevo, lo hizo con una redonda máscara cubriendo su resplandeciente faz. Solo sus rayos exteriores se dejaron ver como si fueran la corona de un príncipe estelar.

Odette quedó embelesada ante el insólito eclipse y su corazón percibió el instante que tanto ansiaba. Presurosa, extrajo de su mochila la pequeña lucerna romana, la colocó cuidadosamente sobre la roca, justo al borde del acantilado, y la encendió. Dedicó unos instantes a observar la pequeña llama, que danzaba con la brisa, y luego alzó la vista para descubrir maravillada como el cielo se había cubierto de estrellas.

—¡Elán! —exclamó con una sonrisa en los labios— ¿Eres tú?

Esperó una respuesta que no obtuvo de inmediato. Nerviosa, miró hacia abajo, y vio las luces del pueblo, parpadeando. Entrecerró los ojos y de pronto entendió que estaba equivocada. No se trataba del pueblo. Eran luciérnagas, que poco a poco ascendían por el acantilado. Cuando llegaron a su altura, la rodearon, como si fueran pequeños seres elementales honrando a la princesa de las hadas, para luego desaparecer como si jamás hubieran existido.

—Te estaba esperando.

Al escuchar su voz, Odette se dio la vuelta.

—¡Elán!

Se encontraba a tan solo un metro de distancia. Sonreía, y de sus ojos brotaban lágrimas que parecían perlas. Su piel blanca brillaba como la luna, y su melena bailaba con el viento, acariciando su rostro de ángel. En su azul mirada, Odette distinguió el brillo de las estrellas. Corrió hacia él y lo abrazó como un náufrago se aferra a lo único que lo mantiene a flote.

—Oh, Elán, ¡cuánto te he echado de menos! —Hundió el rostro en su pecho mientras rompía en sollozos—. Nunca vuelvas a dejarme. ¡Jamás!

Con el corazón desbordado, la estrechó entre sus brazos. Cerró los ojos y aspiró su aroma. Sus suaves y negros rizos se enredaron entre sus dedos. Y sin poder evitarlo, lloró de alivio.

—No lo haré, te lo prometo.

Odette alzó la vista y se bebió sus lágrimas a besos. Cuando sus labios acabaron uniéndose en un beso dulce, anhelante y cálido, Elán gimió. La apoyó sobre las flores y se rindió a sus caricias. Ella temblaba como un pequeño brote que lucha contra el soplar de un fuerte huracán, y el corazón de Elán latía como el tronar de los cascos de mil caballos desbocados. Necesitó desnudarla, poseerla, descargar su esencia en ella. Amarla y marcarla como suya. Pero se contuvo, por el momento.

—Mi querida Odette —dijo, con la voz entrecortada—, eres mi noche estrellada. Y te amo. Te amo tanto...

Cerraron los ojos y se concentraron el uno en el otro. Acompasaron el pulso de sus corazones hasta lograr que latieran al unísono. Como un solo ser, como una sola conciencia. Y cedieron a la pasión, ignorando todo lo demás.

Cuando llegó realmente la noche, Elán separó los labios de la piel de Odette y la observó con adoración. Sus cabellos se mecían con el viento, y su boca dibujaba una increíble sonrisa. Sus ojos verdes fulguraban como dos supernovas y lo miraban expectantes.

—Perdóname, Odette. Por permitir que mis miedos superaran mis anhelos —Odette tomó sus fuertes manos y las colmó de besos—. Y te doy las gracias. Estaba perdido cuando me encontraste. Ahora sé que mi lugar está junto a ti, y que mi única misión es amarte.

Odette lo miró con toda la bondad y el amor del mundo.

—Te amo, Elán. Como un cuerpo que no obedece, como una mente que no razona, como un corazón que no late...

Y lo besó con ternura.

Y él correspondió a sus caricias con pasión.

Sentado sobre el tejado de una pequeña y acogedora casita excavada en la piedra de la montaña, un peludo, gordo y perezoso gato con andares de camorrista pensó que, si algún día llegaba el fin de los tiempos, Dios no lo quisiera, y las estrellas del firmamento dejaran de brillar, aun así, aquella pequeña y hermosa lucerna seguiría encendida en sus corazones para el resto de la eternidad.

Epílogo

Mallorca, seis meses después.

La campana de la puerta sonó con timidez, obligando a Neófelis a desperezarse. Tras esbozar una mueca de inconformidad, se levantó del sofá evitando calzarse las zapatillas. Sopesó la posibilidad de ponerse un batín por puro civismo, pero mandó al carajo ese pensamiento. Le encantaba sentir el frescor de las baldosas de barro bajo las plantas de los pies y pasearse en cueros por la que, durante el tiempo que no estaba de vacaciones, Odette consideraba su casa.

Cuando abrió la puerta, sonrió de pura satisfacción. Una divinidad rubia esperaba en la entrada, con sus preciosos ojos azules abiertos de par en par.

—¿Qué sucede, princesa? Pareces un conejo al que le han dado las largas.

Laura tardó varios segundos en reaccionar.

—Dis... disculpe... —Se aclaró la garganta, intentando ignorar la desnudez de aquel... hombre, o lo que fuera—, me temo que me he equivocado de puerta.

—Pues yo me temo que no —se apresuró a corregir con voz sedosa, mientras la radiografiaba con un seductor brillo en los ojos, de contenido inconfesable—. Déjame que te informe: la casa es del gato. Los humanos, o en este caso los dioses, solo pagan el alquiler.

La miró con descaro, de arriba abajo, ignorando su rubor. Era la hembra más hermosa que había visto jamás. A decir verdad ya la había visto antes, pero de lejos. Y a un metro y medio de distancia no era sólo bonita, sino absolutamente perfecta. Una suave brisa bailaba con su melena del color de la avena, separando sus mechones como si éstos fueran hilos de fina seda. Sus ojos de gata, azules como un mar en calma, grandes y ligeramente almendrados, brillaban como dos soles. Sus labios de ensueño, rojos, llenos y tentadores, invitaban al pecado. Y su rostro... ¡Qué rostro! Ovalado, de pómulos altos, piel tersa y expresión inocente, superaba en belleza al de cualquier ondina. ¡Y qué decir de su elegante cuello de cisne, que invitaba a darle un mordisco! Toda ella, enterita, desde la coronilla hasta los dedos de los pies, estaba para comérsela.

Pero eso podía esperar unos minutos. Por lo pronto, la halagó con la más seductora de sus sonrisas, mostrándole unos dientes blancos que destacaban en su rostro de piel morena.

—Estoy buscando a Gabriel —logró decir la rubia, mientras empezaba a hiperventilar.

—Pues no está aquí, princesa. Pero eres una chica con suerte; porque me tienes a mí.

Laura cerró la boca para no balbucear. Aquel hombre lucía en su rasgada mirada un brillo tan salvaje y ancestral, que tentaba a sus instintos más primarios. Su rostro, de rasgos orientales, era exquisitamente proporcionado. El flequillo, negro como la noche, le caía por la frente hasta casi rozar su mandíbula, cuadrada y masculina, dándole un aire de endiablado adolescente. Los labios, ligeramente gruesos, eran definitivamente sensuales y sonreían golosos, mostrando unos dientes blancos y alineados. Era sólo un poco más alto que ella, musculoso, estilizado, de hombros anchos, cintura estrecha, piernas largas y exageradamente apuesto, irreverentemente sensual y autoritariamente encantador.

Al darse cuenta del creciente interés que empezaba a sentir por ese hombre, intentó disimular. Se cruzó de brazos, frunció el ceño y soltó lo primero que se le ocurrió.

—No es en absoluto elegante que un hombre sea tan pagado de sí mismo.

Neófelis soltó una carcajada. ¡Qué encanto de mujer! Luego arqueó una ceja, solo una, para después dejar leer en su rostro la determinación.

—Si sabes lo que te conviene, retirarás lo que acabas de decir —Antes de que ella pudiera replicar, la tomó de la mano y la invitó hasta el interior de la vivienda. Ella forcejeó, pero no con demasiado entusiasmo. Aquel sujeto, hombre, bestia, o lo que fuera,

era inmensamente fuerte y absolutamente tentador. Con las mejillas encendidas cual farolillo chino, emitió un tenue gemido de protesta que en absoluto fue atendido. Porque en ese momento la tomó en brazos, la colocó en el suelo y se alzó sobre ella, inmovilizándola.

—Pero, ¿qué hace? —protestó.

—Ríndete, princesa, por tu bien. Porque estás a punto de descubrir el orgasmo más animal que hayas sentido en tu insulsa y celestial vida...

Neófelis percibió sus dudas y al mismo tiempo su excitación. Acercó los labios a su oído y emitió un suave gruñido, apenas audible, pero que logró estremecerla. Lamió su cuello y cuando notó su acelerado pulso, sonrió de forma irreverente.

Laura empezó a sentir como su cuerpo ignoraba las órdenes de su cerebro. Jamás en toda su vida había sido víctima del deseo. Y en ese momento era incapaz de dominarlo. ¡No podía permitirlo!

—¡Aparta! —exclamó, propinándole un bofetón— ¡Eres un fresco! Al elemental no le afectó lo más mínimo, incluso le gustó.

—No, encanto —susurró—. Soy muy caliente y te lo voy a demostrar.

Le desgarró la camisa con los dientes, hizo lo propio con el sujetador y lamió uno de sus rosados pezones.

—Por favor... —jadeó ella, rindiéndose al deseo.

Pero Neófelis no tuvo clemencia y respondió a sus súplicas con un beso que resultó devastador para su raciocinio.

Después de hacer el amor con ese elemental, Laura, despeinada, con los labios hinchados y las mejillas sonrosadas, dijo:

—Todavía no me has dicho dónde está Gabriel.

Neófelis sonrió.

—Cumpliendo penitencia en Roma. Pero, a diferencia de él, por ser una pecadora tan entregada, no serás expiada con el voto de castidad.

Y la castigó de nuevo.

Roma. Plaza de la Rotonda. En ese mismo instante.

Sentada en el borde de la bellísima fuente del delfín, y con expresión abstraída, Elsa observaba como las suaves y rítmicas ondas distorsionaban el reflejo eterno del Panteón. El sol de mediodía lamía con sus rayos el agua, proyectando sobre ella mágicos destellos, y donde las palomas disfrutaban del baño antes de poner a secar sus plumas al sol sobre los cetáceos que soportaban el enorme obelisco egipcio de Ramsés II.

La Plaza de la Rotonda estaba atestada de turistas, ciudadanos y alguna que otra monja. Sin embargo, Elsa se sentía sola. Alzó el rostro, se colocó las gafas de sol y en menos de diez segundos atravesó la plaza para ocupar la mesa que había reservado en la terraza de una afamada cafetería.

Mientras esperaba a que llegara el camarero, sacó del bolsillo su *smartphone* y empezó a rastrear la prensa digital. Le llamó la atención un interesante titular:

Hoy sábado 24 de Septiembre.
"Un experimento impulsa el sueño de los viajes a través del tiempo."

No le dio tiempo a leer más porque el rostro de Gabriel apareció en pantalla acompañada de una melodía. Descolgó y escuchó su alegre voz en el teléfono.

—Dentro de medio año le devolverán la razón a Einstein.

—¿Disculpa?

—Fue un fallo en los cables de fibra óptica. O eso dicen los periódicos, pero ya sabes que la prensa raras veces acierta, y cuando lo hace, es siempre por error.

Elsa resopló.

—No me digas que se te han fundido los *neutrinos* y vas a llegar media hora tarde porque no te arranca la Vespa.

—Los *neutrinos* no se funden. Y los estelares no los necesitamos para tele transportarnos.

Elsa frunció el ceño al escuchar la voz de Gabriel en el teléfono y al mismo tiempo detrás de ella. Ahogó un suspiro y se dio la vuelta.

—Pero, ¿qué diablos...? —exclamó espantada al ver lo que traía con él; una enorme bola de pelo blanca con un lazo rojo atado al cuello.

Gabriel, ataviado con un elegante traje negro con alzacuellos, la miró con sorna, y sin concederle tiempo a réplica, se sentó en la silla de enfrente y colocó al bicho a su lado.

Elsa, que intuía sus intenciones, estuvo a punto de protestar enérgicamente, pero justo en ese instante apareció el camarero para tomarles nota y no hizo falta que Gabriel le pusiera cara de cordero degollado para que se quedara con el perro.

—Tráigame una birra —se adelantó a la dama, ante la estupefacción del camarero.

—Yo un *capuccino*, por favor —pidió Elsa, mientras miraba al estelar frunciendo el ceño. Cuando el chico se fue, se cruzó de brazos.

—No deberías tomar alcohol —apuntó con malicia—, ahora eres un "Hombre de Dios" —Y dirigiendo su mirada al perro, aclaró—. Espero que no se te haya pasado por la cabeza engancharme uno de tus pulgosos chuchos de la perrera.

—Creo que no estás en condiciones de llevarme la contraria. Estás aquí gracias a mis contactos en el Vaticano, y Bruma, esta preciosa labradora de un año, forma parte de tu próxima misión.

La perra la miró con sus preciosos ojos negros y movió el rabo. Elsa, sabiendo que sus encantos ya la habían convencido, se indignó.

—No puedo creer que utilices a un ser vivo para tus siniestros fines. Además —añadió, fingiendo maldad—, sabes que lo abandonaré en la primera cuneta que me encuentre.

La perra ladró, movió el rabo y le lamió las palmas de las manos. Por supuesto, Elsa no hablaba en serio.

—Soy un estelar, no me afecta el chantaje emocional. Y éste no es un chucho cualquiera. Es un elemental y te ayudará a encontrar a...

—¡No te atrevas a pronunciar ese nombre! —lo interrumpió, alterada.

Gabriel sonrió con picardía.

—¿Que no nombre a quién?

—Gabriel, como nombres a ese infeliz, te juro que...

—Rafael, Rafael, Rafael...

—¡Mira que eres borde!

—No soy borde, soy de simpatía selectiva.

Elsa cogió el bolso e hizo amago de levantarse, pero justo en aquel instante apareció el camarero con su *capuccino*. Enfadada, se sirvió tres cucharadas de azúcar y, mientras lo removía, el estelar aprovechó para abordarla una vez más.

—Debes obedecerme si deseas conservar tu trabajo.

La policía abrió la boca, indignada.

—¿Me estás diciendo que mi próxima misión será salvar al imbécil que me dejó plantada con un simple mensaje de texto, después de que yo lo arriesgara todo por él? ¡Lo llevas claro, amigo!

Gabriel, resopló.

—Debo cumplir lo prometido a Laura. Y tú estás en deuda conmigo. Así mismo, ¿no te han dicho nunca que hay que afrontar los problemas de cara al sol?

—Sí, y también que puedo quedarme ciega si lo hago. Así que lo siento, pero no.

El elemental suspiró.

—Querida, te aseguro que Rafael ha recibido el castigo que se merece. De hecho, se encuentra en una era donde la humanidad se comunica pintando en las paredes de las cuevas. Así que, tranquila, que si llegado el caso te tuviera que mandar de nuevo a tomar viento fresco, no le quedaría otra forma que decírtelo a la cara, porque te aseguro que no sabe dibujar.

A Elsa se le escapó una sonrisa. Pensándolo bien, ¿qué podría ser más entretenido, conocer de primera mano la edad de hielo, o ver al refinado de Rafael vistiendo pellejos y rodeado de trogloditas? ¡Eso no se lo perdería por nada del mundo!

Gabriel sonrió. Ya la había convencido.

—¿De verdad que no te apetece averiguar si Einstein estaba equivocado?

Elsa no respondió. Sólo acarició a Bruma, que ladró divertida a la vez que movía el rabo. La perra estaba ansiosa por emprender la siguiente aventura.

Meseta de Tassili, sur de Argelia.

Era increíble que una mujer embarazada de seis meses y cargada con una mochila llena de víveres, incluida una tienda de campaña, caminara con tanta energía en mitad de aquel desierto pedregoso, donde el calor sería capaz de fundir en media hora al mismísimo iceberg que partió en dos al Titanic.

Pero Odette no sentía el calor, ni el dolor de espalda, ni sus tobillos hinchados a punto de quebrarse. Solo quería llegar a las cavernas de *Tassili n'Ajjer*, donde se hallaba la más importante colección de arte rupestre conocida, a excepción de la de Altamira, por supuesto, que habían visitado el mes pasado.

Faltaba sólo media hora de camino para llegar a la cueva del cosmonauta, cuando sintió como sus células se disipaban fundiéndose con el ambiente para terminar unidas justo en el lugar en donde deseaba estar.

—Elán, te dije que quería llegar por mi propio pie —protestó. Luego depositó la mochila en el suelo y se acercó a la figura antropomorfa de más de dos metros de alto, grabada en la roca ocho mil años atrás. Era incluso más alta que Elán, y tenía unos hombros inmensos. Parecía llevar una escafandra, algo extraño dada su antigüedad.

—Estabas empezando a cansarte —respondió Elán mientras se disponía a montar la tienda de campaña.

—No es cierto. Además, ¿estás seguro que es bueno para el bebé que me tele transportes de un lado a otro?

—Absolutamente. De hecho, en breve lo hará él solo.

Odette no tuvo más remedio que darle la razón. Porque cada vez que Elán hacía eso, el niño daba patadas y le transmitía una sensación tan placentera que le habría sido imposible de explicar a su obstetra. Claro que ella no era una embarazada corriente, sino una semidiosa desde el mismo instante en que absorbió el aliento de vida de Elán.

—Me moría de ganas de ver esto —dijo, acercándose a la figura —. No cabe duda que quienes la inspiraron, tuvieron que ser seres extraterrestres…

—Será obra de Rafael, que ya no sabe qué hacer para matar el aburrimiento —respondió Elán, más concentrado en organizar las varillas de la tienda de campaña que en esos garabatos.

—Pobre… —susurró Odette, esbozando una lastimosa mueca.

—Tranquila, cariño. Elsa ya está de camino.

—¿Cómo lo sabes?

—Me lo dijo mentalmente Bruma, la semana pasada.

Agradecimientos

No sería justa si no le diera las gracias en primer lugar a Flory García Zapata por prestarme a Pelito, su precioso gato negro. De igual forma debo agradecer también a Nit todo su cariño y sus calmantes ronroneos sobre mis rodillas mientras escribía esta novela, durante uno de los momentos más felices de mi vida. Él es mi Noche Estrellada, y aunque se haya marchado, sé que está muy bien acompañado. ¿Verdad Flory?

Gracias también a Gloria, no solo por su excelente trabajo de corrección, sino por acceder a ser mi lectora cero. Sus comentarios me han sido muy útiles, y sin su ayuda, esta novela no sería lo que es.

Gracias también a Adal, por estar disponible ante cualquier duda que me surgiera en temas "policíacos".

También a Marta Teodoro por las fotos de su preciosa Nut. Gracias a todos los integrantes de Little Curiosum, Fátima, Vicente, El Prínceps... sois geniales.

Pero gracias sobre todo a Romantic Ediciones y a todo su equipo. Es el mejor sin ninguna duda. ¡Gracias, gracias y gracias!

No puedo dejar de nombrar a Elizabeth Bowman, pues después de que me revisara una escena decidí que me la quedaba para siempre. También a mi otra Chica Guapa, Patricia, por estar siempre ahí y por enseñarme a hacer "La Cucaracha".

Tolita, ¿qué puedo decir que no sepas? ¡Gracias por todo!

Y gracias a mi hija Ana Mar, siempre... Por ser la estrella más brillante de todas.

Tú, como el viento sur
Elena Bargues

Valvanuz, después de años de maltrato, por fin reúne el valor para divorciarse de su marido y regresar a Santander donde consigue trabajo en un reputado restaurante.

Teófilo Van der Voost pertenece a una conocida familia de renombre en el sector hotelero. Aunque es un enamorado de su profesión, la neurocirugía, comparte la dirección del negocio familiar con sus hermanos hasta que una fuerte discusión hace que se replantee su estilo de vida.

Un día de viento sur, Teófilo coincide con Valvanuz, que ha regresado cargada de problemas: un ex marido rencoroso y sucesos inexplicables que, con la fuerza del vendaval, arrastrarán la tranquilidad y su vida rutinaria de Teo.

Tú, como viento sur, es un himno a la esperanza, al afán de superación y a la búsqueda del amor para sanar profundas heridas.

Una novela maravillosa que no puede dejar indiferente a nadie.

En busca de un hogar
Claudia Cardozo

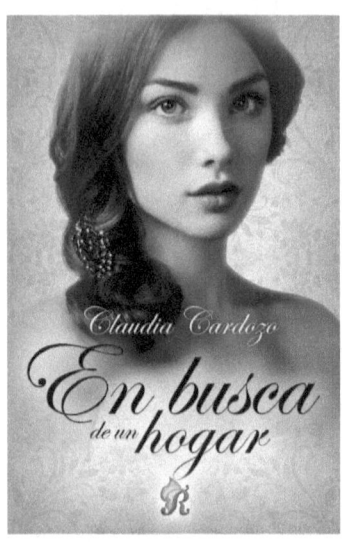

Londres, 1890. Juliet Braxton es una joven de origen estadounidense que vive en la Inglaterra de fines de la Era Victoriana junto a una abuela de férreo carácter, un tío amable, pero poco apegado, y un primo, por quien siente un profundo afecto fraternal. Su mayor ambición es regresar al que considera su hogar, en donde vivió una feliz infancia. Sin embargo, pese a contar con medios propios para hacer realidad sus sueños, no cuenta con la aprobación de su familia.

Robert, conde Arlington, vive en la tranquilidad del campo con su madre, la condesa viuda, una mujer que muestra adoración por su hijo. Lo único que Robert encuentra intolerable es la constante intervención de su madre en su vida, intentando convencerlo para que se case lo antes posible. A él esto no le hace ninguna gracia, y procura mantenerse alejado de cualquier tentación, pero un accidente pone en su camino a Juliet.

Desde entonces, por un motivo u otro, sus caminos parecen cruzarse una y otra vez, y pese a que él hace todo lo posible por ignorar lo que esta joven le inspira, no puede evitar sentirse atraído y buscar su compañía. Ella, por su parte, temerosa de los sentimientos que Robert le inspira, y obsesionada con la vuelta al país que considera su hogar, procura mantenerse alejada... pero el destino les tiene deparadas muchas sorpresas.

Atracción, intrigas, ambición; pero, sobre todo el amor, son los pilares de esta novela.

La casa de las flores muertas
Jane Kelder

Julia Banister abandona Menorca y viaja a Inglaterra acompañada de la señora Stringle para conocer al vizconde de Middlegreen,
con quien debe contraer matrimonio. Julia se hospeda en Cunderley, la mansión de Lord Chandler y tío de su prometido, mientras
espera la llegada de este último. Allí, la extraña mujer que cuida de
Lady Chandler y la propia condesa lograrán inquietarla, sobre todo
cuando descubra la historia de las flores muertas.

Michael Tash vio truncada su carrera política cuando su padre
se arruinó y agradece a Lord Chandler haberlo contratado como
administrador de Cunderley. Amigo desde la juventud del vizconde de Middlegreen, se siente atado a la lealtad al comprender que
se está enamorando de Julia. Pero cuando sus sentimientos lo supe-
ren, tendrá que tomar una drástica decisión.